Wolf-Dieter Storl

Heilkräuter und Zauberpflanzen zwischen Haustür und Gartentor

Wolf-Dieter Storl

Heilkräuter und Zauberpflanzen

zwischen Haustür und Gartentor

AT Verlag

Am Grünen Donnerstag im Mai
kocht die Bäuerin ihren Brei
von neunerlei Kohlkräuterlein
sollt wider alle Krankheit sein.

Bauernweisheit

6. Auflage, 2007

AT Verlag, Aarau und Baden
Fotos: Bruno Vonarburg
Satz und Lithos: AZ Grafische Betriebe AG, Aarau
Druck und Bindearbeiten: Kösel, Krugzell
Printed in Germany

ISBN 978-3-85502-693-7

www.at-verlag.ch

INHALT

7 Zum Geleit

13 **Brennnessel**

42 **Beifuss**

61 **Gundermann**

77 **Geissfuss**

99 **Wegerich**

118 **Ackerschachtelhalm**

137 **Gänseblümchen**

151 **Vogelmiere**

159 **Löwenzahn**

175 Literatur
178 Verzeichnis der Rezepte

Der Göttin Chamunda gewidmet

Die weisen Pflanzen mögen hier erscheinen. Sie verstehen, wovon ich spreche, und wir können gemeinsam diesem Menschen seine Gesundheit wiedergeben.
Sie sind die Güte des Feuers, die Kinder des Wassers, sie wachsen und wachsen wieder nach, starke heilende Pflanzen mit tausend Namen, die alle hier zusammengetragen sind.

Aus der Atharvaveda

ZUM GELEIT

Dreimal drei Zauberpflanzen nahm der altheidnische Kräuterkundige gegen Gift und Ansteckung zur Hand. Mit dieser «grünen Neune» besiegte er die unheimlichen «Würmlein klein, ohne Haut und Bein», die sich in den dunklen Tiefen des Körpers einnisten und einem die Kraft nehmen. Er folgte damit dem Vorbild des schamanistischen Zaubergottes Odin-Wotan. Dieser lehrte ihn die Lieder und Runen, mit denen Leid besungen und gebannt werden konnte. Im angelsächsischen Kräutersegen (niedergeschrieben in Wessex im 11.Jh.) heisst es von Odin: «Neun wundersame Zweige nahm er und schlug den giftigen Wurm, der da geschlichen kam, um einen Menschen zu zerreissen.»

Der alte Pflanzensegen schliesst mit folgenden Bannworten:

«Nun haben diese neun Kräuter Macht
gegen neun böse Geister
gegen neun ansteckende Krankheiten
gegen das stinkende Gift
gegen das wütende Gift
gegen das gelbe Gift
gegen das grüne Gift
gegen das dunkle Gift
gegen das braune Gift
gegen das purpurne Gift
gegen Wurmblattern
gegen Giftblattern
wenn irgendein Gift kommt von Osten geflogen
oder irgendeins von Norden kommt
oder irgendeins von Westen über die Menschheit.»

Sicherlich, so könnte man meinen, handelte es sich bei diesen Heil- und Zauberpflanzen um irgendwelche seltenen, exotischen oder sonst ungewöhnlichen Gewächse. Aber die im angelsächsischen Kräutersegen angegebenen Pflanzen sind ganz gewöhnliche Kräuter wie etwa Beifuss, Wegerich, Kamille, Brennnessel, Kerbel oder wilder Fenchel, die wir eher als Unkraut bezeichnen würden.

«Negenderlei» (neunerlei) Kräuter wurden noch immer von den frommen Christenleut im Mittelalter verwendet. Es waren nicht immer dieselben; die Zusammensetzung des Kräuterbündels war von Gegend zu Gegend so verschieden wie die Mundarten, aber es waren immer einfache, gewöhnliche Wildkräuter. In Böhmen waren es zum Beispiel Quendel (Thymian), Wegerich, Löwenzahn, Schafgarbe, Butterblume, Eisenkraut, Ochsenzunge, Brennnessel und Odermenning. Mit dieser Zusammenstellung wurde geheilt, gezaubert, Blitz und Teufel gebannt; man trug die Kräuter als Kranz auf dem Haupt, goss ihre Abkochungen mit ins Badewasser, rührte sie in Salben hinein und räucherte mit ihnen. Oft wurden sie an besonders heiligen Tagen gesammelt, vor allem zu Johanni oder zu Mariä Himmelfahrt. Auch ass man die neun grünen Kräuter als eine Art Kultspeise am Gründonnerstag, um sich ihre Kraft einzuverleiben und um das ganze Jahr über gesund zu bleiben.

Es gibt heutzutage viele Kräuterbücher mit pharmakologisch genaustens analysierten Pflanzen. Leider werden die in diesen Werken aufgelisteten Exemplare praktisch nur als «Behälter» chemischer Wirkstoffe angesehen. Man ordnet die Pflanzen nach den in ihnen enthaltenen Alkaloiden, schwefelhaltigen Heterosiden, Glykosiden, Flavoniden, Bitterstoffen, Saponinen und so weiter. Den traditionellen Kräuterkundigen lässt das jedoch kalt, denn er weiss: Eine Pflanze ist mehr als nur die Summe der toten Stoffe, die sie enthält. Er sieht die Pflanze als ein Lebewesen, das sich auf recht intelligente Art und Weise jene Stoffe auswählt, welche sie zur Aufrechterhaltung ihres Lebens braucht. Er erlebt die Pflanze als Persönlichkeit, ein Wesen mit langer Geschichte hier auf Erden. Er redet und kommuniziert mit ihr, denn er empfindet, dass sie nicht nur einen Leib hat, sondern auch so etwas wie einen Geist und eine Seele, nur dass diese sich ganz anders ausdrücken als beim Menschen.

Der Pflanzenfreund vermag kaum jede einzelne Pflanzenpersönlichkeit kennen zu lernen und sich mit ihr zu befreunden. Bei den Menschen ist es auch nicht möglich, mit jedem Einzelnen in der Stadt, ja nicht einmal in der Nachbarschaft per Du zu sein. Aber man hat seine Freunde, die man gut kennt und auf die man sich verlassen kann. In Frage kommen da nur eine Hand voll. Das sind, wie die Indianer sagen würden, unsere pflanzlichen Verbündeten.

Auch Maria Treben, die erfolgreichste unter den wirklich kräuterkundigen weisen Frauen heutzutage, nimmt vor allem diejenigen Kräuter, denen der Normalverbraucher am liebsten mit dem Unkrautvertilger oder dem elektrischen Trimmer zu Leibe rückt. Huflattich, Hirtentäschel, Johanniskraut, Labkraut, Löwenzahn, Sauerklee, Schafgarbe und so weiter heissen die besten Gehilfen dieser Kräuterfrau. Auch sie vertritt die Anschauung, dass man nur eine Hand voll braucht

– sieben oder acht genügen, um sämtliche Leiden heilen zu können. Wesentlich aber ist, dass man diese Pflanzen durch und durch kennt und liebt, man muss sie als Persönlichkeiten begreifen können: Dann werden sie regelrechte Wunder vollbringen.

Neun solche Pflanzen, willkürlich ausgewählt, werden wir uns hier genauer anschauen. Es sind gewöhnliche Wildkräuter, die bei mir – und sicherlich auch bei Ihnen – auf dem Rasen, am Gartenweg, am Zaun und in der Hecke wachsen. Wir wollen eine Ahnung davon bekommen, was für zauberhafte Persönlichkeiten sich im schlichten Grün verbergen, hören, was für Geschichten sie uns zu erzählen vermögen und welche Heilkräfte sie in sich bergen.

Dank

Ehe wir uns in das ethnobotanische Abenteuer begeben, möchte ich meinen beiden Lehrmeistern danken, deren Inspirationen mich beim Schreiben begleiteten. Zuerst dem Bergbauern Arthur Hermes (1890–1986), dessen Einsiedlerhof sich auf einer Megalithkultstätte im Waadtländer Jura befindet. Arthur Hermes sprach mit den Devas und Elementarwesen und rief seine Kühe durch Gedankenübertragung von der Weide. Hermes, der sein Leben dem kosmischen Christus und der Mutter Erde weihte, kam mir vor wie ein wiederverkörperter Druide oder ein Hierophant aus megalithischen Zeiten. Sein Blick konnte bannen, seine Stimme verzaubern.

Hermes erblickte unter einem Strohdach der norddeutschen Heide das Licht der Welt. In dem abgelegenen Dorf gab es weder Maschinen noch Strom; es gab Pflanzen, Tiere und die stillen Weiten der Heide. So ist es kein Wunder, dass ihm die Besinnlichkeit eigen wurde und sein geistiges Auge bis in das alteuropäische Neolithikum spähen konnte.

Mit Schule und Krieg brach das 20. Jahrhundert wie ein Alptraum über ihn herein. Der Lehrer mit dem hochgezwirbelten Schnurrbart liess ihn die Lieblosigkeit der Menschen gegenüber den Mitgeschöpfen erfahren, als er zwecks «wissenschaftlichen Experiments» eine wunderschöne Eidechse in ein Glas mit Formaldehyd fallen liess. In den schlammigen Schützengräben des Ersten Weltkriegs lernte er den institutionalisierten Hass gegenüber den Mitmenschen kennen. Er wurde fahrender Künstler, Kräuterheiler und Sozialpädagoge. In den Dreissigerjahren – sein Heimatdorf war inzwischen Truppenübungsplatz geworden – wandte er sich lautstark gegen die seichte Germanenromantik und den ideologischen Missbrauch der Tradition, die ihm heilig war. Sein Protest endete damit, dass er vor ein Erschiessungskommando gestellt wurde. Seine geistige Kraft war jedoch so stark, dass es der Kommandant nicht über sich brachte, den Befehl auszuführen. Er liess ihn entkommen. Das Schicksal führte ihn schliesslich in die Schweiz. Und da er mehr von Kühen und dem Ackerbau verstand als alle anderen, wurde er zum Ratgeber und Freund einer Gruppe von Emmentaler Bauern. Diese vermachten ihm den «Michaelshof» im Jura (Storl 1990: 82).

Die neun Pflanzen, mit denen wir uns hier befassen, gehören zur einheimischen Flora Nord-, Mittel- und Westeuropas. Sie hatten ihren festen Platz nicht nur in den Wäldern und Feldern dieser Region, sondern auch in den Riten, den Zeremonien, den Sagen und der Heilkunde der hier ansässigen megalithischen und später keltischen und germanischen Stämme. Dieser Arthur Hermes, der seine spirituellen Visionen in die Sprache eines Rudolf Steiner kleidete, nahm mich mit auf seine spirituellen Reisen und führte mir jene längst vergangenen Welten vors innere Auge. Diese Welten, obwohl längst vergangen, wirken noch mächtig in unser heutiges Dasein hinein.

Mein anderer Lehrmeister ist der Tsistsistas (Cheyenne) Sonnentanzpriester und Pflanzenschamane Bill Tallbull. Als Erbe der Grosswildjäger, die einst vor vielen tausend Jahren von Sibirien aus die Neue Welt besiedelten, schenkte er mir die grossartige Vision einer freilebenden paläolithischen Menscheit. Er half mir, den Blick über das Neolithikum hinaus und jenseits der grossen Fruchtbarkeits- und Vegetationsgötter und -göttinnen zu richten. So befreite er mich von den übermächtigen Bildern des Arthur Hermes, von der bindenden Magie des sesshaften Bauern- und Hirtentums. Er offenbarte mir ein anderes, ursprünglicheres Verständnis des «grünen Volks».

Bill Tallbull stammt von einer Familie ab, die bis über die Jahrhundertwende hinaus in der Wildnis der Big Horn Mountains in Freiheit lebte, ehe dann Hungersnot und Polizeigewalt des Staates sie in das vorgesehene Reservat zwang. Wie alle Cheyenne-Kinder wurde Tallbull den Eltern weggenommen und in eine «Boarding school» gesteckt. Dort sollte er «zivilisiert» werden. Das Sprechen seiner Muttersprache wurde ihm unter Prügelstrafe verboten. Als er als junger Mann wieder in das Reservat zurückkehrte, hatte er fast den Anschluss an seine Kultur verloren. Umso intensiver lauschte er den Alten, besonders den Grossmüttern, die viel über die Pflanzen wussten. So wurde er allmählich ein «Hüter der Pflanzenmedizin», zuständig für die Beziehung seines Stammes zu den Pflanzenvölkern. Mit den Häuptlingen des «grünen Volks» raucht er die Friedenspfeife und schenkt ihnen jedes Frühjahr «Decken» (Stoffstreifen) und Tabak.

Auch an Tallbull, mit dem ich ungefähr anderthalb Jahre an den Wochenenden über die Steppe und durch die Big Horn Mountains gewandert bin, gebührlichen Dank.

Was brennt ums ganze Haus
und's Haus verbrennt doch nit?

Alter Rätselspruch

BRENNNESSEL

Urtica dioica

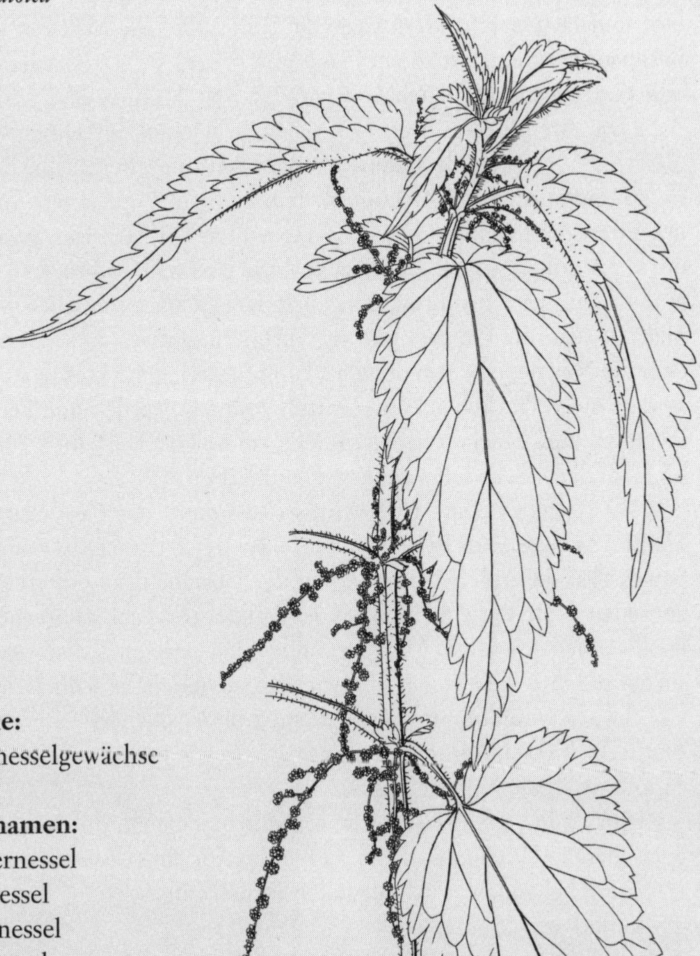

Illustration aus: Hess/Landolt/Hirzel, Flora der Schweiz, Birkhäuser Verlag, Basel

Familie:
Brennnesselgewächse

Volksnamen:
Donnernessel
Esternessel
Habernessel
Hanfnessel
Haarnessel
Krauskopf
Sennessel
Seuznessel
Tissel
Zingel
franz. ortie
engl. stinging nettle
ital. ortica

Wenn es eine Pflanze gibt, die die abwertende Bezeichnung «Unkraut» verdient, dann sicher die Brennnessel. In Scharen umstellt sie Haus und Hof und lässt bei Kindern manche Träne über die Wangen kullern. Berührt man sie, dann sticht, beisst und brennt sie. *Urtica*, der lateinische Gattungsname, bedeutet genau das: «die Brennende».

Die Brennnessel hüllt sich in einen Mantel aus lauter kleinen, glasartigen spröden Brennhaaren. Bei leichtester Berührung brechen sie ab und spritzen – Injektionsnadeln ähnlich – schlangen- und bienengiftartige Toxalbumine sowie Histamine und Ameisensäure unter die Haut. Allein, so der Aberglaube, eine wahrhaftige Jungfrau könnte eine Brennnessel anrühren, ohne sich dabei zu verbrennen. Oder man macht es wie alte Gärtner, die zur Verblüffung ihrer städtischen Besucher die Nesseltriebe von oben nach unten streichend kräftig anpacken, so dass die gefährlichen Nadeln flach gedrückt werden und keine Gelegenheit zum Stechen haben. Solche kühne Gärtner haben allerdings oft auch dicke Schwielen auf den Handflächen.

Erwischt es einen trotzdem, so ist immer das Gegenmittel zur Hand. *Ubi malum, ibi remedium*, sagte der weise Paracelsus und meinte damit, dass die Abhilfe nie weit von der Ursache des Leidens entfernt zu finden ist. In diesem Fall ist es der Ampfer (*Rumex*), der gerne neben der Brennessel wächst. Man zerknüllt seine saftigen Blätter und reibt sie auf die juckende Stelle. Um wirklich zu helfen, ist jedoch der richtige Spruch vonnöten. In England lautet dieser etwa so:

«Rein die Nessel, Ampfer raus.
Ampfer treib die Nesseln aus!»

Im Wallis, wo man die schmerzende Stelle nicht mit Ampfer, sondern dem «Heimina», dem Guten Heinrich (*Chenopodium bonus Henricus*), behandelt, wird folgender Spruch aufgesagt:

«Nomini Patre
Nessje mach und Blattre
Mit Heimina rib'n
Das tüets sus vertrib'n.»

Am allerbesten – und ohne sich der Zaubersprüche bedienen zu müssen – hilft jedoch das Einreiben mit dem Saft des Springkrauts, egal, ob es sich um das grosse, malvenfarbene Drüsentragende Springkraut (*Impatiens glandulifera*), das einheimische Rühr-mich-nicht-an (*Impatiens noli-tangere*) oder das kleinblütige Sibirische Springkraut handelt. Die Springkräuter enthalten balsamische Säfte, die den quaddelbildenden Histaminen entgegenwirken.

Andererseits gibt es auch Leute, die empfinden das Kribbeln als gar nicht so unangenehm. Sensitive beteuern sogar, dass von Brennnesseln gestochene Hände feinfühliger werden und die Erdstrahlen besser spüren.

Warum wehrt sich diese Pflanze gegen jede Berührung? Ist sie etwa selber von solch feiner, sensibler Natur, dass sie sich genötigt sieht, sich mit einer Aura aus giftigen Stacheln zu umgeben? Der grosse Schweizer Kräuterkenner Pfarrer Künzle meint dazu: «Hätte die Brennnessel keine Stacheln, wäre sie schon längst ausgerottet worden, so vielseitig sind ihre Tugenden!» Warum wohl hat Albrecht Dürer einen himmelwärts fliegenden Engel mit einer Brennnessel in der Hand gemalt? Und warum wurde bis ins 17. Jahrhundert die heilige Maria zuweilen auf Nesselzweigen rastend abgebildet, wenn die Pflanze nicht himmlische Eigenschaften in sich bergen würde? Rudolf Steiner, dessen hellseherische Fähigkeiten ich nicht in Frage stellen möchte, bezeichnete sie sogar als «die grösste Wohltäterin des Pflanzenwachstums». Einen «Allerweltskerl» nennt er sie in seinem *Landwirtschaftlichen Kurs* und sagt, «sie müsste eigentlich den Menschen ums Herz herumwachsen, denn sie ist wirklich in der Natur draussen (…) ähnlich demjenigen, was das Herz im menschlichen Organismus ist» (Steiner 1975: 131).

Was sind das nun für Tugenden, die dieser Allerweltskerl besitzt? Schauen wir uns einmal genauer an, was er so alles kann.

Neunkräutersuppe

Unsere Vorfahren, insofern sie Kelten, Slawen oder Germanen waren, hielten das wehrhafte Kraut hoch in Ehren. Diese im frühesten Frühjahr hervorspriessenden Nesseltriebe waren stets Teil der «Neunkräutersuppe oder -küchlein», mit denen sich die heidnischen Bauernstämme erneut mit den Lebenskräften der erwachenden Vegetation verbanden. Die Kelten personifizierten das frische Grün in der Gestalt des Grünen Mannes («le feuillu»), des Gefährten der Erdgöttin. Dieser stürmische Vegetationsgeist war es, der Wald, Wiese und Feld dem eisigen Winterkönig streitig machte. Die Brennnessel, ein bewaffneter Krieger im Verbund des Grünen Mannes, half mit, nicht nur den äusseren, sondern auch den inneren Winter, den üblen Scharbock (Skorbut) und die Winterschwäche nämlich, zu vertreiben.

Auch nach der Bekehrung zur Religion des Paulus, als die alten Götter und der Grüne Mann längst in Vergangenheit geraten waren, hielt man an der alten Kultspeise fest. Nun löffelte man die eher bitter schmeckende Suppe vor allem in der Karwoche zum Gedächtnis an die bitteren Leiden des Heilands oder im Gedenken an die bitteren Kräuter, welche die Kinder Israels zum Passah assen. Hier und da kennt man sie noch immer als «Gründonnerstagssuppe».

Die mittelalterlichen Doktoren dachten in diesem Zusammenhang weniger an die Passion Christi oder an die unsichtbaren Dämonenwürmer, die den Scharbock verursachten und ausgetrieben werden mussten, sondern vielmehr an «verdorbene Körpersäfte» und «schlechte Humore». Es galt, diese «Humore» zu reinigen und ins Gleichgewicht zu bringen. Im Winter sammelt sich zuviel «schwarze Galle» an. Ebenso wie die Erde sich im Frühling verjüngt und alles wieder in flüssige Bewegung bringt, sollte auch der Mensch mit Hilfe der grünenden Vegetation seine Säfte in Bewegung bringen. Da die Frühlingskräuter – vor allem die Brennnessel – Harn und Schweiss treiben, den Stuhlgang fördern und den Schleim in der Lunge lösen, galten sie als die probaten Mittel. Sie sorgten wieder für «guten Humor».

Noch bis zu diesem Jahrhundert waren derartige «Blutreinigungskuren» mittels Kräutern beim Landvolk gang und gäbe. Neben Nesseln sammelt man die kleinen, fettig glänzenden Blätter des Scharbockrauts, das sich als Erstes auf den feuchten Weiden und unter dem noch kahlen Gebüsch hervorwagt. Dazu kommen die zarten Blättchen und Triebe verschiedener bitterer Kressen und Knöteriche, Vogelmiere, Schafgarbe, Gänseblümchen, Geissfuss, Löffelkraut und anderer frosttrotzender Frühjahrspflanzen.

Viele Zeitgenossen lächeln über den alten Kräuterglauben. Wir wissen inzwischen, dass Skorbut, dessen Symptome bleierne Müdigkeit, Gaumenbluten, Hautverfärbung und Gliederschmerzen sind, nichts weiter ist als eine Folge von Vitamin-C-Mangel. Südfrüchte, Multivitaminpillen und Solarien haben, so meinen wir, die Frühjahrskur überflüssig gemacht. Zudem können sich viele Ärzte unter einer «Blutreinigung» kaum mehr etwas vorstellen. Dennoch beklagen sich die Leute nach wie vor über die «Frühjahrsmüdigkeit», die sich bleiern auf Glieder und Gemüt legt. Das Gewächshausgemüse und die Vitaminpillen verhindern zwar ein Ausbrechen akuter skorbutischer Symptome, aber die Vitalität und Kraft, die das frische Grün verleiht, besitzen sie dennoch nicht. Für die «Grüne Neune» gibt es keinen Ersatz!

Auch eine Brennnesselsuppe allein, ohne Beimischung anderer Frühlingskräuter, ist geeignet, die Schlacken (überschüssige Harnsäure) aus dem Gewebe zu schwemmen. Nach dem Verzehr dieser Suppe fühlt man sich tatsächlich wohler und vitaler. Zudem schmeckt sie ausgezeichnet. Wir haben gesehen, wie diese Pflanze mit ihrem Ameisen- und Bienengift fast in die Sphäre des «Tierischen» hineinragt (solche Verbindungen gehören eigentlich zur organischen Chemie animalischer Organismen). Kein Wunder also, dass der Geschmack – zum Entzücken des Gourmets – leicht an Meeresfrüchte oder eher an Fisch erinnert.

Brennnesselsuppe oder -gemüse enthalten wertvolle Nährstoffe, besonders viel Eisen und Kalzium, Vitamin A und C und, ihrer «tierischen» Natur entsprechend, besonders viel Eiweiss.

Bis zur Sommersonnenwende kann man die Brennnessel als Wildgemüse verwenden. Dann aber, wenn sie anfängt zu blühen, geht die Lebenskraft in Pollen und Samen über. Aber auch im Herbst und im

Einfache Brennnesselsuppe
Fein gehackte Zwiebel in Fett (Butter, Öl) andünsten, mit Fleisch- oder Gemüsebouillon ablöschen, fein gehackte junge Brennnesseltriebe (eine Tasse pro Teller Suppe) hinzugeben, kurz aufwallen lassen. Zum Schluss noch ein Ei hineinrühren, etwas Butter, Sojasauce und Brot-Croûtons hinzufügen.

Irische Brennnesselsuppe
6 Stangen Lauch, in Stücke geschnitten, in Butter dünsten, mit einem Liter Milch ablöschen und unter ständigem Rühren weich kochen. Danach 4 Tassen fein gehackte Brennnesseln, etwas Salz und 2 bis 3 Esslöffel gekochte Haferflocken hinzufügen. Aufkochen und heiss servieren.

Englischer «Nettle Pudding»
1 Schüssel (4 l) frische, junge Brennnesselspitzen
2 grosse Stangen Lauch oder Zwiebeln
2 Broccoli oder 4 Rosenkohl oder 1 kleiner Kohl
250 g Reis
Salz
Das Gemüse klein schneiden und mit den Brennnesseln mischen. Schichtweise abwechselnd mit dem Reis in einen Musselinsack füllen und diesen fest zubinden. In Salzwasser so lange kochen, bis Gemüse und Reis gar sind. Mit Butter oder Fleischsauce servieren.

Japanische Brennnesseltempura
Brennnesselblätter in Pfannkuchenteig tauchen und im heissen Fett frittieren. Mit Sojasauce servieren.

Winter braucht man nicht auf dieses wunderbare Gemüse zu verzichten. Die im Frühling gesammelten, sorgfältig im Schatten getrockneten Blätter kann man das ganze Jahr über als Suppenzutat, für Tees oder zur Haarspülung verwenden.

Botaniker sind sich nicht einig, ob die Grosse Brennnessel in Amerika schon vor der Ankunft der Weissen heimisch war oder ob sie eines der vielen Kräuter ist, welche die Indianer als «Fussstapfen der Bleichgesichter» bezeichneten. Meine Freunde aus dem Stamme der Cheyenne kennen diese Pflanze kaum. Sie wächst auch nicht gerade üppig in den eher trockenen Bergen von Montana. Als ich dem Pflanzenmedizinmann Bill Büffelstier eine Brennnesselsuppe vorsetzte, stocherte er eine Weile missmutig in seinem Teller herum und fragte eher misstrauisch: «Wo sind die Nadeln?» Als ich ihn davon überzeugen konnte, dass diese mit dem Kochen verschwinden, ass er die Suppe mit höchstem Genuss.

Pflanze der Erleuchtung

Für die Inder und Tibetaner ist die Nessel – *Bichbu Booti* auf Hindi – geradezu eine heilige Pflanze, die bei den Himalaja-Völkern in der Ernährung und Heilkunde eine wichtige Rolle spielt. Aus den Samen wird sogar ein Speiseöl gewonnen. Die Hänge des Kailasha, des im Westen Tibets gelegenen heiligsten Berg Asiens, sind von dichten Brennnesselwäldern bewachsen. Der Berg, der als Sitz des Gottes Shiva gilt, als das höchste Chakra (*Sahasrara-Chakra*) des Erdenleibes und als das Mandala der Dhyana-Buddhas, ist das Ziel vieler Erleuchtung suchender Pilger. Selbstverständlich gibt es keine Nahrungsmittelläden in der menschenleeren Einöde, die diesen Nabel der Welt umgibt. Die furchtlosen Pilger sind also gezwungen, sich fast ausschliesslich von den Samen und Blättern dieser Pflanze zu ernähren. So wird auch hier die Brennnessel zum Wegweiser zum Himmel, zum Vorboten der Erleuchtung.

Milarepa, der grösste Dichter Tibets, lebte als Einsiedler am Fusse des Berges. Viele Jahre nahm er nur Brennnesseln zu sich, so dass sich seine Haut grün verfärbte. Auf den Thankas, den Meditationsbildern, und den buddhistischen Ikonen wird der erleuchtete Meister noch immer grün dargestellt. Seine Brennnesseldiät half ihm, Siddhi-Fähigkeiten zu entwickeln. (Ein Siddhi ist ein Vollkommener voller magischer Potenz.) Auf diese Weise erlangte Milarepa eine solche Leichtigkeit, dass er wie eine Wolke vom Berg herabschweben konnte. Als er in seinem Heimatdorf landete, kochte seine Schwester ihm Reis und Gemüse. Der grüne Heilige wollte aber nichts anderes essen als seine geliebten Brennnesseln.

Der grosse Heiler

«Niemals kann sich Bösartiges bilden, wenn wir unsere gute Brennnessel nicht nur ehren, sondern in regelmässigen Abständen uns ihre wunderbare Kraft in Form von Tee einverleiben», das rät uns Maria Treben. Im Frühjahr und ebenso im Herbst, wenn nach dem Grummet, dem zweiten Heuschnitt, die Triebe erneut spriessen, zieht die fast Neunzigjährige, mit Handschuhen und Schere gewappnet, in die Brennesseln. Die Ausbeute ist nicht nur für den Kochtopf bestimmt, für cremige Suppen und Gemüse mit saurem Rahm, sondern sie unterzieht sich auch öfter einer vierwöchigen Brennnesselkur (Treben 1988: 29). Die Kur besteht darin, dass man vor dem Frühstück eine Tasse Brennnesseltee trinkt, dann im Laufe des Tages schluckweise noch zwei weitere Tassen. Sie macht diese «beste der Heilpflanzen» dafür verantwortlich, dass sie und ihre Familie seit Jahren keine Medikamente einnehmen müssen und dass sie sich im hohen Alter noch «jung und elastisch» fühlt. Die begnadete Kräuterfrau, die – wie sie sagt – ihre heilerischen Inspirationen von der Gottesmutter erhält, fügt noch hinzu, dass das frische grüne Kraut mehr Heilkraft enthält als das getrocknete. Nur im Winter greift sie auf ihren getrockneten Vorrat zurück.

Es ist tatsächlich guter Rat, den uns die Kräuterfrau gibt. Brennnesseltee wirkt erwiesenermassen tonisierend, blutreinigend und blutbildend. Hier ein kurzer Überblick der Indikationen:

Brennnesseltee hilft bei:

- Ekzemen, Pickeln, schlechter Haut.
- Diabetes. Der Tee eignet sich als Zusatztherapie bei Zuckerkrankheit, da er die Funktion der Bauchspeicheldrüse günstig beeinflusst und den Blutzucker senken hilft.
- Erkrankungen der Harnwege. Eine Kur ist angesagt bei Nierensteinen und Harngriesbildung.
- Verdauungsstörungen. Brennnesseltee wirkt leicht stuhlgangför-

dernd, tonisiert die Leber und die Galle und kann als Unterstützungstherapie bei Gallenblasenentzündung, Magen- und Darmgeschwüren getrunken werden.

- Milzleiden. Die Milz ist ein wichtiges Organ des Immunsystems. Sie dient als Auffangstelle für Bakterien, Parasiten, Zelltrümmer, weisse Pulpa und andere Blutverunreinigungen. Auch hier kommt die blutreinigende Wirkung des Tees zum Tragen. Seit der griechischen Antike wurde Brennnessel bei «Drüsenschwellung» verwendet.
- Allergien. Bei Autoimmunkrankheiten, wenn das Abwehrsystem sich gegen den eigenen Körper wendet, kann eine Brennnesselteekur Hilfe leisten.
- Ermüdungs- und Erschöpfungszuständen, die auf Blutarmut (Anämie) zurückzuführen sind. Die Brennnessel ist ein regelrechtes Eisentonikum, worauf wir noch zu sprechen kommen.
- Rheuma und Gicht. Diese Stoffwechselerkrankungen haben viel mit der Ansammlung von toten Stoffen und Schlacken im Gewebe zu tun. Der leicht harntreibende Brennnesseltee bringt die Ablagerungen wieder in Bewegung und schwemmt überschüssige Chloride und Harnstoffe aus.
- Bei Allergien, Raucherbein und Durchblutungsstörungen kann man Brennnesseltee oder eine Abkochung des Krauts als Badezusatz ins Bad geben.
- Haarwuchsproblemen. Nach dem Shampoo werden die Haare gründlich mit Brennnesseltee gespült. Das kräftigt die Haare.

Als Haarwuchsmittel noch besser geeignet ist eine Abkochung aus Brennnesselwurzeln. Pfarrer Kneipp meint dazu: «Solange die Haarwurzeln noch leben, hilft es», mit anderen Worten bei psychosomatisch verursachtem Haarverlust. Der Glaube, dass das behaarte Gewächs die Glatze verhindern könnte, ist uralt und beruht auf der Lehre der Signaturen. Nicht nur die Ärzte und Alchimisten des Mittelalters waren überzeugt, dass der Schöpfer jeder Pflanze die Merkmale gibt, die es einem erlauben, auf ihre Heilkraft zu schliessen; auch die Schamanen und Medizinleute der Indianer, Afrikaner und anderer Naturvölker teilen diese Ansicht. So war man zum Beispiel überzeugt, dass das Johanniskraut ein gutes Wundmittel ist; zerdrückt man nämlich die gelben Blüten zwischen den Fingern, quillt ein roter, blutähnlicher Saft heraus. Die Feigwurz (Scharbockskraut) hat kleine Speicherwurzeln («Feigen»), die durch ihre Form an Hämorrhoiden erinnern – daraus ergibt sich, sie gegen dieses peinliche Leiden einzusetzen. Das Schöllkraut galt als das beste Leberheilmittel, denn seine Blätter sind nicht nur lappenförmig wie die Leber, sondern riechen auch wie frische Leber, wenn man sie zerquetscht. Interessant an den Signaturen ist, dass sie meistens zutreffen: Johanniskraut ist tatsächlich ein hervorragendes Wundheilkraut; Scharbockskraut kann bei Mastdarmkrampfadern wirklich hilfreich sein; das Schöllkraut ist ein erprobtes Lebermittel. Und so können wir auch annehmen, dass die Brennnessel mit ihrer haarigen Signatur tatsächlich die Kopfhaut vitalisiert und den Haarwuchs stimuliert.

Aber nicht nur der Tee, sondern auch die Wurzeln und die frischen Stengel lassen sich therapeutisch einsetzen. Seit einiger Zeit wird zum Beispiel bei chronischer Prostataentzündung und Reizblase ein Wurzelextrakt verschrieben. Die Allgäuer Kräuterfrau Susanne Fischer verrät, wie man eine solche Tinktur herstellt (Fischer 1984: 60): «Die frischen Wurzeln werden gesäubert, klein geschnitten und in ein Glas mit Schraubverschluss gefüllt. Mit 45%igem Alkohol aufgiessen, 2–3 Wochen ziehen lassen, gelegentlich schütteln, abseihen und in dunkle Tropfflaschen füllen. Dosierung: 3mal 20 Tropfen täglich.»

Noch eine weitere Verwendung der Brennnessel in der Heilkunde wollen wir uns anschauen: Schmerzende, rheumatische Gelenke bearbeitete man mit frischen Brennnesselruten. Urtifikation wurde diese Behandlung genannt. Sie wurde auch in Fällen von Lähmungen und Schlafsucht angewendet. Ich persönlich habe positive Erfahrungen mit dieser alten Methode gemacht. Beim Radfahren im eisig kalten Regen bekam ich ein schmerzendes, steifes Knie. Weder Salben noch warme Bäder halfen. Als ich nach einigen Tagen mit schmerzverzerrter Miene an einem Brennnesselhorst vorbeihumpelte, kam mir der Gedanke, das Knie mit Brennnesseln zu schlagen. Es tat gar nicht so weh, wie ich es mir vorgestellt hatte. Das Gelenk wurde knallrot und schwoll an. Ich spürte, wie Blut und Lymphe in Wallung gerieten. Eine einzige Behandlung genügte, um mich von dem Rheumabefall zu befreien. Es ist übrigens eine alte Erkenntnis der Naturheiler, dass Blutzufuhr Heilung bringt. Durch Kaltwassergüsse, Hitze oder – wie in diesem Fall – Urtifikation lenkten sie das Blut in die erkrankten Organe und Gewebe.

Auch die Bauern bedienten sich dieser Methode: Mit Schlägen der Brennnesselrute trieben sie störrische Rinder und alte Hengste zur Paarung. Und was beim Vieh wirkt, wirkt auch beim Menschen. Jene, deren Manneskraft abhanden gekommen war, liessen sich ebenfalls mit Nesselruten traktieren.

Mars in seiner pflanzlichen Verkörperung

Der schwedische Naturforscher Carl von Linné, genannt Linnaeus (1707–1778), war ein echter Sohn der Aufklärung und ein Verfechter des modernen rationalen Weltbildes. Er machte es sich zum Lebenswerk, die Pflanzen und Tiere nach ganz natürlichen Kriterien zu ordnen. Die Pflanzen klassifizierte er nach der Anatomie ihrer Sexualorgane: den Blüten. Er zählte die Stempel und Staubblüten, die Blütenblätter und Kelchblätter und verzeichnete die jeweilige Anordnung. Auf dieser Grundlage sortierte er die Gewächse säuberlich in Gattungen und Arten. Ein System, das bis heute seine Gültigkeit bewahrt hat.

Die Alchimisten, Ärzte und Apotheker der Zeit vor der Aufklärung hatten dagegen ein ganz anderes System der Klassifizierung. Sie erlebten die Pflanzen als Lebewesen, die ganz den Rhythmen und Einflüssen des Kosmos ausgesetzt sind und dessen Gesetzmässigkeiten widerspiegeln. Sie ordneten also die Pflanzen in Bezug auf die zwölf Tierkreisregionen und vor allem nach ihrer Planetenzugehörigkeit. Die Planeten drücken den jeweiligen Pflanzenarten ihr unverwechselbares Siegel auf. Diese Siegel oder Signaturen gilt es zu erkennen.

Unter Planeten verstanden die mittelalterlichen Weisen alle «wandelnden Sterne», welche im Gegensatz zu den Fixsternen ihre Position am Himmel verändern. Sieben solche Wandelsterne konnten sie ausmachen: die erdnahen Planeten wie Mond, Merkur und Venus und die erdfernen wie Mars, Jupiter und Saturn. Die Sonne galt dabei als das Herz des Systems, als der mittlere Planet (Storl 1994: 167).

Im Gegensatz zu unseren Astrophysikern stellten sich die alten Astronomen die Planeten weniger als stofflich-materielle Körper in orbitaler Bewegung vor, sondern als ineinander fliessende, schöpferische Energien. Man war überzeugt, das ganze Dasein sei aus den sieben planetarischen Wirkkräften gewoben, und der Botaniker, der sich auskannte, konnte an der jeweiligen Pflanze recht gut ablesen, welche dieser Kräfte in ihr wirksam sind. Zwar sind alle sieben Kräfte an der Entwicklung einer jeden Pflanze beteiligt, aber je nach Art dominiert einmal der eine und ein andermal der andere Planet. Der pflanzenkundige Apotheker konnte also durchaus von saftigen Mondgewächsen, schnell wachsenden Merkurpflanzen, lieblichen Venuspflanzen, süssen, ölhaltigen, safrangelb blühenden Jupitergewächsen oder trockenen, dunklen Saturngewächsen sprechen.

Bei der Brennnessel – da herrscht unter den alten Botanikern kein Zweifel – handelt es sich eindeutig um eine Marspflanze. In ihren positiven wie in ihren negativen Eigenschaften gibt sie die Signatur des heissen, feurigen Planeten zu erkennen. Wir sollten uns diesen Planetengott etwas näher anschauen.

Mars ist der archetypische Krieger, der Eroberer. Bewaffnet tritt er auf. In allen stacheligen, spitzen, stechenden, scharf brennenden Pflanzen erkennen wir seine Signatur. Seine Pflanzenkinder sind keine wässrig aufgedunsenen, weichen Gewächse, wie sie etwa der Mond hervorbringt, und auch keine schleimigen, schlangenähnlichen Schlingpflanzen, wie sie dem Merkur angehören, sondern Gewächse mit streng geordneter Physiognomie – eben wie die Brennnessel. Mit ihrem kerzengeraden vierkantigen Stengel und den geordneten, gegenständigen Blattpaaren, die sich rhythmisch von Knoten zu Knoten dem Blütenpol zu bewegen, mit ihren spitzen Brennhaaren ist sie ganz die Erscheinung eines Kriegers oder Soldaten, der in strenger Selbstzucht verharrt.

Auch die Blüten haben nichts Verschwenderisches, nichts Prahlerisches an sich. Sie haben weder Farbe noch Nektar noch einen besonderen Duft. Sie kleiden sich, wenn man so will, in ein schlichtes Feldgrau. Und dennoch hat die Brennnessel bezaubernde Farben. Nur hat sie diese auf Armeslänge von sich geschoben – sie wird umflattert von den schönsten bunten Schmetterlingen, von dem rötlichen Kleinen Fuchs, von dem Landkärtchen, dem Tagpfauenauge und dem prachtvollen Admiral. Die Raupen dieser Falter ernähren sich mit Vorliebe von den Blättern der Nessel.

Zu der Signatur des Mars gehört die feurige Hitze. Die galenischen Humoralpathologen der Antike und des Mittelalters erkannten in der Brennnessel, dieser typischen Marspflanze, ein heisses, trockenes «Temperament» des dritten Grades. Das ist sehr heiss. Entsprechend verordnete man sie, wenn es galt, etwas zu erwärmen oder auszutrocknen, etwa bei Milzverhärtung, Steinleiden, kalten Geschwüren, Asthma, Brustfellentzündung oder Lungenentzündung. Aber auch bei verschiedenen hitzigen Erkrankungen und Fiebern fand sie Anwendung nach dem (homöopathischen) Prinzip, man solle Gleiches mit Gleichem heilen. Schon Plinius, der römische Schriftsteller, der das Naturwissen der Antike zusammentrug, schrieb, dass die Wurzel der Herbstnessel, dem Kranken aufgebunden, das drei- oder viertägige Fieber heile. Man müsse aber beim Ausgraben der Pflanze den Namen des Kranken nennen und ihr sagen, wessen Sohn dieser sei.

Es ist noch gar nicht so lange her, dass man in ländlichen Gebieten versuchte, sämtliche Fieber auf dieses feurige Kraut zu übertragen. Auch wurde die Pflanze dabei rituell angesprochen. So sollte der Fiebernde drei Tage hintereinander, vor Sonnenaufgang und abends nach Sonnenuntergang, zum Nesselhorst gehen und sagen:

«Guten Morgen (bzw. Guten Abend) liebe Alte!
Ich bringe die Heisse und Kalte.
Mir soll es vergehen.
Du sollst es bekommen!»

Oder der Fiebernde bestreute die Pflanze mit Salz und sprach:

«Ich streue den Samen durch Christi Blut.
Es ist für 77erlei Fieber gut!»

Als Medizin gegen «Hitze und Brand» bei Mensch und Vieh grub man zu Mariä Himmelfahrt Brennnesselwurzeln aus, die unter einer Dachtraufe wuchsen, trocknete sie und verrieb sie mit Schneckenschalen und einem Schädelstück zu Pulver. Zum Einreiben gefrorener Glieder hingegen wurden Brennnesseln vor Sonnenaufgang gepflückt und in Öl gesotten. Derartige Rezepte könnten beliebig aufgezählt werden. Der kritische Zeitgenosse mag da die Nase rümpfen und ungläubig den Kopf schütteln – dennoch, in den Zauberrezepten der alten Volksmedizin liegt sicherlich ein Quäntchen Wahrheit. Beim genaueren Hinsehen entpuppt sich der Aberglaube als überaus wirksam, wenn er von einer gesellschaftlich getragenen Erwartungshaltung begleitet wird.

Potenz und feurige Liebe

Die traditionellen Kräuterkundigen lehrten, dass jeder Planet am Pflanzenwachstum beteiligt ist: der Mond am Keimen und am Wurzelwachstum, Merkur am Aufschiessen der jungen Triebe und Sprossen, Venus an der Entwicklung des grünen Laubs, der Blüten- und Fruchtblätter. Mars ist als Verkörperung der männlichen Sexualität in den Staubblättern und im befruchtenden Blütenstaub vorhanden. Wenn Mars und Venus sich als Ovum und Pollenkorn vereinen, kommt Jupiter zum Zuge. Er lässt die Frucht anschwellen und ausreifen. Zuallerletzt kommt Saturm daher. Er bedeutet den Tod der Pflanze, zugleich aber trägt er als kosmischer Sämann die Saat durch den Winter in die kommende Jahreszeit, wenn die Vegetation erneut ergrünt.

Nach dieser Anschauung müsste die Brennnessel als Marspflanze besonders potent sein und besonders viel Blütenstaub erzeugen. Diese Vermutung trifft durchaus zu. Die Grosse Brennnessel ist, wie ihr lateinischer Artname *dioica* andeutet, zweihäusig: das heisst, die Staubblüten und die Fruchtknoten befinden sich in «zwei verschiedenen Häusern», also auf getrennten «männlichen» und «weiblichen» Pflanzen. Zur Befruchtung muss der Wind den Pollenstaub auf die begattungsbereiten Narben tragen. Weht aber kein Wind, was kümmert's diese Marspflanze! Die Spannung in den männlichen Blütenhüllen ist dermassen stark, dass die Staubbeutel bei der ersten Berührung der morgendlichen Sonnenstrahlen nach aussen schnellen und explosionsartig eine kleine Wolke Blütenstaub in die Luft schleudern. Wenn man sich die Zeit nimmt, kann man diesen Vorgang gut beobachten.

Früher, ehe es eine wissenschaftliche Botanik gab, wusste man noch nicht, dass diese Pflanze zweihäusig ist. Aber an ihrem erotischen Drang bestand kein Zweifel. Sie braucht ein weibliches Gegenüber. So meinte man, die Nessel nehme sich die sanfte weissblütige Taubnessel (*Lamium album*) zur Frau. Und genau so, wie man die Taubnessel als Venusgewächs bei weiblichen Unterleibsstörungen (Weissfluss, Menstruationsstörungen, Blasenentzündung) einsetzte, wurde ihr Buhle, die Marspflanze, bei Potenzstörungen des Mannes empfohlen. Überhaupt galt die Brennnessel als sicheres Liebes- und Lenzmittel. Darauf deutet auch die auf keltischer Überlieferung basierende Blumensprache der Minnesänger hin: «Wer heiss brennende Liebe in seinem Herzen fühlt, soll die sengenden Nesseln tragen.»

Mit der Pflanze konnte man dem oder der so innig Begehrten eine unausweichliche, «heisse, brennende Liebe» anzaubern. Dazu musste man an einem Freitag, dem Tag der Liebesgöttin Venus, vor Sonnenaufgang heimlich auf eine Nesselstaude urinieren, den Namen des oder der Begehrten aufsagen und die Pflanze mit Salz besprengen. Nach Sonnenuntergang desselben Tages grub man die Nessel aus, legte sie in die Glut und beschwor drei Dämonen:

«Öl, Ammel und Ingrimm,
So wie die Nessel hier brennt,
So brenne auch sein (ihr) Herz nach mir!»

Wenn wir annehmen, dass Gedanken und Wünsche eine Art von Energie darstellen und dass es so etwas wie Telepathie gibt, dann hat man mittels dieses Rituals gewiss eine Wirkung erzielt. Der davon Betroffene, der vermutet, auf diese Art und Weise verzaubert worden zu sein, vermag sich dennoch zu wehren: Wenn er etwas Johanniskraut oder eine Wegerichwurzel bei sich trägt, wird man ihm nichts anhaben können.

Die Brunst des Mars ist also nicht nur eine physische, mit dem Thermometer messbare Hitze, sondern ebenso die Hitze des Kampfes, der Begeisterung und der sinnlichen Leidenschaft. Die kühle Venus hat den Hitzkopf zu ihrem Liebhaber auserkoren, er ist ihr Eroberer. Mars verkörpert immer das eindringende, begattende Prinzip, die holde Göttin immer das empfangende Prinzip.

Liebesfeuer und Manneskraft lassen sich tatsächlich mit Brennnesselsamen anfachen. In mittelalterlichen Klöstern, wo es unter den Bettstellen nur so von Buhlteufeln wimmelte, unterlagen Brennnesselsamen einem strikten Verbot. Schon die Ärzte der Antike hatten verkündet, dass der Brennnesselsamen feurig in der Liebe mache und die Wehen der Geburt lindere. Dioskorides, der griechische Feldarzt im Dienst der römischen Kaiser Claudius und Nero, bemerkt, dass «Nesselsamen, in Wein getrunken, macht ein Begierd zu Unkeuschheit und öffnet die verstopfte Gebärmutter». Otto Brunfels (1489–1534), einer der «Väter der Botanik», fügt hinzu: «Der Same in süssem Wein getrunken reyzet zur Unkeuschheit und thut auf die Macht (Scheide). Ettliche andere, wenn sie wöllen eheliche Werk treiben, essen sie den Samen mit Zwiebeln und Eidottern und Pfeffer.» In abgelegenen Winkeln des Schwabenlandes gibt es noch heute Kräuterfrauen, die den Samen der «Nessele» als fruchtbarkeitsfördernd ansehen. Sie sammeln die Samen im Feuermonat August, wenn sich der Mond in einem Feuerzeichen (Schütze, Widder, Löwe) befindet. Im Emmental sammelt man im Augustmond Nesselsamen gegen Wassersucht.

Tatsächlich bewirken die Samen eine deutlich spürbare Kräftigung der Konstitution. Man kann sie im Herbst sammeln, trocknen und bis zur nächsten Ernte im Glas aufbewahren. Brennnesselsamen sind eine Schatztruhe wertvollster konzentrierter Mineralien, Vitamine und Phytohormone. Sie regen die Körperfunktionen an, helfen bei chronischer Müdigkeit und Leistungsschwäche und fördern bei stillenden Müttern die Milchbildung. Als immunstärkendes Mittel sind die Brennnesselsamen wahrscheinlich dem teuren, aus Korea importierten Ginseng ebenbürtig. Mit den Samen kann man nach Belieben Suppen würzen oder zur Stärkung einen Teelöffel pro Tag kauen. Die winzigen Nüsschen schmecken gut und werden beim Kauen recht schleimig, wie es sich für Träger von Lebenskraft gehört.

Blut, Eisen und Blattgrün

Bestimmte Pflanzengattungen und -familien spezialisieren sich auf ganz bestimmte Stoffe. Schmetterlingsblütler zum Beispiel saugen sich mit Hilfe kleiner Wurzelbakterien mit Stickstoff voll. Gänseblümchen, die gewöhnlich auf kalkarmen Wiesen wachsen, sammeln Kalk. Der Stechapfel ist auf Phosphor spezialisiert. Und der Schachtelhalm ist dermassen auf Kiesel (Silizium) versessen, dass man einst mit seinen harten, kieseligen Stängeln die Zinnbehälter polierte. Jeder Pflanzengattung kommt im Haushalt der Natur eine besondere Aufgabe zu. Auch der Brennnessel. Sie hat als zünftige Marspflanze ein besonderes Verhältnis zum Eisen, dem Metall des roten Planeten. Nesselkolonien besetzen mit Vorliebe Böden, auf denen Schrott und alte Maschinen dahinrosten. Gierig saugen die Nesseln das Metall auf und regulieren auf diese Art und Weise den Eisenstoffwechsel des Bodens.

Brennnesseln enthalten viel Eisen, bis zu sechs Prozent des Aschengehalts. Das Eisen der Brennnessel ist von grosser biologischer Verfügbarkeit, es kann leicht von unserem Organismus aufgenommen werden. Wir alle brauchen Eisen. Als Baustein der roten Blutkörperchen hilft es, den Sauerstoff, der für jede einzelne Zelle lebensnotwendig ist, zu transportieren und zu speichern. Gelegentlich kann es vorkommen, dass Menschen nicht genug von diesem Marselement in sich haben. Sie sind dann blass, lustlos, träge und schlapp: Sie leiden an «Blutarmut». Besonders Schwangere sind davon betroffen. Werdende Mütter – so der Bergbauer Arthur Hermes, der Mystiker aus dem waadtländischen Jura – wären gut beraten, jeweils morgens, mittags und abends einen Esslöffel frischen Brennesselsaft einzunehmen.

Auch willensschwachen Menschen, jenen, denen es schwer fällt, ihren irdischen Leib voll in Besitz zu nehmen, gibt Arthur Hermes diesen Rat. «Eisen macht wach», sagt der passionierte Brennnesselteetrinker, «es zieht unser höheres Ich in unseren Körper hinein und lässt uns als geistige Wesen voll inkarnieren. Das ist bei uns Menschen der Fall ebenso wie bei unserer Mutter Erde, der Gaia. Ein Eisenkorn gliedert ihren Leib in zwei magnetische Pole und durchzieht ihn mit jenen Kraftlinien, die der Kompass registrieren kann. Vergleichsweise vermittelt uns das Eisen im Blut einen Bezug zu den Gesetzen des materiellen Raums und ermöglicht unsere irdische, karmische Betätigung. Ohne Eisen könnte das spirituelle Selbst gar nicht innerhalb materieller Dimensionen agieren. Ohne Eisen kann sich dieses Selbst gar keinen Körper als irdisches Fahrzeug aufbauen, also brauchen Schwangere viel davon.»

Fleissige Chemiker haben die molekulare Struktur des Hämoglobins, des roten Blutfarbstoffes, genau untersucht. Das Molekül besteht aus einem ringförmigen Porphyrgerüst, in dessen Mitte sich ein Eisenmolekül befindet. Nun ist es äusserst interessant, dass das Chlorophyllmolekül (das Blattgrün), welches die Sonnenenergie auffängt und allen Lebewesen das Leben ermöglicht, genau dieselbe molekulare Struktur besitzt wie das Hämoglobin! Das Blattgrün ist praktisch ein Spiegelbild des roten Blutfarbstoffes. Es stellt dem Rot die Komplementärfarbe Grün entgegen. Es sondert den Sauerstoff ab, den das Hämoglobin aufnimmt; es atmet den Kohlenstoff ein, den das Hämoglobin absondert.

Was nun den Unterschied zwischen diesen Zwillingen ausmacht, ist, dass das Chlorophyllmolekül in der Mitte des Porphyrringes anstatt eines Eisenatoms ein Magnesiumatom aufweist. Dennoch braucht jede Pflanze Eisen, um nicht bleichsüchtige, weissliche Blätter zu bekommen, ebenso wie jeder tierische Organismus Magnesium braucht. Hätte die Pflanze aber Eisen inmitten des Chlorophyllmoleküls, dann hätte sie keinen grünen Saft, sondern rotes animalisches Blut; dann würde sie aus ihrem vegetativen Schlaf erwachen; dann wäre auch sie eine Art Mikrokosmos. Aber die Pflanze ist dazu bestimmt, ein makrokosmisches Wesen zu bleiben ohne seelisches und geistiges Innenleben, wie es bei Organismen mit rotem Blut der Fall ist. Sie braucht keine inneren Organe, kein rotes Blut; sie bleibt notgedrungen der äusseren Natur, dem Kosmos zugewendet; sie bleibt offen für die Energien, die ihr aus den Weiten des Alls und von der Sonne zuströmen.

Die grünen Chloroplasten im Blatt gleichen in verblüffender Weise den Stäbchen in der Netzhaut des menschlichen Auges. Blätter sind tatsächlich lichtsensible Organe, Augen, die Energiequanten aus dem Kosmos empfangen und damit die stofflichen Elemente (Wasser, Luft, Mineralien) beleben und zu Biomasse aufbauen. Die komplementären roten Blutkörperchen nehmen dann einen Teil dieser Lebensenergie auf und lassen sie den tierischen und menschlichen Mikrokosmen zukommen.

Wie wir bereits sagten, das Eisen im Blut schafft Geistesgegenwart. Es erschwert das «Abwesendsein», das Abheben, das Hinwegschweben unseres Bewusstseins in kosmische Fernen. Hier liegt die Begründung für den archaischen Glauben, dass man Heilpflanzen nicht mit einem metallenen Messer schneiden soll, denn das würde die «jenseitigen», mit den Sternen verbundenen Heilkräfte blockieren. Hier liegt auch die Begründung des altkeltischen Glaubens, dass die Elfen und Pflanzengeister von Eisen vertrieben werden oder dass man Hexen mit Eisen abwehren kann – was anderes sind denn Hexen als die frei schwebenden Astralleiber von Menschen, die sich in Trance befinden, die «weg» oder abgehoben sind? In Tiefschlaf oder Trance gleichen wir den Pflanzen. Wir sind dann wie sie zwar physisch und ätherisch präsent, aber unser bewusster Geist und unsere empfindende Seele schweben «ausserhalb». Hätten wir statt Eisen Magnesium im Blut, dann kämen wir – wie die Pflanze – nie wieder zurück, wir blieben im vegetativen Zustand. Das Eisen aber hilft dem Geist, wieder in den Körper zurückzufinden.

Nun könnte man meinen, dass die Brennnessel, die sich dermassen mit Eisen vollsaugt, ihr pflanzliches Dasein aufgeben und ebenfalls wach und tierhaft werden sollte. In gewissem Sinn tut sie das auch. Sie hat durchaus etwas tierhaftes (astralisches) an sich. Sie umgibt sich mit einem Pelz aus spitzen Nadeln, die mit Tiersubstanzen, ähnlich den Giften der Bienen und Ameisen, gefüllt sind. Diese Gifte wirken auch bewusstmachend – wir brauchen die Nessel nur zu berühren, und sofort sind wir wacher, sind wir «da». Wir verlieren das pflanzliche, das himmlische Träumen und erfahren den Schmerz des irdischen Daseins.

Um Pflanze zu bleiben, um trotz des vielen Eisens, das sie aufnimmt, nicht einem tierischen Seinsmodus zu verfallen, greift die Brennnessel zu einem geeigneten Gegenmittel. Sie schützt sich, indem sie besonders viel Chlorophyll produziert. Sie stellt sozusagen dem roten Marsmetall die Macht des Magnesiums entgegen. Sie strotzt nur so vor lauter Blattgrün, mit dem sie die Sonnenkräfte in sich hineinzieht. Sie ist vom unteren Stengelbereich bis in die Blütenregion grün. Sie scheint derart mit dem Grünsein beschäftigt zu sein, dass ihr keine Lust und Laune bleibt, bunte Blüten hervorzubringen. Sie ist so reich an Blattgrün, dass der Chlorophyllbedarf von Handel und Industrie – Nahrungsmittelfarben, Zahnpasta, Mundwasser – vorzugsweise durch Brennnesseln gedeckt wird.

Geisterpflanze

Naturverbundene Völker, die etwas von der archaischen Fähigkeit des aussersinnlichen Wahrnehmens bewahrt haben, wie zum Beispiel die

Zigeuner, die Hochlandschotten oder die «Spökenkieker» nahe der Nordseeküste, nehmen in der Umgebung von Brennnesselhorsten oft ungewöhnliche Erscheinungen wahr. Übersinnliche Energien, die manchmal als Geister, als Ahnen oder als Heinzelmännchen gedeutet werden, umweben und umschweben die Nesseln. Die Siebenbürger Zigeuner sprechen von kleinen Erdmännlein, die sie *Pchuvuschen* nennen. Die Brennnesselkolonien sind folglich «Wälder der Pchuvuschen». Die Männlein sind stark behaart, hässlich und äusserst geil. Gerne nehmen sie sich Menschenfrauen, um sich fortzupflanzen. Frauen, denen so etwas widerfährt, wissen gar nicht, was mit ihnen geschieht. Sie fühlen sich einfach von den Nesseln angezogen, und die unsichtbaren Pchuvuschen, die sie gebären, erscheinen ihnen höchstens im Traumgesicht. Den winzigen Männlein wachsen drei goldene Haare auf dem Kopf. Wem es gelingt, eines davon auszureissen, der kann dann Steine in Gold verwandeln. Die Deutung solcher Aussagen überlasse ich lieber dem Leser. Vielleicht haben solche Geschichten etwas mit der «Eisenstrahlung» zu tun, die von der Brennnessel ausgeht. Das glauben jedenfalls die biodynamischen Gärtner. Und das Gold, von dem die Rede ist, ist sicherlich das Gold der Weisheit.

Ein Freund des Landmannes

Die Brennnessel als Freund und Helfer des Gärtners oder des Bauern? Kaum zu glauben, wenn man bedenkt, wie hemmungslos der Landwirt heutzutage auf die giftigsten Herbizide zurückgreift – auf Trichlorphenoxyessigsäure etwa, welche den Stoffwechsel der Pflanze derart beschleunigt, dass sie sich zu Tode wächst –, um die sich ausbreitenden Brennnesselkolonien zu vernichten. Möge Mutter Gaia dem Landmann die Augen öffnen, damit auch er die positiven Seiten dieser Pflanze zur Kenntnis nehme.

In früheren Zeiten, als die Menschen noch in einer bunteren, magischen Welt lebten, sahen sie in der Brennnessel einen wahren Bundesgenossen gegen verschiedene Bedrohungen. Der Bauer im Erzgebirge steckte zum Beispiel nebst einem Besenstiel Brennnesselzweige in die Ecke des Feldes, das er bepflanzen oder einsäen wollte. Dazu sagte er: «Da, du Krähe, das ist dein; was ich stecke, das ist mein!»

Fast überall wurden Nesselbüschel im Stall aufgehängt, damit unsichtbare fliegende unholde Wesen, Hexen eben, dem Vieh und der

Milch nichts Böses antun. Hexen fürchten sich allgemein vor dornigen, stacheligen oder spitznadeligen Gewächsen, in denen sie hängen bleiben können. Zur Walpurgisnacht, wenn es die Unsichtbaren besonders wild treiben, wurden Nesselruten auf die Düngerhaufen gesteckt, oder der Mist wurde sogar damit gepeitscht. Man glaubte, die Hexen würden das am eigenen Leib spüren, und es würde ihnen die Lust vergehen, sich am Vieh zu vergreifen.

In ganz Osteuropa wurde Milchzauber mit der Brennnessel getrieben. Wollte die Milch nicht zur Butter werden, dann holte sich der sächsische Bauer eine Nesselrute und redete die Pflanze beim Pflücken mit folgenden Worten an:

«Grüss dich Gott, Nesselstrauch,
Hast fünfzig (Feuer) und kein Rauch
Gib mir den besten (Schlüssel)
Lass mich aufschliessen der Zauberin ihr Schoss
Dass ich kann herausnehmen den Butterklos
Das helfe mir Gott!»

Am höchten Feiertag der Südslaven, dem Badnick, geht ein nacktes Mädchen in den Stall und berührt mit einem Brennnesselzweig jedes einzelne Tier, besonders die Milchkühe. Dabei sagt das Mädchen: «Besser die Nessel als jene, die da kommen könnte, die Milch wegzunehmen!»

Damit die Milch an heissen Tagen nicht so schnell sauer wird, war es vielerorts Brauch, einen Brennnesselzweig in die Milch zu tauchen. Noch in diesem Jahrhundert (1902) wurde eine Berliner Milchverkäuferin wegen Lebensmittelverfälschung vor Gericht gestellt, weil sie versucht hatte, auf diese Weise das Gerinnen zu verhindern. Die Angeklagte musste aber freigesprochen werden, da sie ein «allgemein geübtes Verfahren» angewendet hatte.

Wie man Brennnesseljauche macht

Einen Bottich oder ein Fass – nicht aus Metall – bis oben mit Brennnesseln füllen, mit Regenwasser auffüllen und an einen sonnigen Ort stellen. Das Gebräu fängt bald an zu gären und zu stinken. Der Zusatz einer Handvoll Steinmehl hilft, das sich bildende Ammoniakgas zu binden. Nach etwa drei Wochen ist die Jauche fertig. Sie wird 1:10 mit Regenwasser verdünnt und um die Pflanzen gegossen. Besonders Starkzehrer wie Kohl und Tomaten sind dafür dankbar.

Heutzutage bringt der Bauer oder Gärtner solchen Zauberpraktiken wenig Verständnis entgegen. Schule und Medien haben uns den Zauberglauben ausgetrieben, und gegen Milchversäuerung gibt es immerhin Kühlbehälter. Dennoch spielt die Brennnessel immer noch eine wichtige Rolle für den naturnahen Gärtner oder Bauer. Überall, wo sie wächst, hinterlässt sie einen guten, ausgeglichenen Boden. Sie gilt unter Kennern als hervorragende Humusbildnerin. Schauen wir uns nun einmal näher an, was der kluge Landmann alles mit der Brennnessel anfangen kann:

- Mancher Gärtner bereitet aus der Brennnessel eine Jauche, die die Gemüsepflanzen nicht nur kräftig düngt, sondern auch gegen Schädlings- und Pilzbefall widerstandsfähiger macht. Das Düngen mit dieser Jauche verändert die Zusammensetzung der Säfte in den Kulturpflanzen, so dass sie den Insekten nicht mehr so gut schmecken. Ein alter Gärtner erzählte mir, er habe sogar beobachtet, wie durch diese Behandlung die Ameisen aktiver wurden und auf Raupenjagd gingen. Die Brennnesseljauche stinkt entsetzlich, aber wie das Sprichwort sagt: Was stinkt, das düngt!
- Bei Stängelfäule, die die jungen Pflänzlein im Frühbeet umkippen lässt, bei Mehltau und anderem Pilzbefall ist ein Brennnesseltee das geeignete Mittel. Der Aufguss, mit Zusatz von einem Teil Schachtelhalm und einem Teil Kamille, wird zur Vorbeugung auf die gefährdeten Pflänzchen gesprüht. Man könnte zur Wirkung sagen, dass der feurige Mars keine mondhaften Schmarotzer duldet wie Pilze oder Mehltau.
- Als Nachbarschaftspflanze erhöht die Brennnessel in Heilkräutern den Gehalt an ätherischen Ölen (Philbrick/Gregg 1967: 73). Messungen ergeben folgende Steigerungen des Ölgehalts:

Baldrian	20%	Pfefferminze	10%
Engelwurz	80%	Salbei	10%
Majoran	10–20%		

- Kohl, Äpfel, Kartoffeln und andere Gemüse halten sich besser im Gemüsekeller, wenn man sie auf Brennesseln legt oder mit Brennnesseln abdeckt. Grüne Tomaten reifen gut nach und halten sich in Brennnesselverpackung länger.
- Getrocknete Nesselblätter, unter Hühnerfutter gemischt, machen Eidotter schön gelb und schützen das Federvieh gegen Durchfall.
- Kühe bringen eine bessere Milchleistung, wenn sie getrocknetes Brennnessellaub mit ins Futter bekommen. Dieser «Milchzauber»

wird in Russland und auf den Britischen Inseln noch immer praktiziert.
- Pferdehändler mischen gern Nesselsamen unter den Hafer, damit die Pferde «feurig» werden. Sie bekommen zudem davon ein glänzendes Fell.

Brennnessel als biodynamisches Präparat

Rudolf Steiner, der die biologisch-dynamische Landwirtschaft ins Leben rief, entwickelte eine Serie von Kräuterpräparaten, die dem Kompost beigegeben werden, um ihn für die «dynamischen» Impulse, die von den Planeten auf die Erde strahlen, empfänglich zu machen. Die zu bestimmten Zeiten gepflückten Kräuter werden in tierische Organe gehüllt, welche die in den Pflanzen vorhandenen kosmischen «Bildekräfte» – wir würden sie Energien nennen – festhalten und intensivieren. Schafgarbenblüten werden zum Beispiel in eine Hirschblase gestopft, Löwenzahn wird in Rindergekröse gehüllt, Kamille kommt in Rinderdarm, Eichenrinde in einen Schafs- oder Kuhschädel. Nur die Brennnessel braucht keine besondere tierische Hülle, sie ist ja schon in einen Mantel aus Tiergiften gehüllt. Sie wird lediglich ein Jahr lang im Humusboden vergraben und dann in homöopathischer Dosierung dem Kompost zugesetzt. Das Brennnesselpräparat bringt, wie die Biodynamiker gerne sagen, die Kräfte des Mars in den Kompost. Die Brennnessel «durchstrahlt den Kompost wie das Eisen das Blut» und macht – wie Rudolf Steiner sagt – «den Boden vernünftig». Sie treibt das «mondhaft Wuchernde», das nicht dahin gehört, aus, so dass sich die Urbilder der Pflanzen besser inkarnieren können und sie artgerechter wachsen (Storl 1992: 322).

Ich vermute, dass die Brennnessel noch viele andere nützliche Eigenschaften besitzt, die der Landwirt noch gar nicht kennt. Botaniker nennen sie eine anthropochore Pflanze, eine Pflanze, die «mit dem Menschen tanzt» (griech. *anthropos* = Mensch, *choreia* = Tanz). Sie ist eine Pflanze, die dem Menschen überallhin folgt, als wolle sie von ihm adoptiert, gehegt, gepflegt, geliebt werden. Sehr viele unserer Garten- und Feldfrüchte waren einst ebenfalls anthropochore Pflanzen. Sie waren Unkräuter, die sich in den Gärten und Feldern breit machten, bis sie sich zu anerkannten, echten Kulturpflanzen «mauserten». Roggen und Hafer waren einst Unkräuter in den Weizenfeldern der ersten sesshaften Bauern im Nahen Osten. Senf, Rauke, Bohnen, Linsen, Erbsen, Hanf, Mohn, Kohl, Mangold, Zuckerrüben, Chilipfeffer und Tomaten waren einst ebenfalls Unkräuter, die sich der Pflege der Menschen anvertrauten. Im letzten Jahrhundert wurde der Feldsalat (Nüssli-, Ackersalat, *Valerianella*), der Kubaspinat (*Claytonia perfoliata*) und das Burzelkraut oder Portulak (*Portulaca oleracea*) mit in den Gemüseanbau einbezogen. Inzwischen haben sich französische Gärtner des Löwenzahns und des Sauerampfers angenommen; man kann sich Samenpäckchen kaufen und sie ins Gartenbeet aussäen. Andere Kinder menschenfreundlicher Pflanzendevas stehen Schlange vor dem Gartentor, um in die Liga der Kulturpflanzen aufgenommen zu werden. Da besteht auch Hoffnung für die Brennnessel. Sie ist in unserem gestressten, umweltverseuchten Zeitalter von besonderer Bedeutung. Ihre immunstärkende Wirkung wird erst jetzt entdeckt. Zumindest in meinem Garten gilt sie als verehrter Gast!

Des Donnergottes Pflanze

Die heidnischen Stämme des Nordens, denen der römische Mars noch unbekannt war, betrachteten die Nessel als Pflanze des Hammergottes, den die Südgermanen Donar, die Skandinavier Thor und die Angelsachsen Thunar nannten. Blitz, Donnerschläge und fruchtbarkeitbringende Regengüsse begleiten seinen von Böcken gezogenen Wagen, wenn er über den Himmel jagt, um jene Mächte zu vertreiben, die dem Bauern den Acker verderben wollen. Mit dem Megalithhammer, der wie ein Bumerang in seine Hand zurückschnellt, zerschmettert er die harten Schädel der Frost- und Steinriesen.

Wie der vedische Indra und andere verwandte indoeuropäische Gewittergötter ist Donar ein mächtiger Zecher. Keiner kann so viel Met oder Bier trinken wie er. Die Brennnessel, vielerorts noch immer Donnernessel genannt, passt in der Tat zu diesem trinkfesten Helden. Sensitive und Wünschelrutengänger behaupten, dass die Pflanze gern dort wächst, wo sich Erdstrahlen oder Wasseradern kreuzen. Das sind genau die Stellen, an denen der Blitz bevorzugt einschlägt. Zugleich aber, nach dem archaischen Prinzip, dass Gleiches auf Gleiches einwirkt, glaubte man, dass die Brennnessel auch vor Blitzschlag schützt. So wurde oft am Gründonnerstag – Donnerstag ist der Tag Donars – ein Strauss Nesseln gepflückt und unter dem Dach aufgehängt, um den

Blitz abzuwehren. In Tirol wirft die Bäuerin noch heute Nesseln ins Herdfeuer, wenn draussen ein Gewitter tobt.

Bekanntlich kann das Bier bei Gewitter «umschlagen». Auch da hilft das Kraut des himmlischen Vieltrinkers. War ein Gewitter im Anzug, pflegten die Brauer einen Brennnesselstrauss auf den Bottichrand zu legen, damit das Bier nicht «sauer» wird, nicht gärt. Früher, bevor es ein Reinheitsgebot gab, braute man das dem Donnergott geweihte Bier mit allen möglichen Kräuterbeimischungen. Auch ein Nesselbier gab es. In England, wo viele altgermanische Bräuche erhalten geblieben sind, braut man sich noch immer ein erfrischendes *Nettle beer*. Es soll besonders den Älteren wohl bekommen, die an Gicht oder Rheuma leiden.

Die Brennnessel war einst Bestandteil vieler harntreibender Arzneigetränke. Auch in dieser Hinsicht erweist sie sich ihres Schutzherrn durchaus als würdig, denn Donar konnte nicht nur Unmengen trinken, er konnte auch Unmengen Harn lassen. Die Nordeuropäer dachten sich Donnergott, Harn und Brennnessel als irgendwie zusammenhängend, sie verbanden sie in Sage und Brauchtum zu einem Symbolkomplex. In Skandinavien war es Brauch, sich zur Sommersonnenwende gegenseitig mit in Urin getauchten Brennnesselzweigen zu schlagen. Kein böser «Wurm» – ob Hasswurm, Neidwurm oder Gebeinwurm – kann dem Treiben standhalten. Sie fliehen alle, wie auch die giftspeiende Midgardschlange vor den Blitzschlägen Donars flieht. Fruchtbarkeit, Gesundheit und Lebensfreude können dann Einzug halten.

Die Südslaven pflegten ihrerseits am Georgstag – der Drachentöter Georg hat vielerorts den Kult des Gewittergottes ersetzt – auf Brennnesseln zu urinieren, um das ganze Jahr über gesund zu bleiben. Auch in anderen Überlieferungen wird die Brennnessel mit dem Harn in Verbindung gebracht. So goss man etwa den Harn eines Kranken auf

Nettle beer
1 Eimer junge Brennnesselblätter
3–4 Hand voll Löwenzahn
3 Hand voll Kletterlabkraut
1 Ingwerzehe
2 Tassen brauner Zucker
Die Kräuter langsam 45 Minuten lang in 8 Liter Wasser kochen. Lauwarm abkühlen lassen. Den Zucker und etwa 30 g (1 Unze) Brauereihefe hineinrühren. Sieben Stunden warm halten, dann den Schaum abschöpfen. Einen Teelöffel Weinstein (Kaliumhydrogentartrat) hineinrühren. In Flaschen abfüllen und fest verschliessen.

eine Nesselstaude; welkte sie, würde der Patient sterben, blieb sie grün, dann würde er genesen. Auf gleiche Weise glaubte man feststellen zu können, ob eine junge Frau noch Jungfrau war oder nicht: Blieb die Pflanze nach dem Begiessen mit dem Urin grün, konnte man sicher sein, dass sie unberührt war.

Wie Indra, Zeus und andere alte Gewittergötter galt Donar als besonders potent und zeugungskräftig. Sein Hammer war nicht nur Waffe, sondern auch ein mächtiger Phallos, mit dem er leidenschaftlich im Gewittersturm die Erde befruchtete. In Germanien war es daher Brauch, der Braut während der Hochzeitszeremonie einen Hammer in den Schoss zu legen, um sie mit Fruchtbarkeit zu segnen. Donars Eigenschaft als Anreger der Fruchtbarkeit und Zeugungskraft übertrug sich, wie wir schon gesehen haben, auch auf seine Pflanze, die Brennnessel. Vor allem den Samen sagte man nach, dass sie die Sexualität fördern, was sie zu einem Tabu für die Mönche und Nonnen des Mittelalters machte.

In archaischen Kulturen gelten Haare als Zeichen überbordender Vitalität. Die Heiden stellten sich dementsprechend den Donnerer als stark behaart vor. Er hatte eine Löwenmähne und einen wallenden Rauschbart. Auch diesen Aspekt erkannte man in der «haarigen» Brennnessel wieder. Seit vorchristlichen Zeiten behandelt man das Haar mit Brennnesselauszügen und -tees. Noch heute sind Brennnesselshampoos, Brennesselhaarwasser und -haarspülungen im Handel erhältlich.

Donar, der Gott mit dem Blitzkeil, galt bei den Skandinaviern im hohen Norden ebenso wie bei den Alemannen in den Alpentälern als der Hüter der Schätze der Erde. Er hatte die Macht, unterirdisches Gold und Edelsteine vor dem frevelhaften Zugriff gieriger Riesen zu bewahren. Wie später der eisengewappnete Ritter Georg wird auch er mit den Gift und Feuer speienden Drachen und Lindwürmern fertig, die tief in der Erde hausen. Noch lange steckten sich Schatzsucher oder Goldschürfer eine Brennnesselrute an den Hut oder nahmen eine andere dem Donar geweihte Pflanze mit, wie beispielsweise das Christophskraut (*Actaea spicata*), um beim Ausgraben nicht vom Blitz getroffen oder vom Erddrachen verschlungen zu werden.

Die Donnernessel war den Germanen dermassen heilig, dass sie der Lachner, der Heilkräuterkundige, beim Pflücken oder beim Ausgraben ehrfürchtig mit Zauberworten ansprach. Die meisten dieser Sprüche sind in Vergessenheit geraten. Bei den Angelsachsen wurde

dieses Bruchstück einer Beschwörung überliefert (*Angelsächsischer Kräutersegen*, 11. Jh.):
«Dies ist die Pflanze, die Wergulu heisst
Diese entsandte der Seehund über den Rücken der See
Als Hilfe gegen die Bosheit des anderen Giftes.»

Was aber hatte die Brennnessel mit dem Seehund zu tun? Der Gewittergott scheint ein besonderes Verhältnis zu diesen Meeressäugern gehabt zu haben. Man glaubte, dass Seehundspeck wie die Nessel Haarausfall, Gicht, Gebärmuttererkrankungen und verschiedene Fieber heile. Ein Gürtel aus Seehundhaut galt als gut für den Unterleib, für die Harnorgane und die Hüften. Und wer ein Robbenfell trägt, «dem sträuben sich die Haare bei grossen Ungewittern». (Auch die Römer haben offensichtlich diesen Glauben geteilt. Robbenfell, am Weinstock aufgehängt, schützt die Reben beim Gewitter vor Hagel, und Kaiser Augustus soll ein Robbenfell gegen Blitzschlag getragen haben.) Wer weiss, was für verborgene, magische Zusammenhänge den Alten bekannt waren, dass sie solche Verbindungen herstellten?

Spinnrad der Göttin

Die ersten Missionare und Waldläufer, die die Wälder Nordamerikas erforschten, berichten, dass die Indianer die dort heimischen Nesselarten (*Urtica gracilis, Laporta canadensis*) nicht nur als Suppengrün verspeisten und als Diuretika verwendeten, sondern auch aus ihren Fasern Seile, Stricke, Taschen, Schlingen und vor allem Netze zum Fangen von Fischen herstellten. Der Jesuitenpater Louis Hennepin (1698) berichtet von Fischernetzen aus Nesselfaser von 40 bis 50 Fathomen (80–90 Meter) Länge, mit denen die Irokesen pro Fischzug bis zu 400 fette Felchen und dazu noch viele Störe gefangen hätten (Erichsen-Brown 1979: 444). Die französische Missionsschwester Marie de l'Incarnation (1670) berichtet, dass die Indianerinnen keine Spindeln benutzen: Mit den Handflächen zwirbeln sie die Fasern auf ihren Schenkeln zu festen Fäden und Schnüren. Es ist dann die Aufgabe der Männer, diese zu Netzen zu verknüpfen.

Die hier beschriebenen Techniken sind das Erbe der paläolithischen Jäger und Sammler. Ohne Netze und Schlingen wäre es schwierig gewesen, das Wild zu erbeuten, ohne Seile und Taschen schwierig, die wenigen Habseligkeiten zum nächsten Lager zu tragen. Dass die

Brennnessel in den nördlicheren Breitengraden wahrscheinlich die erste wichtige Faserpflanze war, deutet unsere Sprache an, deren Wurzeln ja ebenfalls bis in die Altsteinzeit zurückgehen. Das Wort «Nessel» entstammt dem indogermanischen Urwort *ne. Daraus ergibt sich ein ganzer Bedeutungskomplex mit folgenden Inhalten: nähen (lat. *nere* und griech. *néein* = spinnen; griech. *nema* = Faden; sanskr. *nah* = binden). Netz (Geknüpftes; lat. *nassa* =Fischreuse), nesteln (knüpfen, schnüren), Nestel (Band, Schnürriemen; dazu gehört auch das Nestelknüpfen, das schwarzmagische Verknüpfen von Hosenlatzbändern, um einen Mann impotent zu machen) und das altgermanische Wort *nezze* (Zwirn). Auch das Wort Nadel bezog sich zuerst auf die Stechhaare dieser Faserpflanze.

Ausser dem Historiker, der sich auf die Geschichte der Textilherstellung spezialisiert, oder dem Gärtner, der beim Ansetzen einer Brennnesseljauche auf die faserigen Stränge der Brennnesselhalme aufmerksam wird, weiss wohl kaum jemand von der kulturhistorischen Bedeutung dieser Faserpflanze. Aber da gibt es auch einige Märchen, die – wenn wir aufmerksam zuhören – uns etwas über die einstige Bedeutung der Brennnessel erfahren lassen. Wir wollen uns diese nicht vorenthalten, denn auch sie deuten hin auf die tieferen Geheimnisse des Brennesseldeva.

Ein von den Brüdern Grimm aufgezeichnetes uraltes Märchen erzählt von einem König, dessen zweite Frau eine Hexe war. Weil er befürchtete, die Stiefmutter würde den Kindern – sechs Knaben und ein Mädchen – ein Leid antun, versteckte er diese in einem Waldschloss. Die Böse aber fand das Versteck und verwandelte die Königssöhne in wilde Schwäne. Die verlassene Schwester suchte überall nach ihren Brüdern. Als sie tief im Wald in einer leeren Hütte übernachtete, hörte sie plötzlich das Rauschen von Flügeln. Da sah sie sechs Schwäne, die ihr Federkleid abstreiften und Menschengestalt annahmen. Es waren ihre Brüder! Doch die Freude des Wiedersehens währte nicht lange. «Jeden Abend nur eine Viertelstunde lang können wir unsere Schwanenhaut ablegen», sagten die Brüder. «Könnt ihr nicht gerettet werden?» fragte das Mädchen. «Ach, nein», antworteten sie und wurden sehr traurig, «die Bedingungen sind zu schwer. Wer uns erlösen will, darf sechs Jahre lang nicht sprechen und nicht lachen und muss in der Zeit sechs Hemdchen für uns aus Sternblumen (Brennnesseln) nähen!»

Ohne zu zögern machte sich die Schwester an die schwierige Aufgabe. Unermüdlich sammelte sie die stechenden Nesselruten und spann das Nesselgarn. Dann versteckte sie sich im Geäst eines Baumes und nähte unaufhörlich an den Nesselhemden.

Eines Tages jagte ein Königssohn im Wald und wurde durch das Kläffen der Bracken auf ihr Versteck aufmerksam. Da sie so schön war, verliebte er sich sofort in sie, nahm sie mit auf sein Schloss und machte sie zu seiner Frau. Der König aber hatte eine boshaft neidische Mutter, die bei jeder Gelegenheit schlecht über die junge Königin sprach.

Nach einiger Zeit gebar diese ihr erstes Kind. Aber während sie schlief, kam die Alte geschlichen, nahm ihr das Kind weg, bestrich ihren Mund mit Blut und ging zum König, dem sie klagte, die junge Frau sei eine Menschenfresserin. Da die junge Königin nicht reden durfte, konnte sie sich auch nicht verteidigen. Aber der König, der seine Frau liebte, glaubte seiner Mutter nicht. Die Alte raubte auch das zweite Kind. Als sie dann auch noch das dritte neugeborene Kind zum Verschwinden brachte, musste der König seine Frau dem Gericht überantworten. Sie wurde zum Tod durch das Feuer verurteilt!

Gerade am Tag der Hinrichtung waren die sechs Jahre vorbei. Die sechs Hemden waren bis auf einen Ärmel fertig geworden. Die Hemden unter den Arm geklemmt, bestieg sie den Scheiterhaufen. Als der Henker den Feuerstoss anzünden wollte, rauschten plötzlich sechs Schwäne daher und nahmen die Gestalt von Königssöhnen an. Da nun ihre Brüder erlöst waren, durfte die junge Frau wieder reden. Sie verriet den Betrug der Alten, die an ihrer Stelle sofort auf dem Scheiterhaufen verbrannt wurde.

Hans Christian Andersen erzählt ein ähnliches Märchen, nur sind es in diesem Fall elf Schwäne, die erlöst werden müssen, und es ist ein böser Bischof, der die Königstochter verleumdet und verbrennen lassen will, weil er sie nachts beobachtet hat, wie sie auf dem Friedhof Nesseln pflückt. So etwas machen angeblich nur Hexen!

Ein weiteres Märchen erzählt von einem hartherzigen Vogt, der einer Dirne nicht erlauben wollte, den Schlossgärtner zu heiraten, bevor sie ihm zwei Hemden aus den Nesseln, die auf dem Grabe ihrer Eltern wuchsen, genäht hatte. Das Mädchen weinte bitterlich und war so betrübt, dass ein wildes Bergweiblein sich erbarmte und ihr beim Spinnen half. Der böse Vogt starb, gerade als sie mit der schweren Arbeit fertig war. Das eine Nesselgewand wurde sein Leichenhemd, das andere nahm sie als ihr Hochzeitsgewand.

Hinter diesen Märchen steckt ein wichtiges Stück vergessener Kulturgeschichte. Die Brennnessel, wie auch der mit ihr verwandte

Hanf, wurde im Neolithikum für die Völker Nordeuropas bald eine wichtige Faser- und Gespinstpflanze, aus welcher Gewebe so fein wie Musselin oder so grob wie Segel- und Sacktuch hergestellt wurden. Auch feste Stricke und Seile wurden aus Nesselfasern gedreht.

Die Garnherstellung war keineswegs einfach. Die Nesseln mussten wie auch der Flachs oder Hanf in Wasser eingeweicht, vergoren, geröstet, geschwungen, in Lauge gekocht, durch die Hechel gezogen und zu spinnfertigen Wocken geschlichtet werden, ehe sie spinnbereit waren. Diese umständliche und schwierige Arbeit wurde fast ausschliesslich von den Frauen verrichtet.

Seit neolithischen Zeiten war es die Grosse Göttin selber, die über die Herstellung der Zwirne, Garne und Spinnfäden gebot. Sie war es auch, die in Gestalt der Frigga, Athena, Minerva, Ishtar der Moiren oder der Nornen mit ihrer Spindel oder dem Spinnrad das Schicksal der Menschen und der Götter spann. Ebenso «spannen» die Frauen am Schicksal der Hofgemeinschaft und Familie, wenn sie in der dunklen Jahreshälfte in den Spinnstuben ihre Garne bearbeiteten, scherzten und plauderten. Das waren wichtige und heilige Angelegenheiten. Da hatten die Männer nichts zu suchen. Hier und da sollen die Spinnerinnen den Männern, die ihrem Arbeitsplatz zu nahe kamen, als derben Scherz die Hosen mit Brennnesseln vollgestopft haben.

In diesem Zusammenhang lässt sich der tiefere Sinn der Märchen deuten. Die schöne Königstochter, die die Nesselhemden näht, ist niemand anders als die Göttin, die den Lebensfaden spinnt und das Schicksal webt. Sie ist es, die, wie im zweiten Märchen, sowohl das Hochzeitskleid als auch das Totenhemd näht. In Grimms Märchen hängt das Schicksal ihrer Brüder förmlich von ihrem Wort oder besser gesagt von ihrem Schweigen ab. (Traditionell wird die Schicksalsgöttin als schweigend dargestellt.) In diesem Märchen wird auch die zauberwidrige Macht dieser eisenhaltigen Pflanze offenbart. Nur Panzerhemden aus Nesseln können vom bösen Zauber befreien. Die Schwanengestalt symbolisiert in der indogermanischen Mythologie immer das «Fliegen», das «Hinaustreten», das Nichtverbundensein mit der materiellen Erde und ihren ehernen Gesetzen. Die Nessel jedoch, die als Hemd schützend die Brust und die Herzmitte umhüllt, vermittelt den abgehobenen, entschwebten Seelen jene Eisenkraft, die sie wieder fest auf den Erdboden stellt, die sie ermächtigt, ihr diesseitiges Erdenkarma auszuleben.

Im gleichen Sinn empfand der Bauernphilosoph Arthur Hermes

die Nesseln, die seinen abgelegenen Einsiedlerhof im Schweizer Jura kräftig umwuchern, als heiligen Schutz gegen negative Einflüsse. Für diesen alten Bauern, der noch ganz in der bunten Bilderwelt der Ahnen lebte, galt das Haus als eine Art Leib, dessen Herzmitte der warme Herd ist. Die Brennnesseln, die er nie ohne Grund mähte, waren sozusagen ein Hemd für diesen Leib, der die Familie beherbergte.

Die Nesselstoffe sind wie auch die Hanfgewebe fast in Vergessenheit geraten. Was man heutzutage als «Nesselstoff» kauft, ist oft nur Baumwolle. In Schottland waren Nesseltücher noch lange nach der Einführung der Baumwolle in Gebrauch. In Holstein war die Nesselmanufaktur so wichtig, dass der Graf von Schauenburg sie in sein Wappen aufnahm. In Leipzig gab es bis 1723 noch eine Manufaktur, die Nesselstoffe herstellte. Im Ersten Weltkrieg, als die Baumwolle infolge der Handelsblockade der Aliierten knapp wurde, kam die Nessel vorübergehend wieder zu Ehren. Man nahm Brennnesselfasern, um Flachs, Baumwolle oder Ramie (eine tropische Faserpflanze aus der Nesselfamilie) zu strecken. Im Jahre 1916 etwa wurden in Deutschland 2,7 Millionen Kilogramm Nesselstoff hergestellt. Es kam zu verschiedenen Anbauversuchen und zu neuen Patentierungen für Herstellungsverfahren. Inzwischen hat man im Zeitalter des globalen Handels, der aus Erdöl hergestellten Kunstofffasern und der Textilimporte aus Billiglohnländern diese Bemühungen als arbeitstechnisch zu umständlich und zu teuer aufgegeben. Wer weiss aber, was die Zukunft bringt. Vielleicht webt uns die Schicksalsgöttin neue Sternenblumenhemden?

BEIFUSS

Artemisia vulgaris

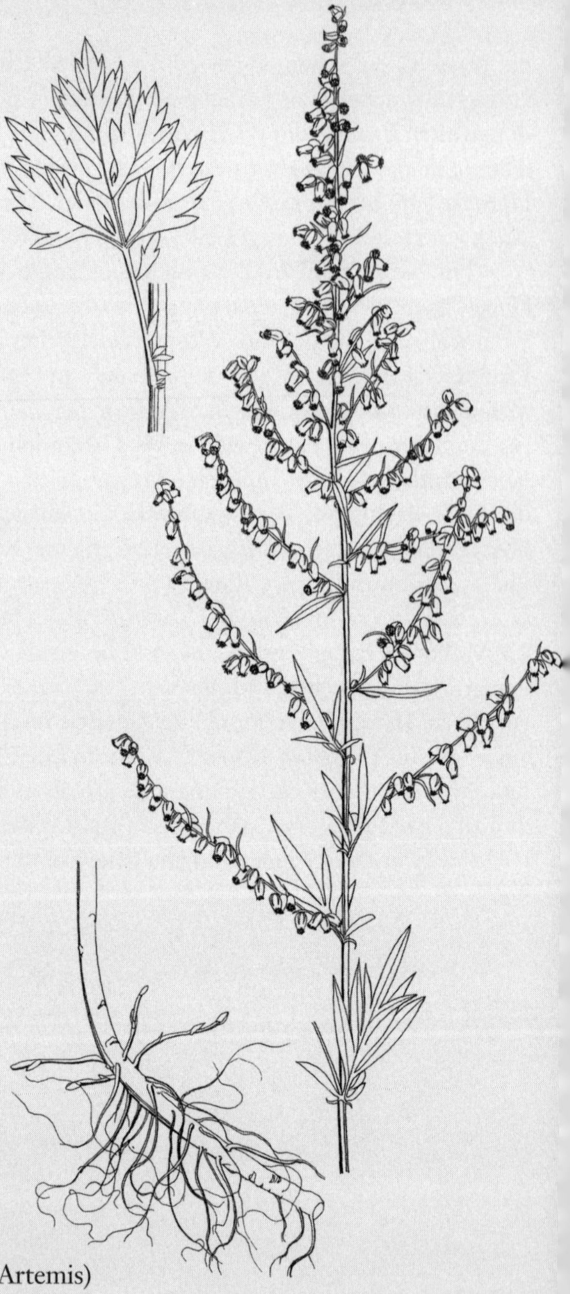

Familie:
Korbblütler

Volksnamen:
Besenkraut
Buck
Gänsekraut
Gürtlerkraut
Muggert
Mugwurz
Schosswurz
Sonnenwendgürtel
griech. parthenis
(= Kraut der Jungfer, Artemis)
engl. mugwort, felon herb
franz. armoise, herbe Saint-Jean
ital. amarella

Für den Botaniker, der zugleich Astrologe ist, ist es eindeutig: Die Beifussarten (Gattung *Artemisia*), von denen es um die zweihundert gibt, stehen allesamt unter der Herrschaft des Saturn; ihre Blätter sind grünlichgrau, der Geschmack ist oft recht bitter, ihr Duft herb-würzig und die windbestäubten Blüten sind winzig und unscheinbar. Zudem sind sie vor allem Bewohner der salzig-alkalischen, eher trockenen Steppen und der Karstlandschaften Amerikas und Asiens, wo die Temperaturen unwirtliche, «saturnische» Extreme annehmen, wo die Winter bitter kalt und die Sommer glühend heiss sind.

Beifussarten erweisen sich als besonders zäh. Sie gehören zu den Pionierpflanzen, die sich des Ödlands bemächtigen. Sie gehören – das ergaben Pollenanalysen – zu jenen Pflanzen, die nach dem Rückzug der Gletscher vor rund 10000 Jahren die Tundren Eurasiens besiedelten. Die Beifussarten gehörten einst – wie heute noch in den Steppen Nordamerikas, wo sie den Grossteil der Nahrung der Antilopenherden bilden – zum Ökotop der grossen Herden, die auf den endlosen Tundren weideten. Auf jeden Fall kannten die Grosswildjäger der jüngeren Altsteinzeit diese aromatischen Pflanzen und schätzten sie als Heil- und Zauberkräuter.

Diese in Lederzelten lebenden, nomadisierenden Jäger stellten den riesigen Herden von Rentieren, Büffeln, Mammutelefanten, Wildpferden und anderen Huftieren nach. Vermutlich rieben sie sich mit diesen Kräutern ein oder beräucherten sich damit, ehe sie auf Jagd gingen, um ihren Körpergeruch zu tarnen. Die Büffeljäger der Prärie taten es ebenso.

Heilige Indianerpflanze

Gelegentlich müssen einige dieser eurasischen Jägersippen den Herden über die Landbrücke (Beringia) gefolgt sein, die damals noch Sibirien und Alaska verband. Diese Vorfahren der Indianer nahmen selbstverständlich all ihr Können und Wissen mit in die damals noch unbesiedelte Neue Welt: Techniken der Jagd und der Werkzeugherstellung, ihre Lederzelte (Tipis) und Schwitzhütten, ihr Wissen um die Geister und Götter, Märchen, Kinderspiele, die Verehrung des Grossen Bruders Bär (Storl 1992: 20) und den Schamanismus. Und ebenso die Verehrung der bitter-aromatischen, graugrünen Beifussgewächse. Die Hochachtung für diese Pflanzen, insbesondere für den Steppenbeifuss

(*Artemisia ludoviciana*), haben die Indianer bis heute beibehalten. (Der Steppenbeifuss oder *prairie sage* wird meistens mit «Salbei» übersetzt. Das ist aber falsch, denn die Salbei gehört einer ganz anderen Familie an; sie ist ein Lippenblütler wie z. B. die Minze.)

Für die Lakota (Sioux) öffnet einem der Steppenbeifuss den Zugang zum Heiligen, zum Numinosen (*Wakan*). So wird derjenige, der eine Vision sucht und seinem tierischen Schutzgeist begegnen will, mit Beifuss eingerieben. Wer unwillkürlich ein Tabu verletzt oder einen Fetisch berührt, der muss in Artemisia baden, denn diese Pflanze vertreibt alle bösen Einflüsse und macht «schlechte Medizin» unwirksam. Die Tänzer des mittsommerlichen Sonnentanzes werden geheiligt, indem sie Beifussarmbänder tragen und mit dem Kraut abgerieben werden. Der Sioux-Häuptling Schwarzer Hirsch erzählt dazu Folgendes: «Bei jedem Sonnentanz tragen wir Salbeikränze (mit Adlerfedern) auf unseren Köpfen, denn dies ist ein Zeichen dafür, dass unsere Gedanken und Herzen dem Grossen Geist und seinen Mächten nahe sind, weil der Kranz die Dinge des Himmels, die Sterne und Planeten, darstellt, die geheimnisvoll und heilig sind» (Schwarzer Hirsch 1992: 130). Nicht nur die himmlischen Mächte werden mit dem Beifuss verehrt, sondern auch die Mutter Erde. Sie wird durch einen Bisonschädel versinnbildlicht, dessen Gesicht nach Osten gekehrt ist. Der Schädel ruht auf einem Bett aus Steppenbeifuss und seine Augenhöhlen sind mit demselben Kraut ausgestopft.

Auch die anderen Indianer reinigen und weihen den Körper und Gegenstände mit dieser Pflanze. Bei den Cheyenne wird jedes Zeremonial-Tipi, in dem sakrale Rituale stattfinden, mit Steppenbeifuss umlegt, und zwar so, dass die Zweigspitzen nach innen, zur Feuerstelle hin zeigen. Ebenso legen die Cheyenne-Pflanzenschamanen die gesammelten Heilkräuter behutsam der Reihe nach auf ein Bett aus Beifussstängeln, das mit den Wurzeln nach Süden und den Spitzen nach Norden ausgerichtet ist (Storl 1987: 52). Getrocknetes Beifusskraut wird, unter Beimischung von etwas Christophskraut (*Actaea rubra*) in die Glut gelegt, damit der Rauch böse Geister oder das Nachwirken eines Alptraums vertreibt. Die Körperbemalung der Cheyenne-Priester und -Krieger darf nur mit Beifuss entfernt werden. Teller werden nach dem Essen mit dem *Prairie sage* ausgewischt. Kriegs- und Jagdwaffen wurden einst mit der Pflanze rituell gereinigt; noch heute wischen die Jäger ihre Flinten damit ab.

Bei den Cheyenne gab es früher Konträrkrieger (*Hohnuhka*), die als heilig angesehen wurden, da sie in direkter Verbindung mit den Donnergöttern standen. Diese berserkerähnlichen Einzelgänger besassen einen «Donnerbogen», dessen Griff mit Steppenbeifuss umwickelt war. Die magische Waffe beschützte sie vor Blitzschlag, zugleich aber konnten sie damit die Blitze auf ihre Feinde richten. Auch sonst trugen die Hohnuhka immer ein Büschel Beifuss mit sich. Damit ihre Gastgeber durch ihren Besuch keinen Schaden erlitten, fegten sie damit den Tipiboden, auf dem sie gesessen hatten. Wann immer diese kraftgeladenen Krieger einen Mitmenschen, den Erdboden oder ein Pferd aus Versehen mit ihrer magischen Blitzwaffe berührt hatten, reinigten sie diese mit dem Beifussbüschel.

Auch die Indianerfrauen hatten ihre besonderen Beifuss-Mysterien. Diese hatten weniger mit Krieg, Jagd oder Visionssuche zu tun als vielmehr mit der Monatsregel und der Geburt. Dazu benutzten sie nicht den grossen «Männersalbei» (*Artemisia ludoviciana*), sondern den zierlichen «Frauensalbei» (*Artemisia frigida*), der für Männer tabu war. Bei vielen Stämmen wurde während der vier rituell festgelegten Tage in der Menstruationshütte (Mondhütte) ein Tee daraus getrunken. Einige Ethnobotaniker vermuten, dass die Pflanze auch eine Rolle in der Geburtenregelung spielte. Cheyennehäuptlingsfamilien brachten nur alle sieben Jahre ein Kind zur Welt; so lange dauerte es, glaubten sie, bis sich die Kraft wieder vollständig erneuerte (Erichsen-Brown 1979: vii).

Rauch gegen Dämonen

Interessant ist, dasss in der Alten Welt, von der Atlantikküste bis ins Reich der aufgehenden Sonne, die Beifussarten ganz ähnlich verwendet werden. Mit ihnen wird geräuchert, geheilt, der Mut der Krieger beschworen, Donnergötter verehrt, heilige Gegenstände geweiht und Besen gefertigt, um damit sakrale Orte zu fegen. Dies und die Tatsache, dass der Umgang mit dem Kraut überall stark ritualisiert ist, bestätigt die Annahme, dass die Wurzeln des ritual-sakralen Gebrauchs in der alten Steinzeit zu suchen sind.

Im Fernen Osten, in China, Tibet und Japan werden mit Beifussrauch die Dämonen und bösen Geister vertrieben. Hierauf beruht letztlich der heutige Gebrauch des Beifusses in der chinesischen Heilkunde und in der Moxabehandlung. Das Wort *Moxa* entstammt dem japanischen Namen für Beifuss, *Mogusa* («Brennkraut»). Die Moxabehandlung, auch Moxibustion genannt, besteht darin, auf bestimmten Reizpunkten des Körpers (Akupunkturpunkten) eine erbsengrosse Kugel oder einen Kegel aus fein zerriebenen, gepressten Beifussblättern abzubrennen. Durch die Hitze entsteht eine reflektorische Wirkung auf die erkrankten inneren Organe und deren Energiezufluss.

Beifuss (*Ai Yeh*) wird schon im ältesten chinesischen Kräuterbuch, dem *Pen Tsao* (3. Jahrtausend v. Chr.), erwähnt. Der Gelbe Kaiser Shen Nung, Erfinder des Ackerbaus und der Heilkunde, soll dieses Buch geschrieben haben. Es heisst, der Gelbe Kaiser habe Menschengestalt, jedoch einen Stierkopf gehabt. Jedenfalls wird er mit Hörnern dargestellt. Das rückt ihn in die Nähe des archaischen hörnertragenden Urschamanen oder des paläolithischen «Herrn der Pflanzen und Tiere», den Urgott der Menschen (Storl 1988: 31).

Tatsächlich ist die Moxibustion sehr alt. Ein Urgeschichtler hat die Hypothese aufgestellt, dass der Steinzeitmensch mit Hilfe des Moxabrennens vor allem seine durch das kühlere Klima und die feuchten Wohnhöhlen verursachten rheumatischen Beschwerden linderte. Noch immer ist es bei den Jäger- und Sammlerstämmen Brauch, schwelende Kräuterkügelchen oder kleine Stücke trockenes, verrottetes Holz auf schmerzende Körperstellen zu legen, um unsichtbare Krankheitsdämonen zu vertreiben. Die Kiowa-Apachen zum Beispiel benutzen dünne, angespitzte Beifussstäbchen (*Artemisia ludoviciana*) von ungefähr einem halben bis zu einem Zentimeter Länge, die sie an der schmerzenden Stelle in die Haut stecken und mit heisser Kohle zum Glühen bringen (Kindscher 1992: 49). Die Waldlandindianer benutzten zum gleichen Zweck trockene Stückchen des Holundermarks. *Pank* oder *Punk* nannten die Algonkien diese schwelenden Holunderstengel, eine Bezeichnung, die die weissen Siedler auf jene Halbstarken übertrugen, die an Strassenecken lungerten und die Unverschämtheit hatten, öffentlich Zigaretten – Glimmstängel eben – zu rauchen.

Das Abbrennen von Kräuterkugeln oder Holzstückchen auf der Haut ist dort angesagt, wo sanftere Methoden wie Schwitzhütte, Kräutertees und Zaubersprüche keine Wirkung zeigen. Auch die chinesischen Ärzte ziehen bei älteren und besonders geschwächten Patienten die Moxibustion der Akupunktur vor (Fazzioli 1989: 79).

In Indien und im Tibet sind es schlangenähnliche Dämonen, die den Himmelsgöttern Feind sind, denen man mit Beifussräucherungen zu Leibe rückt. In Indien heisst der Beifuss deswegen *Nagdamani*, «Feind der Schlangen». Als Amulett um den Hals getragen, verleiht

Nagdamani Mut und Kraft, wenn man von Tigern, Dämonen, Feuer, Wasser oder Feinden bedroht ist. Ein König sollte, gleich dem Donnergott und Götterkönig Indra, die Pflanze am Hals, an den Händen und Ohren befestigen, ehe er in den Krieg zieht.

Wie in Asien wurde auch in Europa der Beifuss als Schutz gegen Dämonen verwendet. Pseudo-Apuleius berichtet, dass die Römer Beifusskränze im Haus aufhängten, um unsichtbare Störgeister zu vertreiben und den bösen Blick abzuwehren. Im ganzen Mittelmeerraum war in der Antike die Pflanze der Göttin Artemis geweiht, daher der Gattungsname *Artemisia.* Sie ist die Herrin der wilden Tiere, die ungebundene Jägerin, die jenseits der schützenden Mauer der Zivilisation in der Wildnis ihr Wesen treibt. Sie verabscheut das Joch der Ehe, hilft aber den Gebärenden und den kleinen Kindern. Wie der stierköpfige Shen Nung trägt auch diese durch die Wälder schweifende Bogenschützin archaische, steinzeitliche Züge. Sie ist, wie wir gleich sehen werden, ein Aspekt der Grossen Göttin der frühen Menschheit.

Mutter der Kräuter, Kraut der Mütter

Für die germanischen Stämme galt der Beifuss wohl als die mächtigste aller Pflanzen. *Mugwurz*, also «Machtwurz», nannten sie ihn. *Muggert, Müggerk* und *Mugwurz* heisst er noch immer in den niederdeutschen Mundarten. *Mugwort* heisst er auf englisch. Wenn einige Sprachforscher auch vermuten, dass «Mug» vom keltischen *miegle* (= wärmen) herrührt, so besagt das nichts anderes, denn im bildhaften, archaischen Denken ist Wärme gleich Leben und Kraft, wohingegen Kälte Schwäche und Tod bedeutet.

Aber auch andere Bezeichnungen trug diese Machtwurz. *Wyrta Modor*, Mutter der Wurzeln oder Schicksalsmutter, hiess sie bei den heidnischen Sachsen. Noch im Mittelalter feierte man sie als *Herbarum Mater.* Diese Mutter der Kräuter, diese Machtwurz wird im angelsächsischen Neunkräutersegen als Allererste angerufen. Sie ist der Erste der neun Wunderzweige, mit denen der ekstasische Schamanengott Woden (Odin) die giftige, krankheitsbringende Schlange schlug. Der Zaubergott und nach ihm die ihn verehrenden Kräuterkundigen sprachen die Pflanze mit folgenden Worten an:

«Erinnere Dich, Mugwurz, was Du verkündetest,
Was Du feierlich festgesetzt hast.

Una heisst Du, Älteste der Kräuter,
Macht hast du gegen dreissig und gegen drei,
Macht gegen das fliegende Gift,
Macht gegen das Übel, das über das Land fährt.»

Wer ist nun diese mysteriöse Una, deren Name als Allererster aufgerufen wird und die so viel Macht besitzt? Wir wissen es nicht mehr genau. Vermutet wird, dass es sich dabei um eine anagrammatische Verdrehung des Namens einer Urgöttin handelt. Nordische Runenritzer und Barden verkehrten gerne die Buchstaben magischer Worte, etwa *Alu* für *Laukr* (= Lauch, eine Kraftpflanze), wodurch ein Gegenzauber erschwert oder gar verunmöglicht wurde. Una ist also *Anu* oder *Ana*, die Ahnfrau der Götter in vielen indoeuropäischen und semitischen Mythologien. Bei den Kelten erscheint sie als Dana – aus *Dea* (Göttin) und *Ana* –, die Mutter des lichten, edlen Göttergeschlechts der Tuatha. Der Name erscheint wieder in der irischen Ana, einer Göttin der Erde und Fruchtbarkeit, in der mütterlich-fürsorglichen Göttin Anapurna der Inder und in der Ana-Perenna, die die Römer vor dem Verhungern rettete. Viele der Heiligtümer dieser mütterlichen Göttin wurden von den Christen übernommen und der heiligen Anna, der Mutter Marias und Schutzpatronin der Frauen, geweiht. Selbstverständlich finden wir den uralten Namen auch in der altitalienischen Diana (der Dea-Ana = Göttin Ana) wieder, der Göttin der Jagd und Beschützerin der Jungfräulichkeit. Die Römer setzten ihre Diana der griechischen Artemis gleich – womit wir wieder bei den Artemisien, den Beifussgewächsen, angelangt sind. Artemis-Diana ist nicht nur Herrin der Wildnis, sie ist zugleich Hüterin des weiblichen Schosses, Beschützerin der *Yoni* (der Scham), jenem heiligen Tor, durch das alle Lebewesen die diesseitige Welt betreten. Der Name der Pflanze leitet sich nach Ansicht des römischen Naturphilosophen Plinius von Artemis-Ilithia ab; das ist die Göttin in ihrem Aspekt als Geburtshelferin.

In kaum einer anderen Pflanze manifestiert sich diese Göttin der weiblichen Mysterien so stark wie im Beifuss. Die gynäkologische Anwendung der Pflanze ist universal; sie ist bei den Indianern ebenso wie bei den Indern und Chinesen belegt. Wahrscheinlich schon in der Steinzeit benutzten Frauen Artemisia-Arten als Sitzbad, um die Menstruation anzuregen, oder tranken sie bei der Geburt, um die Nachgeburt oder einen toten Fötus abzutreiben. In starker toxischer Dosierung wurde das Kraut, ähnlich wie der Sadebaum, dazu verwendet, um sich eines ungewollten «Bastardes» zu entledigen.

Die mittelalterlichen Hebammen benutzten das «sonderlich Frawenkraut» ebenfalls zur «Förderung der Geburt und des Bündleins (Nachgeburt)». Auch den kalbenden Kühen wurde es zu diesem Zweck eingeflösst. In einer Kloster-Handschrift des 14. Jahrhunderts lesen wir: «Wenn eine Frau im Wochenbett liegt, nimm Artemisiam und binde es auf ihre Leiste.» Der Kräuterarzt Otto Brunfels (1534) verschreibt eine Abkochung als Sitzbad für Unfruchtbare, da es den Uterus reinigt, entspannt und wärmt. Zum gleichen Zweck wurde es in Bier gekocht und getrunken. Eierstockentzündungen wurden mit Beifuss-Fussbädern kuriert. Um die Periode anzuregen, gibt Tabernaemontanus (1588) den Ratschlag: «Wenn eine Weibsperson ihre Monatsblum nicht recht hat, die nehm eine Handvoll Beifuss, lass den in einer halben Elsässer Mass Weins den drittenteil einsieden und trinke davon Abends und Morgens, jedesmal einen guten Becher voll warm ...»

Das bittere Kraut, mit der Fähigkeit den Unterleib zu entkrampfen und zu erwärmen, war das erprobte Mittel gegen Nestelknüpfen (angezauberte Impotenz) und Schossschliessen (angezauberte Frigidität). In beiden Fällen handelt es sich um einen so genannten Bindezauber. Beim Nestelknüpfen etwa verknotet eine Hexe heimlich die Nestel (die Schnürriemen) der Hose des Bräutigams und wirft diese mit einem Fluch in ein fliessendes Gewässer. Der Beifuss hat die Macht, diesen Bindezauber wieder zu lösen.

In Nordindien, China und Tibet wird *Artemisia vulgaris* noch immer bei Menorrhagie, bei Weissfluss und zur Förderung der Empfängnis benutzt. Die Heilpflanze wird in dem heute noch verwendeten Leitfaden der chinesischen Barfussärzte empfohlen zur Dämpfung übermässiger, schmerzhafter Fötalbewegungen. Da es sich aber um ein Abortivum handelt, ist diese Anwendung bei ungenauer Dosierung höchst riskant!

Sonnenwendgürtel

Am 21. Juni erreicht die Sonne, unsere grosse Lebensspenderin, ihren höchsten Stand. Die satte, grüne Natur, gebadet in lichtdurchfluteter, balsamischer Wärme, träumt ihre schönsten Träume. Zwölf Tage lang, wie auch in der anderen Jahreshälfte zur Wintersonnenwende, wird die Sonne stillstehen, ehe sie langsam weiterwandert. Zwölf Tage lang träumte und feierte das Landvolk mit, von dem wunderbaren

Naturgeschehen ergriffen. Heilkräftige und zauberwidrige blühende Kräuter – Hartheu, Arnika, Kamille, Frauenmantel, Wucherblumen – wurden gesammelt und geweiht. Auf den Höhen loderten während der kürzesten Nacht riesige Freudenfeuer. Es wurde musiziert, getrunken, gescherzt und die Feuer im Reigen sonnenläufig (im Uhrzeigersinn) umtanzt. In heidnischen Zeiten entledigten sich die Tänzer ihrer alltäglichen Bekleidung, sie umgürteten sich mit Beifusszweigen und flochten Blumen und Gundermannkränze ins Haar. Man verschmolz mit der «anderen», der magischen Wirklichkeit und hatte Teil am göttlichen, kosmischen Geschehen. Einander fest an den Händen haltend, sprangen Liebespaare durch die lodernde Lohe in die zweite Hälfte des Jahres hinein. Oft verbrachten sie die Nacht unter freiem Himmel, auf ein Liebeslager aus Beifuss und duftenden Johanniskräutern gebettet, denn auch dieses Fest diente dem Leben und der Fruchtbarkeit.

Der aus Beifusswedeln geflochtene Gürtel wurde schliesslich in die Glut geworfen. «Es gehe hinweg und werde verbrannt mit diesem Kraut all mein Unglück!» sprach man dazu und meinte, dass mit ihm alle Unreinheiten verbrennen, alle angezauberten Leiden und Krankheiten.

Die Kirche konnte diese heidnischen Bräuche nicht untedrücken, denn sie waren zutiefst in den Seelen der Menschen verankert. Wir erinnern uns, dass auch bei den Prärieindianern der Beifuss zur Mittsommerzeit beim Sonnentanz eine wichtige Rolle spielte. Es blieb den Schwarzkutten nichts anderes übrig, als das Fest umzudeuten. Die Mittsommerzeit wurde zur Johanniszeit. Der Täufer, der auf Jesus bezogen sagte, «jener muss wachsen, ich aber abnehmen» (Joh. 3), trat an die Stelle des Sonnengottes, der ja auch mit den kürzer werdenden Tagen abnahm. Aus dem Sonnenwendfeuer wurde das Johannisfeuer. Das mit Beifuss ausgelegte Liebeslager wurde zu dem Lager umgedeutet, auf dem sich der Wüstenprediger ausgeruht haben soll. Aus dem Beifussgürtel machten die frommen Mönche den Johannesgürtel, den sich der Täufer umband, um Wüstenteufel und wilde Tiere fernzuhalten. Diese Fabel ist aber ebenso wenig stichhaltig wie der Bericht, dass sich Johannes von Heuschrecken ernährte. Die «Heuschrecken» (lat. *locust*) beruhen auf einem Übersetzungsfehler. Locust heisst nicht nur der Grashüpfer, sondern auch der Johannisbrotbaum (*Ceratonia siliqua;* Karob), dessen Schoten süss und nahrhaft sind.

Der Sonnenwendgürtel hat einen anderen Ursprung. Er gehörte dem archaischen Donnergott. Das Mittsommerfest – zu einer Jahreszeit, in der sich häufig starke Gewitter entladen – war nicht nur ein Fest der Sonne, sondern ebenso das Liebesfest der Erdgöttin und ihres Gefährten, des Gewittergottes. In der germanischen Mythologie spielte der rotbärtige Donnerer, dessen Blitzschlag die Scholle befruchtet und heiligt, in der Sonnenwendzeit eine wesentliche Rolle. Er besass einen Machtgürtel, den *Megin-gjarder*, den ihm die Zwerge aus Beifussruten gewoben hatten. Mit diesem Gürtel konnte er seine Kraft verdoppeln, seine erotische wie auch die Kraft, die er brauchte, um lange Abenteuerreisen und Kämpfe mit Ungeheuern zu bestehen.

Das ausschweifende Feiern der ländlichen Bevölkerung zu dieser Jahreszeit ist lediglich das freudige Miterleben, das Teilhaben am *Hierogamos* des potenten Himmelsgottes und der Erd- und Vegetationsgöttin. Sie gaben sich der fruchtbarkeitserzeugenden Kraft hin, die sich unter anderem auch im Herbst in einer guten Ernte äussert.

Der Beifuss vermittelt also den Lenden die Kraft eines Donnergottes und öffnet den heiligen weiblichen Schoss. Dieses Kraut lässt sich demzufolge wie wenig andere Pflanzen als Liebeszauber verwenden. Dazu gehört auch das «Beifussbrechen» ostdeutscher Mädchen am Johannistag. Sie starrten durch die Zweiglein eines abgebrochenen Stängels, und zwar so lange, bis sie dissoziierten, das heisst, bis sich ihnen die magische Seite der Welt auftat und ihnen ihr zukünftiger Liebster vor dem inneren Auge erschien. In Polen heisst es, dass heiratslustige Witwen das Kraut bei sich tragen sollten, dann würden ihre Sehnsüchte bald in Erfüllung gehen. Die Liebe werde «heisser», wenn sich die Frau Beifuss an den Schenkel binde. Noch im ausgehenden Mittelalter hören wir von Mattioli (*New Kräuterbuch*, 1563): «Unter Bett oder Kissen gelegt, bringt Beifuss unkeusche Begier.»

Mit einer Pflanze, die dem Gewittergott geweiht ist, lässt sich gut Wetterzauber betreiben. Noch lange nach der Bekehrung zum Christenglauben sammelten die Bauern zur Johanniszeit Beifuss und steckten die Zweiglein über die Haustür oder unter das Dach, um den Blitzschlag abzuwehren. Wir erinnern uns, dass die indianischen Hohnuhka das gleiche taten, indem sie sich mit einem mit Beifuss umwundenen Donnerbogen vor Blitzschlag schützten. Auch gegen Hagelschlag, der die Ernte vernichten und die Familie in Hungersnot stürzen konnte, steckten die Bauern Beifuss an den vier Ecken des Feldes in die Erde.

Das heisse Gewächs

Der Beifuss gilt als ein heisses, trockenes Gewächs. Im System der galenischen Ärzte ist die Pflanze, wie auch die Brennnessel, «heiss im 3. Grad». Auch Hildegard von Bingen hebt die besondere Wärme des «Biboz» hervor. Er enthält die Hitze des kosmischen Feuers, der Sommersonne und des Blitzes. Tatsächlich verbrennt der getrocknete Beifuss mit einer besonders heissen, hell-lilafarbenen Flamme.

Gegensätze ziehen einander an – so ein altes Gesetz der sympathischen Magie. Sengende Sommerhitze zieht die regenschweren Gewitterwolken an. Ebenso zieht diese heiss-trockene Pflanze ihr Gegenteil an, den kühlenden Regen. Nur muss man das dazugehörige Ritual kennen. Leider kennen wir dieses regenmachende Ritual nicht mehr, aber es wird wohl Ähnlichkeit mit dem schamanischen Regenzauber vieler Naturvölker gehabt haben. Vor diesem Hintergrund wird auch der folgende Bericht aus Erfurt aus dem Jahre 1483 verständlich. Damals herrschte anhaltende Dürre, die Brot und Gemüse arg verteuerte. Um der Trockenheit ein Ende zu setzen, zogen zweitausend mit Beifusskränzen geschmückte Jungfrauen durch die Stadt zum Domplatz. Bei den Slawen gab es einen ähnlichen Regenzauber. Hirten banden einem Mädchen ein Beifusszweiglein an die Zehe und schleppten es an einen Bach, wo sie es unbarmherzig mit Wasser besprengten und laut riefen: «Gib Wasser! Gib Wasser!»

So viel Hitze soll der Beifuss haben, dass man einst glaubte, man könne zur Mittsommerzeit unter seinen Wurzeln rubinrote, glühende Kohlen finden. Wer diese «Narrenkohlen» oder «Thorellensteine» findet, der hat wahrlich Glück. Um den Hals getragen bieten sie Schutz gegen Fieber und Fallsucht, oder sie bringen – wie die Engländer glauben – Erfolg in der Liebe. Bestreicht der Hirt sein kränkelndes, räudiges Vieh mit den Zauberkohlen, dann wird es gewiss bald wieder stattlich und fest.

Diese glühenden Kohlen, über die Brunfels (1530) schreibt, schon die Magi (Druiden) hätten sie am Johannisabend bei Sonnenuntergang gegraben, sind jedoch äusserst schwer zu finden. Manchmal werden sie von einem Zauberhund mit tellergrossen, glühenden Augen bewacht. Nicht jeder bringt den Mut auf, nach ihnen zu greifen. Die Slawen suchten die Johanniskohlen in der Johannisnacht zwischen 23 und 24 Uhr. Die Westeuropäer meinten dagegen, sie seien nur in dem kurzen Augenblick zu finden, wenn es vom Kirchturm 12 Uhr mittags schlägt.

Naturwissenschaftlich orientierte Volkskundler haben zwar versucht, die Narrenkohlen auf natürliche Ursachen zurückzuführen, auf kermesrote Schildläuse etwa, die sich gelegentlich an alten Wurzeln festsetzen. Die Kohlen unter dem Beifuss befinden sich jedoch in merkwürdiger, zauberischer Gesellschaft. Sie werden in einem Atemzug mit den «Blüten» des Farnkrauts erwähnt, welches in der Johannisnacht aufblüht und in «selbiger Stund» noch Samen bildet. Dem glücklichen Besitzer solcher Samen würden Reichtum und Allwissen zukommen. Auch die «Springwurz», die sämtliche verschlossenen Schlösser aufsprengen kann, oder Kräuter, die «stich- und hiebfest» machen, werden in diesen magischen Johannisnächten gefunden. All diese Überlieferungen deuten darauf hin, dass sich die Feiernden auf einer anderen Ebene der Realität befanden, woran sicherlich auch die mit Bilsenkraut und anderen bewusstseinsverändernden Kräutern versetzten Biere schuld waren (Rätsch 1988: 47). Und die «Fallsucht», vor der man sich mit einem Beifussamulett bewahren wollte, war sicherlich nichts anderes als das Stolpern und Hinfallen im psychedelischen Rausch.

Frau Holle, die heilige Gans und der Beifuss

Der moderne Mensch erlebt die Zeit weitgehend als linear. Unaufhörlich tickt sie einer Zukunft entgegen und lässt eine unendliche tote Vergangenheit hinter sich. Bei den alten Völkern war das anders: Da wurde die Zeit als Kreislauf verstanden und als sich drehendes Rad dargestellt. So stand das Mittsommerfest, in welchem die Göttin und der drachentötende Gewittergott zum Tanz und Gelage einluden, dem Fest der Wintersonnenwende diametral gegenüber. Beide Feste waren Stationen in einem sich ewig wiederholenden Kreislauf.

Die einander gegenüberstehenden Feste hatten gewisse Gemeinsamkeiten. So spielte der Beifuss als Sakralpflanze nicht nur zur Sommersonnenwende, sondern auch zur Wintersonnenwende eine kultische Rolle. Während der Weihnachtstage, während der zwölf Rauchnächte, wurden Haus und Stall mit geweihten Kräutern geräuchert. Dazu nahm man – wie es in einigen abgelegenen Alpentälern noch immer der Fall ist – vor allem Wacholder und Beifuss, der zur Mittsommerzeit gesammelt worden war, oder von dem zu Mariä Himmelfahrt gesammelten Kräuterbüschel.

Auch der Festtagsschmaus, die Weihnachtsgans, wird mit dem

Beifussgewürz
Seit dem Altertum verwendet. Kurz vor der Blüte gesammelte, getrocknete und zerriebene Zweigspitzen dienen zum Würzen von Fleischspeisen, Fisch, Gemüse und Pilzen. Besonders für fettiges Fleisch (Enten, Gänse, Aal, Hammel, Schwein, Wild) geeignet. Gewürz trocken und lichtgeschützt aufbewahren.

bitteren Beifuss ausgerieben und gewürzt. Aufgrund der Bitterstoffe und ätherischen Öle regt das Gewürz die Bildung von Magensaft und Gallenflüssigkeit an und verbessert die Bekömmlichkeit des fetten Gänsebratens. Das ist jedoch nur die Erklärung, mit der sich unser materialistisches Zeitalter zufrieden gibt.

Warum aber hat man die Weihnachts- oder Martinsgans mit Beifuss ausgerieben, wenn nicht aus kulinarischen Erwägungen? Wir werden etwas weit ausholen müssen, uns näher mit dem Vogel und der mit ihm assoziierten Göttin befassen. Beide gehören mit zu dem mythologischen und symbolischen Kontext, innerhalb welchem die sakrale Bedeutung der Beifusspflanze erst klar wird.

Die Gans ist ein uraltes Symbol für die abnehmende und wieder zunehmende Kraft der Sonne. Das Vorüberziehen der Wildgänse kündet im Frühling den Sieg der Sonne an, im Herbst hingegen das Nahen des Schnees. In der ägyptischen Mythologie ist es eine Gans, die das Weltenei legt, aus dem die Sonne (Amon-Re) schlüpft.

Zugleich ist die Gans ebenso wie der Wildschwan das älteste Symbol des Schamanenflugs. Der Schamane hebt ab und fliegt «in Vogelgestalt» in die entferntesten Regionen des Weltalls. Die Symbolik ist schon bei den paläolithischen Stämmen Sibiriens belegt (Campbell 1991: 257). In Indien wird noch immer der Yogi, dessen Versenkung (Trance) ihn in die weiten Gefilde der geistigen Welt trägt und der bis in den hohen Norden zu Shivas heiligem Berg Kailash fliegen kann, als «einsame Wildgans» oder *Paramahamsa* bezeichnet.

Bei den ältesten schamanistischen Völkern, den Sibiriern, wird der angehende Schamane bei seiner Einweihung von Dämonen zerfleischt und gefressen, so dass nur seine blanken Knochen übrig bleiben. Eine «Göttin», die so genannte Vogelmutter, liest seine Knochen auf, setzt sie in ihrem Nest auf dem Weltenbaum wieder zusammen und kleidet ihn erneut mit Fleisch, Muskeln und Haut. Er wächst als Nestling auf und bleibt bei der Vogelmutter, bis er flügge ist. Dann schwebt er wieder herab in die alltägliche Welt und erwacht in seinem Zelt aus seiner Entrückung.

Die Vogelmutter, die zugleich Mutter der Totenseelen wie auch der fliegenden Schamanen ist, war den archaischen Nordeuropäern nicht unbekannt. Sie begegnet uns im Märchen der Frau Holle. Sie ist die *Hulda* oder *Huldr* der Skandinavier, die sich gerne den Menschen nähert, wenn sie tanzen, trinken und «abheben». Sie ist die *Mother Holda* oder *Mother Goose* (Gänsemutter) der englischen Sagen. Diese Holle war einst – wie Jakob Grimm schreibt – eine himmelsumspannende Göttin. Man weiss nicht genau, ob ihr Name «die Holde» oder «die Verhüllte» bedeutet, beides trifft auf sie zu.

Sie erscheint den Menschen einmal als strahlende, weisse junge Frau, ein andermal wiederum als buckeliges, runzeliges, ungekämmtes altes Weib. Oft trägt sie eine Gans unter dem Arm oder hat selber einen Gänse- oder Schwanenfuss. Der Zugang zu ihrem «jenseitigen» Reich ist oft ein See, ein Flussufer oder ein Brunnen: genau die Orte, an denen der müde Wanderer oder der fahrende Ritter auf weissgefiederte, weissagende Schwanenjungfrauen treffen kann. Wenn Frau Holle ihre Federdecken schüttelt, dann schneit es auf Erden. Sie ist zuständig für den Schnee, so wie der Donnerer für den Regen zuständig ist. Die germanischen und keltischen Bauern glaubten, dass der Schnee den Ackerboden fruchtbar macht wie der Gewitterregen.

Im Spätherbst und im Winter fliegt sie mit der Schar der Hulden, ähnlich wie Odin mit seinem Geisterheer, in wilder Jagd über das Land. Das Motiv ist in fast allen Kulturen bekannt: Es sind die Totengeister aus dem Jenseits, die die Matten und Felder im Diesseits mit Wachstum und Gedeihen segnen. Dabei fliegt sie, wie es in dem alten englischen Volkslied heisst, auf ihrem Gänserich:

«Old Mother Goose,
when she wanted to wander
would fly through the air
on a very fine gander.»

In einigen Rückzugsgebieten, wie zum Beispiel in den Alpentälern, die vom Sturm der Reformation und Aufklärung einigermassen verschont geblieben sind, leben noch schwache Erinnerungen an die Göttin und ihren Kult. Man spürt das Herannahen der Percht (oder Pertha), und man räuchert mit Beifuss.

Die zwölf Rauchnächte galten wie die zwölf Mittsommernächte als aussergewöhnliche, besonders magische Momente, in denen das

Übersinnliche chaotisierend ins geordnete Leben der Menschen hereinbricht, Zeiten, in denen Narrenkohlen glühen und Farne blühen. Dies war der geeignete Zeitpunkt für die Weisen Frauen (*Seidkona*), Zauberer und Schamanen, selber ins Jenseits zu fliegen, um mit den Geistern und Göttern zu verkehren. Um den magischen Flug zu bewerkstelligen, kochten sie eine «Flugsalbe». Dazu wurde eine Gans oder – wahrscheinlicher – ein Gänserich zeremoniell geopfert. Das heilige Tier der Göttin wurde mit Beifuss ausgerieben und beräuchert. Der Beifuss vertrieb alle bösen Einflüsse und öffnete den Weg zum Numinosen. Das kostbare Fett wurde ausgelassen und mit Bilsenkraut, Tollkirsche, Schierling und anderen hochgiftigen Kräutern gekocht. Wenn man sich mit der Salbe einschmierte, bewirkten die genauestens dosierten Giftkräuter, dass sich die Seele vom Leib abspaltete und abhob. Jetzt konnten die nun selber zu Wildgänsen gewordenen Zauberfrauen und Schamanen mühelos die undurchdringliche Dornenhecke überfliegen, die die Menschenwelt von der Wildnis und die Lebenden von den Toten trennt, und wertvolle Botschaften aus anderen Welten zurückbringen.

Mittelalterliche Berichte, wie der des Burchard von Worms (965–1025), identifizieren die Göttin, die nachts mit einer Schar «Dämonen und wilden Weibern» durch Wald und Wildnis fährt, ausdrücklich mit der römischen Diana. Diese ist aber niemand anders als die klassische Göttin der Wildnis, der wilden Jagd und der Geburt, Artemis nämlich, nach der unsere Heilpflanze benannt ist.

Für die christlichen Missionare waren die Göttin und ihre Hulden eine böse Dämonenschar, die es aus den Menschenseelen wie auch aus der Landschaft zu bannen galt. Aus der Weihegans wurde die Weihnachtsgans, die Martinsgans oder gar die «Opfergans», die von den geistlichen oder weltlichen Feudalherren von den Bauern als Abgabe gefordert wurde.

Wir erinnern uns, dass auch die Indianer sich während den magischen Tagen des Jahreskreises, bei Sonnentanz im Sommer oder bei Narren- und Totenfesten im Winter, mit den Jenseitigen verbanden. Zwar wurde keine Gans geopfert – das indianische Symbol des Schamanenflugs war weniger die Gans als der Adler –, aber es gab jene «heiligen Leute», die bereit waren, sich selber am Sonnenbaum zu «opfern». Sie wurden mit Beifuss geweiht, bliesen Pfeiftöne auf Adlerknochen, die sie zwischen den Zähnen hielten, und liessen sich martern, bis ihnen die Sinne vergingen, bis ihre Seele in die Welt der Geister fliegen konnte. Dort bei den Göttern erhielten sie weisheitsvolle Ratschläge, die dem ganzen Stamm zugute kamen.

Kraftpflanze der Wanderer

Nach Anschauung der alten Astrologen und Alchimisten trägt unsere Pflanze nicht nur die Signatur der Venus, des Planeten der Göttin, oder die des bitteren, grauen Saturns, der an der Grenze der Welt der Erscheinungen seine Bahnen zieht, sondern auch die des Planeten Merkur. Merkur ist der Herr der Wege und der Beschützer kühner, grenzüberschreitender Wanderer.

Der althochdeutsche Name für Beifuss ist *Pipoz* oder *Biboz*. So nennt ihn Hildegard von Bingen. Sprachforscher sind der Ansicht, dass sich diese Bezeichnung von *bozzan* (althochdeutsch für «stossen») ableite, «da das Kraut als Gewürz zur Speise gestossen wurde». Da der Beifuss, wie auch der «bittere Beifuss», der Wermut, als eine besonders starke antidämonische Pflanze galt und man verhexte Menschen, verzaubertes Vieh, aber auch schmerzende Körperstellen damit «puffte» oder stiess, um sie zu heilen, ist es wahrscheinlicher, dass sich das «Stossen» auf diese magische Behandlung bezieht. Die Volksetymologie hat aber vielleicht doch Recht, wenn sie meint, der Name Beifuss sei darauf zurückzuführen, dass man die Kraftpflanze bei langen Fussmärschen «beim Fuss» tragen solle. Schon in der Antike glaubte man nämlich, dass die Pflanze dem Wanderer Kraft gibt.

Der Römer Plinius schreibt dazu: «Der Saft der Pflanze, auf den Körper gerieben, gibt viel Kraft, in die Schuhe gelegt oder an das Bein gebunden, schützt sie den Wanderer vor Müdigkeit.» Also gehört das Kraut doch dem Gott mit den geflügelten Schuhen und dem fusslahmen Pilger.

Ein altes Rezept aus dem Mittelalter gibt Reisenden folgenden Rat: Damit ihn weder Unfall noch Müdigkeit noch der Biss toller Hunde oder giftiger Nattern befällt, soll der Reisende acht Tage vor oder acht Tage nach Bartholomäus (24. August) Beifuss pflücken und in seine Schuhe legen. (Der Tag des Bartholomäus galt einst übrigens als Herbstbeginn, als unheimlicher Hexentag, an dem die Töchter der Frau Holle ausschwärmten. Es ist ebenfalls der Tag der Zwergenhochzeiten, wozu noch zu bemerken ist, dass Frau Holle auch Herrin des Zwergenvolks ist.) Auch unsichtbare Gefahren, böse Geister und

Für Wanderer: Beifuss-Fussbad und -Einreibeöl
Fussbad: 2 bis 3 Hand voll getrocknetes oder frisches Beifusskraut in einem Eimer Wasser kalt ansetzen, dann ungefähr fünf Minuten im zugedeckten Topf kochen lassen. Heiss hilft das Fussbad bei Unterleibsstörungen und Verkrampfungen, kalt hilft es bei müden, geschwollenen Füssen.
Öl: Die ganze Pflanze, Wurzeln, Blätter und Blüten, klein schneiden, in ein verschliessbares Glas füllen und mit Sonnenblumen- oder Olivenöl bis zum Rand übergiessen. Das Glas wird drei Wochen in die warme Sonne gestellt, ehe man es verwenden kann, um strapazierte Beine damit einzureiben.
Einfacher jedoch als die beiden oben erwähnten Rezepte ist es, die ermüdeten Füsse oder die von Muskelkater befallenen Glieder mit dem zerknüllten frischen Kraut einzureiben.

Schratten, die den Wanderer erschrecken könnten, vermag dieses «beim Fuss» getragene Kraut fernzuhalten.

Wurmmittel

In der Volksmedizin gilt der Beifuss, wie auch sein naher Verwandter, der Wermut (*Artemisia absinthum*), als Wurmmittel. Tatsächlich enthält der Beifuss ein an Cineol reiches ätherisches Öl, das den Pfriemenschwanzwürmern und ähnlichen Darmparasiten Lust und Laune verderben kann. In früheren Zeiten war der Begriff «Würmer» jedoch weiter gefasst als heutzutage. Er beinhaltete sämtliches «Gewürm und Geschmeiss», das dem Gewittergott verhasst und Ziel seines Blitzhammers war. Darunter verstand man ebenso die Kreuzotter, die den Wanderer in die Ferse stechen kann, wie das Ungeziefer im Stall, gegen das man räucherte oder Beifusssträusse aufhängte. Auch die unsichtbaren «Würmer», die den inneren Organen die Lebenskraft wegsaugen, waren damit gemeint. Wer also von der Schwindsucht, von allgemeinem Kräftezerfall heimgesucht wird, soll sich dem Beifuss zuwenden.

Eine alte schottische Sage weist darauf hin: Als man ein junges Mädchen, das an Schwindsucht litt, am Ufer des Flusses Clay vorbeitrug, tauchte eine Meerjungfrau aus den Wellen auf und sang mit trauriger Stimme:
«Ihr lasst sterben das Mädchen in eurer Hand,
Und doch blüht die Mugwurz rings im Land!»

Als das arme Kind bald darauf starb und ihre Leiche am Hafen von Glasgow vorbeigetragen wurde, erschien die Meerjungfrau abermals und klagte mit leisem Gesang:

«Wenn sie Brennnesselsaft tränken im März
Und Beifuss ässen im Mai,
So ginge noch manch fröhliche Maid
Munter am Ufer des Clay.»

Der Beifuss wurde früher höher geschätzt als heute. In Pommern, wo man neunerlei besonders heilkräftige Kräuter – Brennnessel, Gundermann, Holunder, Sauerklee, Kamille, Salbei, Sauerampfer, Beinwell und Löwenzahn – zählte, galt der Beifuss als allen anderen überlegen. Bei schweren Erkrankungen liess man den Kranken sieben Abende hintereinander in einem Absud aus diesen Heilpflanzen baden. In Ermangelung eines dieser Kräuter konnte man immer noch auf den Beifuss zurückgreifen.

Heutzutage wird die therapeutische Verwendung einer Heilpflanze hauptsächlich von der Wirkung ihrer Inhaltsstoffe bestimmt. Auf der Grundlage von ätherischen Ölen, darunter Cineol und Thujon, Bitterstoff, Gerbstoff und Inulin findet der Beifuss folgende Anwendung:

Beifusstee
Das blühende Kraut (*Herba artemisiae*) kann von Juli bis September gesammelt werden. Wie alle Heilpflanzen an einem luftigen, schattigen Ort trocknen und gut verschlossen aufbewahren.
Aufguss: 1 Teelöffel pro Tasse mit kochendem Wasser übergiessen, zehn Minuten im geschlossenen Gefäss ziehen lassen. 3mal täglich eine Tasse schluckweise trinken.

Wurzeltee
Die Wurzeln (*Radix artemisiae*) werden im Spätherbst ausgegraben. Sie werden nicht gewaschen, sondern nur abgebürstet und im Schatten gut getrocknet. Sie werden gut verschlossen aufbewahrt und erst bei Gebrauch zu Pulver gestossen.
Dosis: Bei Bedarf eine Messerspitze pro Tasse kurz kochen.

Altüberliefertes russisches Göttergetränk
2 Beifusszweige
2 Esslöffel Honig
1 Hand voll Heidelbeeren oder
1 Tasse Heidelbeersaft
1 Liter Wasser
Die Beifusszweige ins kochende Wasser tauchen. Abkühlen lassen. Den Honig hineinrühren und die Heidelbeeren dazugeben.

- Als Teeaufguss bei Appetitmangel, Blähungen, Magen- und Darmkrämpfen. (Anwendung für Schwangere ist untersagt!)
- Als Teeaufguss zur Förderung der normalen Monatsblutung.
- Als Wurzelabkochung bei epilepsieartigen Verkrampfungen.
- In das Kopfkissen gepackt, hilft das Kraut bei Schlafstörungen. Der Duft wirkt beruhigend auf das Zentralnervensystem. (Ein zwischen die Wäsche gelegter oder in den Kleiderschrank gehängter mit Beifuss gefüllter Beutel vertreibt übrigens Motten.)

GUNDERMANN

Glechoma hederacea

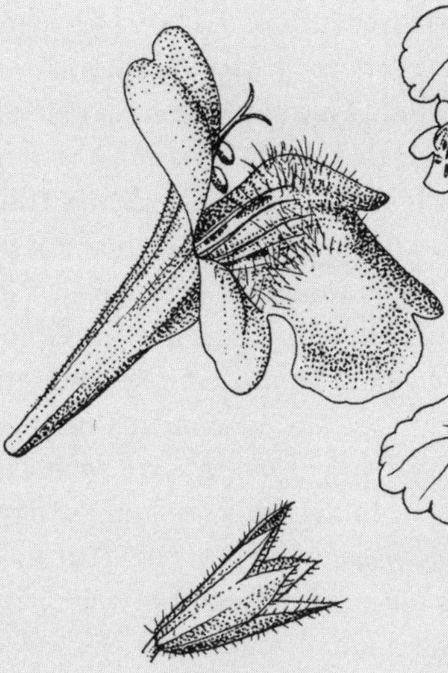

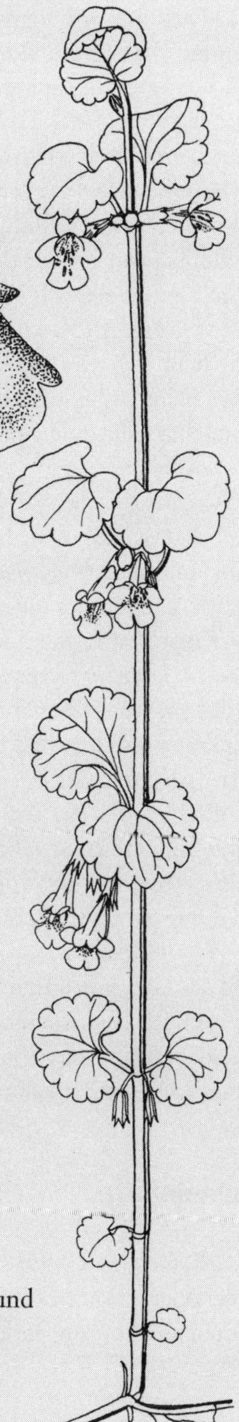

Illustration aus: Hess/Landolt/Hirzel, Flora der Schweiz, Birkhäuser Verlag, Basel

Familie:
Lippenblütler

Volksnamen:
Blauhuder
Donnerrebe
Erdefeu
Erdkränzl
Gundam
Gundelrebe
Huder
Zieckelkräutchen
engl. ale-hoof, ground-ivy, gill-over-the-ground
franz. lierre terrestre

Der angenehm würzig riechende Gundermann, dessen kriechende Ausläufer den Rasen durchwuchern und den feucht-kühlen Boden unter Hecken, an Zaunrändern und alten Mauern besiedeln, birgt so manches interessante Geheimnis in sich. Er ist eine anthropochore Pflanze, ein wahrer Menschenfreund. Da er sich wie der Holunder oder die Brennnessel mit Vorliebe in der Nähe von Haus und Hof breit macht, galt er den Kelten, Germanen und Slawen als heilig. Unter seinen dunkelgrün glänzenden, herb-balsamisch duftenden Blättern halten sich gerne die mit dem Hof verbundenen Geister und Heinzelmännchen auf. Als Zeichen der Verbundenheit mit der beseelten Natur flocht man sich an den besonderen Festtagen, wenn die Geister und Götter näher treten als üblich, Kränzlein aus Gundermann ins Haar. Ein solches Gewinde zur rechten Zeit getragen, etwa beim Sommersonnwendfeuer, macht sensibel, ja geradezu hellsichtig. Trägt man es zur Walpurgisnacht (30. April), dann wird man sämtliche Hexen im Dorf erkennen können. In diesem Zusammenhang berichtet Magister Prätorius in seinem *Satyrus etymologicus* (1672), man könne «alsdann die Hexen erkennen, da eine auf ihrem Kopf wird haben einen Schemel oder Kutschbank, die andere eine Malte (Getreidemass) oder Kelte (Kübel)». Eine sächsische Sage erzählt von einer Dienstmagd, die genau das tat. Am Sonntag nach Walpurgis wand sie sich einen Gundermannkranz ins Haar und begab sich in die Kirche. Zu ihrem Erstaunen sah sie, wie viele Nachbarinnen, ja sogar ihre eigene Herrin auf Besen und Ofengabeln aus der Kirche geritten kamen. Doch die Teufelsbräute, die auf keinen Fall erkannt werden wollten, sahen das arme Mädchen mit dem Kranz im Haar, fielen über es her und schlugen es so heftig, dass es am nächsten Tag starb.

Wir mögen über solche Ammenmärchen schmunzeln, aber vielleicht sind wir nur durch unsere naturentfremdete Lebensweise derart abgestumpft, dass wir nicht einmal mehr mit Hilfe des Gundermannkränzleins die zarten Spuren des «Andersweltlichen», der Auren und Astralwesen, wahrzunehmen vermögen.

Himmelslüfte

Wie Pfefferminze, Melisse, Dost, Thymian, Salbei, Bohnenkraut, Lavendel oder Rosmarin ist der Gundermann ein Lippenblütler. Das erkennt man schon am vierkantigen Stengel, an der Form seiner blau-violetten «Lippenblüten» und vor allem am starken Aroma der ätherischen Öle, welche die Pflanze durchziehen. Diese Öle sind das Ergebnis der metabolischen Auseinandersetzung der Pflanze mit der vom Kosmos einströmenden Sonnenwärme. Diese aromatischen Öle haben etwas Himmlisches in sich, wie ihr Name verrät. Äther (griech. *aithér*), ein alter griechischer Begriff, bedeutet so viel wie «Himmelsluft» oder genauer «das strahlende, blaue Firmament, wo die unsterblichen Götter wohnen». Dem Begriff zugrunde liegt das Zeitwort *aithein* «brennen, glühen». Tatsächlich sind diese flüchtigen Öle wie vorübergehend stofflich gewordenes Himmelsfeuer. Sie brennen mit einer hellen, leuchtenden Flamme, ohne eine Spur zu hinterlassen. Als wollten sie nichts mit den schweren Elementen, der Erde und dem Wasser, zu tun haben, verflüchtigen sie sich schon bei Zimmertemperatur.

Die ätherischen Öle sind schwer wasserlöslich. Man sollte daher Tee aus Kräutern, die viel von diesen «Himmelslüften» enthalten, stets zugedeckt ziehen lassen. Oder noch besser: Man folgt dem altgermanischen Brauch und kocht solche Kräuter in fetter Milch, vor allem in Ziegenmilch. Da die ätherischen Öle fettlöslich sind, nimmt das Milchfett die edlen Heilstoffe auf.

Eine tierische Pflanze

Normalerweise entstehen in der Pflanzenwelt solche aromatischen Öle vor allem im Blüten- und Fruchtbereich. Die Pflanzen benutzen die Duftstoffe, um beseelte Wesen, Wärme liebende Insekten wie Bienen und Schmetterlinge nämlich, zu den Blüten zu locken, damit die Befruchtung erfolgen kann. Auf unsere menschliche Seele wirken diese Himmelslüfte ebenfalls. Wie jeder Aromatherapeut bestätigen kann, berühren sie ganz tiefe, archaische Schichten unserer Seele. Mittels solcher Düfte vermögen uns auch die Pflanzendevas Botschaften zukommen zu lassen.

Die Blüte, in der solche seelenwirksamen Feinstoffe erzeugt werden, ist der «beseelteste» Teil der pflanzlichen Anatomie. Im Blütenbereich verliert die Pflanze ihre rohe Vitalität, das Blattgrün verwandelt sich in zarte, buntfarbene Gewebe. Nur im Blütenkelch entwickelt die Pflanze messbare Eigenwärme und Eigenbewegung, wie etwa das spontane Sich-Krümmen von Staubfäden, explodierende Staubbeutel, sich öffnende und wieder schliessende Petalen und so weiter. Sogar der

Stoffwechsel wird tierähnlicher. Oft kommt es zu proteinartigen Stickstoffverbindungen und zu anderen komplexen Stoffwechselprodukten, die man sonst nur in tierischen Organismen findet (Scheffer/Storl 1992: 63). Die Blüte bildet also die Schwelle vom rein vegetativen zum beseelten Leben, den Übergang vom pflanzlichen zum animalischen Seinsmodus.

Bei einigen Pflanzenfamilien bleibt das «Beseelte» aber nicht nur auf den oberen Teil, auf den Blütenpol, beschränkt. Bei den Minzen, zu denen auch unser Gundermann zählt, ist es, als rutsche der Blütenpol mit seinen wärmenden ätherischen Ölen bis ins Blattwerk und in den Stängel hinunter. Im Gegensatz zu «normalen» Pflanzen wie etwa dem Gänseblümchen oder der Sonnenblume, die im Ausklang ihres vegetativen Wachstums erst am oberen Ende blühen, fängt der Gundermann schon in der Stängelregion zu blühen an. Die Wärmekraft, die so viel mit dem Seelischen zu tun hat, rutscht sozusagen eine Etage tiefer.

Die Gundermannblüte, wie auch die anderer Lippenblütler, hat schon etwas entschieden Animalisches an sich. Im Gegensatz zum Gänseblümchen (radiale Symmetrie) hat der Gundermann ein schon fast

Kräutersuppe mit Gundermann
Frischen Gundermann, Brennnesseltriebe, Melde, Zaungiersch, Taubnessel, Gänseblümchen, Wegerich und andere Kräuter zu gleichen Teilen mit einer fein geschnittenen Zwiebel in Fett oder Butterschmalz andünsten, dann mit Wasser oder Fleischbrühe aufgiessen. Nach Belieben mit Sojasauce, Maggiwürze oder anderen Gewürzen abschmecken.

Gundermannbrotbelag
Frische Gundelreben fein zerhacken und aufs Butterbrot streuen. Eventuell mit anderen Kräutern (Schnittlauch, Geissfuss, Petersilie, Gänseblümchen, Thymian, Borretsch u. a.) mischen.

Gundermannkartoffelsuppe
Kartoffeln kochen und passieren. Speck, Karotte und Zwiebel dazugeben und weiterkochen lassen. Anschliessend würzen und eine grosse Prise zerkleinerte Gundermannblätter hineingeben.

Gundermannschnupftabak
Altes englisches Rezept
Die Gundelrebenblätter werden im Schatten sorgfältig getrocknet (nicht im Backofen, da sie dadurch ihre ätherischen Öle einbüssen) und zu feinem Pulver zerrieben. Bei dumpfen, lang anhaltenden Kopfschmerzen soll eine in die Nase gezogene Prise davon eine gute Wirkung haben.

tierisches Aussehen (zygomorphe Symmetrie). Die Blüte begibt sich in die Waagrechte; sie hat wie das Tier ein Hinten und Vorn, ein Oben und Unten. Ein Rachen bildet sich, die genaue Gegenform zum Insekt – giesst man eine solche Blüte mit Wachs aus, so gleicht der Abguss exakt einem Bienenkopf mit seinem vorgestreckten Rüssel (Pelikan 1975: 46).

Mehr noch als viele seiner Vettern aus der Familie der Lippenblütler wird der Gundermann besonders stark von der sich in ätherischen Ölen verkörpernden Himmelswärme ergriffen. Dank dieser Wärme ist er eine der ersten Frühlingspflanzen, die ihre grünen Sprosse emporsenden, wenn die Sonne die Natur aus der Winterstarre erlöst. Ja, so viel Wärme steckt im Gundermann, dass sein Laub der Winterskälte zum Trotz unter dem Schnee grün bleibt. Das ist den naturnahen Urvölkern Nordeuropas nicht entgangen. Sie schätzten die wärmende Heilkraft, die der Gundermann dem Leib und der Seele zukommen lässt. Daher gehörte er auch immer zu den neun heiligen Kräutern, die im Frühling als Kultspeise einverleibt wurden. Die vitaminreiche Kräutersuppe signalisierte nicht nur das Ende der eintönigen Winterkost und beugte dem heimtückischen Umsichgreifen des Skorbuts vor, sie verband vor allem mit der grünen, göttlichen Lebenskraft, mit dem Grün der holden Göttin Freya. Auch wir wären gut beraten, im frühen März dieses Kräutlein unseren Suppen und Salaten beizufügen. Gundermann wirkt verdauungsfördernd und anregend auf den gesamten Stoffwechsel.

Das «Ziekelkräutchen»

Im Toggenburg (Kanton St. Gallen) war die Gründonnerstagssuppe noch bis in die Neuzeit bei den Bauern und Hirten beliebt. Auch den Geisslein gab man etwas davon zu fressen, damit sie eine gute Fresslust entwickeln und kräftig werden. Die meisten Haustiere mögen den Geschmack des Gundermanns nicht besonders, Ziegen aber fressen überall gerne würzige, ölhaltige Kräuter.

Der eigentliche Grund jedoch, weshalb man den Ziegen die grüne Kraftsuppe vorsetzte, ist heute in Vergessenheit geraten. Die weisse Geiss, die in den ersten Frühlingstagen ihre Jungen zur Welt bringt, galt bei den indoeuropäischen Völkern als das Tier der Göttin, die die wonnige Jahreszeit wiederbringt und die Wiesen und Felder erneut ergrünen lässt. Im alten Griechenland war die Ziege der Artemis, bei den alemannischen Vorfahren der Toggenburger war sie der Freya geweiht. Die Ziege ist die Göttin in Tiergestalt. Sie ist wie diese das Symbol der Wollust und der mit dem Frühling zunehmenden Fortpflanzungskraft und Fruchtbarkeit. Von Freya selbst und ihrer Lüsternheit heisst es in der Edda:

«Du ranntest nach Od(in)
immer lüstern,
und andere schlüpften
dir unter die Schürze;
du läufst, edle Freundin,
draussen zur Nachtzeit,
wie den Böcken
Heidrun (die Ziege) nachrennt.»

Auch der Ziegenbock galt bei den indoeuropäischen und semitischen Völkern als Symbol der Fruchtbarkeit, Geilheit und der überschäumenden männlichen Lebenskraft. Pan, der lüsterne Vegetationsgott der Antike, und Dionysos, der Gott des Rausches, wurden mit dem Ziegenbock assoziiert. Agni, der indische Gott des Feuers und der schöpferischen Hitze, reitet einen Ziegenbock. Und bei den germanischen Stämmen ist es Donar/Thor, Trinker des berauschenden Bieres, der im Frühlingsgewitter, das die Erdscholle fruchtbar macht, mit seinem Wagen daherbraust. Der Wagen wurde von zwei Ziegenböcken gezogen.

Interessant ist in diesem Zusammenhang, dass der Gundermann, wie alle blau blühenden Frühlingskräuter, dem Donar geweiht war. Der Gundermann war ihm aber besonders lieb, denn er wurde – wie wir noch sehen werden – zum Bierbrauen verwendet, und Donar, der masslose Zecher, war Schirmherr aller berauschenden Getränke. Wir sprechen heute noch vom «Bockbier», das im Frühling gebraut wird, wenn der Fruchtbarkeitsspender es am wildesten treibt.

Da die Gundermannpflanze beiden, der Ziegengöttin Freya und Donar/Thor, dem «Bock», heilig war, verstehen wir, warum die Toggenburger die Geisslein an der kraftspendenden Suppe teilhaben liessen. Auch verstehen wir, warum immer wieder vorgeschrieben wird, den Gundermann in Ziegenmilch zu kochen, denn von ätherischen Ölen als solchen wusste man damals noch nicht viel. Das Geheimnis des Destillierens dieser Öle wurde von den Ägyptern entdeckt und kam erst im Mittelalter mit den arabischen Alchimisten nach Europa.

Gundermann als Heilpflanze

Selbstverständlich hatte Hildegard von Bingen (1098–1179) mit den alten Heidengöttern nichts mehr im Sinn. Dennoch hat die hellsichtige, weise Frau im Nonnengewand den alten Kräutern der Heiden wieder zu Ehren verholfen. Am Anfang der christlichen Missionierung waren sämtliche Heilpflanzen verboten worden, sofern sie nicht in der Bibel erwähnt wurden oder aus Ländern stammten, wo die Apostel gewandert waren; es waren die «Machtpflanzen» der heidnischen Schamanen, und die waren die ärgsten Feinde der neuen Religion.

Wie ihre heidnischen Vorfahren verehrte Hildegard die «Grüne Kraft» (*viriditas*), die sich im frischen Lebensgrün offenbart: «Es ist eine Kraft aus der Ewigkeit, und diese Kraft ist heilsam.» Vom Gundermann sagt sie: «Die Gundelrebe ist mehr warm als kalt, und sie ist trocken, und sie hat gewisse Kräfte der Farbstoffe, weil ihr Grün nützlich ist, so dass ein Mensch, der matt ist und dem die Vernunft entschwindet, mit erwärmtem Wasser baden und Gundelrebe in Mus oder in Suppen kochen soll, und er esse sie entweder mit Fleisch oder mit ‹Chucheln›, und sie wird ihm helfen. Und wer in der Brust und um die Brust Schmerzen hat, wie wenn er innerlich Geschwüre hätte, der lege im Bade gekochte und warme Gundelrebe um seine Brust, und es wird ihm besser gehen» (Breindl 1989: 202).

Die Verehrung, die Hildegard der Gundelrebe zugesteht, ist nicht verfehlt. Wir haben in diesem «lästigen Unkraut» tatsächlich eine grosse Heilerin vor uns. Aufgrund der Saponine (Seifenstoffe) und der ätherischen Öle, die das Kraut enthält, wirkt der Gundermann schleimlösend. Angezeigt ist die Heilpflanze bei verschleimten Lungen, Bronchitis, Schnupfen, Rachenkatarrh, Schleimhautentzündung sowie bei Ohrenklingen, das durch Schleimansammlungen im Mittelohr entsteht. Dazu bereitet man einen Teeaufguss oder, noch besser, man lässt das Kraut in heisser, fetthaltiger Milch ziehen. Auch Hildegard verschreibt den Gundermann, «wenn üble Säfte den Kopf wie ‹doum› plagen, so dass auch seine Ohren tosen, der bringe Gundelrebe in warmem Wasser zu Sieden, und nach Ausdrücken des Wasser lege er sie so warm um seinen Kopf, und sie mindert das ‹doum› in seinem Kopf und öffnet das Gehör» (Schiller 1991: 49).

Aufgrund der in ihm enthaltenen Bitterstoffe, zum Beispiel des noch unerforschten Glechomins, regt Gundermanntee die Verdauungssäfte an und stärkt das Herz und die Leber. Auch Gerbstoffe sind in der Pflanze reichlich vorhanden. Gerbstoffe haben die Eigenschaft, wundes, verletztes, eiterndes, wässriges, gequetschtes, schlecht heilendes Gewebe zu festigen und zu trocknen. Wegen dieser trocknenden, zusammenziehenden Wirkung wird die Gundelrebe in der Volksmedizin auch gerne bei leichten Durchfallserscheinungen angewendet. Auch bei eiternden Zähnen und wundem Zahnfleisch wird der Tee als Mundspülung gebraucht. Dazu erzählt eine Legende von Petrus, der mit dem Herrn über das Land wanderte. Petrus litt an so heftigen Zahnschmerzen, dass er darob fast seine Heiligkeit vergass und schlimm daherschimpfte. Da sprach der Herr zu ihm: «Nimm drei Gundelreben und lasse sie in deinem Mund umschweben!»

Im Sankt-Gallischen griff das Landvolk bei «Brand im Mund» ebenfalls zum Gundermann. Nur spülten sie nicht das wunde Zahnfleisch damit, sondern nahmen fünf oder sieben Gundelrebenblätter und trugen sie in einem ungebleichten Tuch um den Hals. Reiner Aberglaube, meinen da einige. Höchstens ein Placebo-Effekt, meinen andere. Kurioserweise erzählen Völkerkundler, dass bei allen Völkern auf der Welt Heilkräuteramulette getragen werden, und überall ist man von ihrer positiven Wirkung überzeugt. Was aber noch vor kurzem als Irrationalität abgetan wurde, erlangt allmählich wieder wissenschaftliche Respektabilität. Seit der Entdeckung der Hochfrequenzfotografie durch den Armenier Semjon Kirlian wissen wir, dass jeder lebende Organismus von einem normalerweise unsichtbaren elektronischen Strahlenkranz umgeben ist. Wahrscheinlich sind es diese Kraftfelder, die psibegabte Menschen schon immer als «Aura», als «leuchtenden Rauch» oder «Mana» wahrgenommen haben. Beim Tragen eines Kräuteramuletts durchdringen und beeinflussen sich die Auren oder Kraftfelder des menschlichen Trägers und der Pflanze gegenseitig. Meist wird der Anhänger an einem Halsband direkt über dem Thymus, dem «Gehirn des Immunsystems», getragen. Im Thymus reifen die Abwehrzellen heran. Könnte es nicht sein, dass die ganz feinen energetischen Schwingungen, die Ausstrahlungen der Pflanzen, dem menschlichen Immunsystem heilende Informationen zukommen lassen?

Besonders bei eiternden Geschwüren, die nicht heilen wollen, zeigt der Gundermann, was in ihm steckt. «Gund» ist das altgermanische Wort für Eiter, Beule, faulige Flüssigkeit oder Gift. Als Gundkräuter bezeichneten die Goten, Angelsachsen, Skandinavier und Südgermanen alle Heilpflanzen, mit denen sich die Wundjauche austrocknen liess. In Tirol heisst es, man solle 77 Blättlein des Gundermanns auf eine eiternde Wunde legen, und sie würde heilen. Noch wirksamer ist wohl das «Wunderkrautöl» der Allgäuerin Susanne Fischer, das sie am eigenen Leibe bei einer vereiterten Hundebisswunde erfolgreich anwendete. Um das Wunderkrautöl herzustellen, sammelt man die frischen blühenden Stängel, presst sie in ein Glas und stellt dieses fest verschlossen vier Tage lang in die helle Sonne. Am Boden des Glases sammelt sich eine helle Flüssigkeit. Diese wird abgeseiht und im Keller oder im Kühlschrank aufbewahrt. Zur Hälfte mit starkem Alkohol, Brandy oder Wodka, gemischt, lässt sich daraus eine Tinktur herstellen, die sich lange hält (Fischer 1984: 104).

Venus, die den Saturn besiegt

Alte astrologische Kräuterärzte stellten den Gundermann unter die Herrschaft der Venus, die für die Drüsen und Harnorgane zuständig ist. In den nierenförmigen Blättern sah man die Signatur, den Siegelabdruck, dieser Planetengöttin. Folglich sollte der Gundermann ein gutes Mittel bei urogenitalen Beschwerden sein. «Der Gundermann heilt venerische Krankheiten durch die Sympathie und die Gebrechen, die Mars verursacht, durch die Antipathie der Venus», schreibt der bekannte englische Kräuterarzt Nicholas Culpeper (Culpeper 1983: 13).

Tatsächlich wirkt Gundermanntee oder -milchabkochung entzündungshemmend, harntreibend und reizmildernd bei Reizblase und Nierenerkrankungen. Nicht nur Mellie Uyldert, die niederländische weise Frau, empfiehlt den etwas kräftiger gebrauten Gundermanntee bei Blasen- und Nierensteinen (Uyldert 1984: 96), auch die Bibel der Apotheker, *Hagers Handbuch der pharmazeutischen Praxis* (1973) spricht davon. Die Indianer Nordamerikas sollen das von weissen Siedlern mitgebrachte Kraut ebenfalls bei Nierenentzündung angewendet haben (Stammel 1988: 275).

Nur im Hinblick auf die astrologische Zuordnung zur «lüsternen» Planetengöttin Venus lässt sich folgendes Rezept der Hildegard von Bingen verstehen. Sie schreibt: «Wenn ein Mensch infolge fleischlicher Begierde und Unenthaltsamkeit aussätzig wird, soll er Odermenning nehmen, dazu einen dritten Teil desselben an Ysop und zweimal soviel wie beides zusammen an Gundelrebe, diese Kräuter kochen und ein Bad aus ihnen herrichten. Diesem soll er soviel Menstrualblut beimischen, wie er bekommen kann, und sich dann ins Bad setzen … Die

Wärme des Odermennings mit der Kälte des Ysops und die Wärme der Gundelrebe mit dem warmen Menstrualblut in richtigem Verhältnis vereint, entfernen die faulige Materie eines solchen Aussatzes. Odermenning, Ysop und Gundelrebe lassen sie nämlich herausschwitzen, das Menstrualblut überwältigt und vernichtet sie wie ein Feind seine Gegner, weil es aus den verschiedenen Säften des Weibes hervorgeht» (Reger 1993: 137).

Der Gundermann weist noch eine weitere, im Zeitalter der autoabgasverpesteten Luft wichtige Eigenschaften auf: Als Tee zubereitet oder als Salatbeigabe fördert die Pflanze nämlich die Bleiausschwemmung aus dem Körper. Büchsenmacher und Maler verwendeten sie traditionell zu diesem Zweck. George Catlin (1796–1872), dem wir wunderbare Skizzen und Ölgemälde der noch frei lebenden Prärieindianer verdanken, trank regelmässig seinen konzentrierten «Gill-Tea», um einer Bleivergiftung vorzubeugen. *Gill* oder *Gill-over-the-ground* ist eine der englischen Bezeichnungen dieser Pflanze. Automechaniker, Drucker, Anstreicher und alle, die erhöhten Mengen dieses Schwermetalls ausgesetzt sind, täten gut daran, dem Beispiel dieses Kunstmalers zu folgen.

Vom astrologischen Standpunkt aus könnte man sagen, dass der Gundermann mit den negativen Aspekten des Saturns gut fertig wird. In der Mineralwelt hat Saturn seine Signatur im Blei, was die Jahreszeit angeht, im kalten, düsteren Winter, und in der Seele in der Schwermut. Nicht erstaunlich also, dass man einst dem Schnupftabak trockenes Gundermannkraut beifügte als Mittel gegen Melancholie und Lethargie.

Der richtige Spruch für den Gundermanngeist

Die weisen Frauen und Kräuterschamanen, welche die Heilkräfte entdeckten, die der Gundermann in sich birgt, wussten nicht von den «Wirkstoffen» welche die Pflanze enthält. Für sie wie für die Eingeborenen überall war es die Persönlichkeit der Pflanze selber – der Deva, wie die Inder sagen –, die die Heilkraft schenkt oder eventuell auch zurückhält.

Wie wir schon gesehen haben, wurde der Geist der Pflanze ehrfürchtig angesprochen. Er wurde rituell in den Mittelpunkt gestellt und seine Macht und göttlichen Eigenschaften wurden dadurch hervorgehoben. Er wurde als «Ältester», als «Mutter» oder gar als Gottheit an-

gerufen und, wie der Beifuss im angelsächsischen Neunkräutersegen, an das Versprechen erinnert, das er den Menschen einst zu Anfang der Zeiten gegeben hatte. Noch im Mittelalter, lange nachdem die Europäer Christen geworden waren, gehörte das richtige Ansprechen der Pflanze zum Ritual des Heilpflanzensammelns. Für den Gundermann ist folgender schöner Spruch überliefert:
«Guntreben Ger (*Ger* = Speer bzw. Schössling),
Ich brech dich zu unser lieben Frauen Ehr
Und zur Ehr unseres lieben Herrn Jesus Christ.»

Die besten Heilpflanzen fanden die alteuropäischen Bauern vor allem in der dornigen Hecke, die das Gehöft und seine Weiden und Äcker umgab. Dort suchten die alten Mütterchen, die die Kräuter kannten und die für das gesundheitliche Wohl der Sippe verantwortlich waren, nach ihren Zauber- und Heilpflanzen. Meditativ dem Sammeln und dem Hineinhorchen in die Natur hingegeben, sahen diese kundigen Frauen die ätherischen Wesenheiten, die Hof- und Hausgeister, die mit den Heilkräutern verbunden waren. Diesen alten Heckensitzerinnen (adh. *Hagesussen*, daher kommt das heutzutage negativ besetzte Wort «Hexen») verrieten die Pflanzengeister ihren Namen, ihre Kräfte und die Zauberworte, mit denen sie aufgerufen werden konnten.

Für die Kelten und Germanen verkörperte die Gundelrebe, die mit Vorliebe solche Hecken besiedelte, eines dieser magischen Wesen. Die Namen, die dem Kräutlein gegeben wurden, erinnern an die Namen der Zwerge, Elfen und Elementarwesen: Gundermann, Gutermann, Gundelse, Huderich, Hedgemaid (engl. «das Heckenmädchen»), Creeping Jenny, Creeping Charlie, Run-way-Robin und so weiter.

In unserem Streben nach einer ganzheitlichen Kräuterkunde gilt es, die Pflanzen nicht nur als Behälter von Molekularverbindungen, sondern als Lebewesen zu betrachten, die auch von Seelischem und Geistigem umwoben sind. Vielleicht sollten wir wieder von den Schamanen lernen, wie man mit diesen Wesenheiten spricht. Vielleicht werden die Ahnfrauen, die noch tief in unseren Seelen leben, uns dabei die notwendigen Inspirationen zukommen lassen.

Blitz, Donner und Bier

Die Gundelrebe, das Kraut der Venus, das ein eher antipathisches Verhältnis zum griesgrämigen Saturn hat, ist dagegen ganz dem Jupiter, dem reichen Erntegott und Blitzkeilträger zugeneigt. Der joviale Götterkönig ist Herr der Tafelfreuden und der berauschenden Getränke. Den Völkern im kalten, rauhen Norden erschien er in der Gestalt des Donar/Thor. Wir kennen ihn schon als Schirmherr des Bieres und der Bierkräuter, jener, die selbst zu Bier vergoren wurden, wie Löwenzahn oder Brennnessel, und jener, die beim Brauen der erhitzten Maische beigegeben wurden, um den Labtrunk zu klären, zu würzen und haltbar zu machen. Für Letzteres benutzten die Hausfrauen – denn die waren in erster Linie für das Bierbrauen zuständig – Heidekraut, Dost, Schafgarbe, Wermut, Mädesüss, Fieberklee (*Menyanthes trifolia*), Gamander (*Teucrium*), Ginster, Sumpfporst (*Ledum palustre*) und rauschsteigernde, aphrodisierende Nachtschattengewächse wie das Bilsenkraut. Das «Donnerkraut», die «Donnerrebe» oder «Donderbloem», wie der Gundermann gelegentlich auch genannt wird, gehört mit zu dieser Liste. Von seiner Vergangenheit als Bierkraut zeugen viele seiner Namen: Gartenhopfen (Siebenbürgen), Erdhopfen (dän. *Jórdhummel*), *Ale-hoof* (engl. *ale*, schwed. *Øl*, ein obergäriges, bitter schmeckendes Bier), *Tun-hoof* (altkelt. *tun* = Bierfass) und *Gill* (vom franz. *guiller*, «Bier fermentieren»).

Gundermannbier war bei den Engländern dermassen beliebt, dass sie ihre Bierschenken schlichtweg als *Gill-houses* bezeichneten. «Da sich unsere Vorfahren aus diesem Kräutlein ihr Lieblingsgetränk brauten, galten die Engländer einst als die langlebigsten Menschen der Erde», schreibt nicht ohne Stolz der Puritanerführer Cotton Mather in seinem medizinischen Handbuch *The Angel of Bethesda* (1724) und fügt hinzu, «eine Handvoll Gundermannblätter in *Ale* gekocht, morgens und abends getrunken, wirkt Wunder bei allen Kopfschmerzen, Entzündungen, geröteten Augen, Gelbsucht, Husten, Schwindsucht, Milz- und Steinerkrankungen und Verstopfungen jeglicher Art» (Coffey 1993: 199).

Der Hopfen (*Humulus lupulus*), der unserem heutigen Bier seinen Geschmack verleiht, wurde erst viel später als die anderen Kräuter zum Bierherstellen verwendet. Die Antike kannte den Hopfen beziehungsweise die Hopfentriebe ausschliesslich als Gemüse (Hopfenspargel). Die Mönche jedoch, die ständig mit den Teufeln der Sinneslust und Geilheit zu kämpfen hatten, aber dennoch gerne zechten, entdeckten, dass der Hopfen den sexuellen Trieb beruhigt, dass er anaphrodisierend wirkt. Also liessen sie die heidnischen Bierkräuter beiseite und bauten Hopfen an, in deutschen Landen seit dem 8. Jahrhundert.

In England war der Zusatz von Hopfen – «ein böses Kraut, das den Geschmack des Bieres verdirbt, die Menschen krank macht und ihr Leben verkürzt» (John Evelyin, *Pomona*, 1670) – bis weit ins 14. Jahrhundert hinein verboten, bis zur Zeit Heinrich des VI. (1556) verpönt und wurde erst im 17. Jahrhundert in grösseren Mengen angebaut. Mit dem Reinheitsgebot von 1516 verschwanden in Mitteleuropa alle althergebrachten Bierkräuter aus dem Volkstrunk, auch der gute Gundermann. Zur Bierherstellung durften nur noch Gerstenmalz, Hopfen und Wasser verwendet werden. Es war, wie der Ethnobotaniker Christian Rätsch hervorhebt, eines der ersten Drogengesetze, da man es vor allem auf die rauschsteigernden Kräuter abgesehen hatte (Rätsch 1996, Reman 1989: 26). Das vom bayrischen Regenten erlassene Reinheitsgebot kam dem Zeitgeist, den aufkommenden Manufakturen und der Ethik, die die Arbeit nicht mehr als Fluch, sondern als moralischen Wert an sich hervorhob, entgegen. Man konnte nicht länger dulden, dass das arbeitende Volk tagelang betrunken war oder verkatert dahinvegetierte.

Gute und böse Milch

Unsere Vorfahren wie auch andere Naturvölker klassifizierten die Welt nach anderen Kriterien, als wir es heute tun. Für uns setzt sich Eiter, der sich in schlecht heilenden Wunden und Geschwüren bildet, aus «verfetteten, polymorphkernigen, neutrophilen Leukozyten, Zelltrümmern und Serum» zusammen (Zetkin-Schaldach 1980: 273). Im vorwissenschaftlichen Weltbild der alten Europäer wurde die rahmige, gelblichweisse, schlecht riechende Gewebsabsonderung als eine Art «schlechte Milch» angesehen. Und ebenso wie die Gundelrebe den Eiter (Gund) überwinden konnte, würde sie auch die schlechte Milch aus dem Euter verbessern können, sei diese nun wässrig-blau, blutig, verhext, liesse sich nicht recht buttern oder was auch immer.

Über die Jahrhunderte hinweg begegnet uns diese Heilpflanze immer wieder als wichtigstes Mittel, um einen positiven «Milchzauber» zu bewirken. Im Frühling, wenn die Kühe zum ersten Mal wieder auf die Weide gingen, melkte man die ersten Striche durch einen Kranz aus Gundermann, oder man gab den Tieren etwas Gundermann zu fressen, damit kein Unhold die Milch verhexen konnte. Auch wenn die Milch sonst nicht in Ordnung war, rieben die Melker das Milchgeschirr mit Gundermann aus oder spülten es mit Gundermanntee.

Die Milchkuh war und ist noch immer der wichtigste Besitz des Bauern. Sie ist Nahrungsgeberin und liebe Hausgenossin zugleich. Also verwundert es nicht, wenn Erkrankungen des Euters oder der Zitzen aufwändige Heilungsrituale erforderten. Hier einige Beispiele: In den frühen Morgenstunden noch vor Sonnenaufgang ging der Simmentaler Bauer, dessen Kuh «die Milch genommen war», zum Gundermann. Dreimal sprach er die Zauberpflanze mit folgenden Worten an:

«Guntreben, unser Herr hat dir Gnad geben,
Gott gebe einen Streich auf die Milch
Und bring mir das Mein
Und Jedermann das Sein.»

Dann pflückte er es geschwind im Namen der Heiligen Dreifaltigkeit, übergoss es mit Milch, liess es trocknen und gab es dann mit etwas Salz dem Vieh zu fressen.

Anderswo wurde das Kraut mit einem Segen besprochen und mit folgenden Worten in die Luft geschleudert:

«Ich werf dich auf die Wolken,
Dass mir unser lieber Herr Jesus Christ
Wiedergeb mein Käs und mein Molken.»

Eine Handschrift aus dem 12. Jahrhundert rät: «Wo man die milich stelt, nimb weichwasser (Weihwasser) und sprengs in den Stall, nimb gunreben, geweicht in salz und meerlinsen (Wasserlinsen, *Lemna minor*).» Diese gebe man der Kuh mit folgenden Worten zu fressen:

«Ich geb dir heut gunreben, meerlinsen und salz,
Und gang uf durch die Wolken
Und bring mir Schmalz und milich und molken.»

In einem Zauberbüchlein, das angeblich der Erzmagier und Kirchenlehrer Albertus Magnus (1206–1280) verfasst haben soll und das gelegentlich noch heute in der Bauernstube griffbereit neben der Bibel, dem astrologischen Kalender und dem Quelle-Katalog liegt, lesen wir Folgendes: «Wann einer Kuh das Euter behext ist, so soll man drei Kränzlein von Gundelreben winden und einen jeden Strich dreimal hinten durch die Füsse melken; danach der Kuh die drei Kränzlein zu fressen geben und dazu folgende Worte sprechen:

Kuh, da geb ich dir die Gundelreben,
Dass du mir die Milch wollst wiedergeben.»

So wichtig erschien den Bauern die Gundelrebe, dass sie früher in gewissen Gegenden in der Schweiz und in Deutschland als Hausmittel angepflanzt wurde (Mansfeld 1986: 1169).

Wie wir gesehen haben, steht der Gundermann unter der Herrschaft der Venus und des Jupiters. Aber noch eine weitere planetarische Signatur offenbart sich in diesem Kräutlein. Als Beschützer der Kühe und der Milch weist es auch die Signatur des Mondes auf. Den Alchimisten galt die frische Milch ebenso wie der vom Himmel fallende Schnee, Regen und die sich ständig neu formierenden Wolkengebilde als völlig neu geschaffene Materie. Alles, was aus dem Unsichtbaren neu erscheint, alles, was noch rein, unschuldig, unverändert und unbearbeitet ist, hat seinen Ursprung in der «lunaren Sphäre», im Mond. Auch die sich inkarnierenden Menschen- und Tierseelen und die spriessenden, keimenden Pflanzen entstammen dieser Sphäre.

Um diese Sphäre aufzuschliessen, warf der Bauer den gesegneten Gundermann «in die Wolken», dann würde die begehrte Flüssigkeit wie ein Regenguss vom Himmel wieder aus dem Euter herabfliessen. Aus diesem Grund wurden auch bestimmte Mondregeln befolgt. Bauernregeln schrieben vor, diejenigen Kräuter, die man für den Milchzauber braucht, im abnehmenden Mond zu sammeln oder auch wenn der Mond absteigend ist. Der Mond ist absteigend, wenn er von dem höchsten Tierkreiszeichen, den Zwillingen, zum niedrigsten Tierkreiszeichen, dem Schützen, hinabsteigt. Er ist aufsteigend, wenn er vom südlichen Wendepunkt aus wieder nach oben steigt. Dieser auf- und absteigende Mondrhythmus spielt bei den Bauern im Emmental und anderswo noch eine wichtige Rolle (Storl 1980: 151). Beim aufsteigenden Mond schiessen die Mondkräfte nach oben, es ist also eine gute Zeit, um Obstbäume zu pfropfen und alles, was nach oben wachsen soll, zu pflanzen. Beim absteigenden Mond gehen die Mondkräfte nach unten; da kümmert man sich um Wurzelgemüse, pflanzt um, schlägt Holz (das wenig Saft enthalten soll) und «zaubert die zurückgehaltene Milch wieder aus den Wolken herunter».

Der Saturn, der äusserste sichtbare Planet, ist der Gegenspieler des Mondes, jenes «Planeten», der der Erde am nächsten ist. Der alte, harte, bittere, langsame, bleierne Planet steht für alles, was fertig, vollendet, bearbeitet, verbraucht, zu Asche verbrannt, zu Essig vergoren und alt geworden ist. Als Knochenmann kündet er das Vergehen, so wie der Mond das Entstehen und Erscheinen kündet. Zu Silvester werden der Saturn als altes Jahr, als der Sensenmann mit der Sanduhr, der Mond als das neue Jahr, als milchtrinkender Säugling dargestellt.

Nun verstehen wir, warum der Gundermann als Kind des Mondes die vertrocknete Milch wieder zum Fliessen bringen kann, warum er das saturnische Blei aus dem Körper eines Malers ausschwemmen kann und warum man ihn dem Schnupftabak beifügt, um sich der saturnischen Schwermut zu erwehren.

GEISSFUSS

Aegopodium podagraria

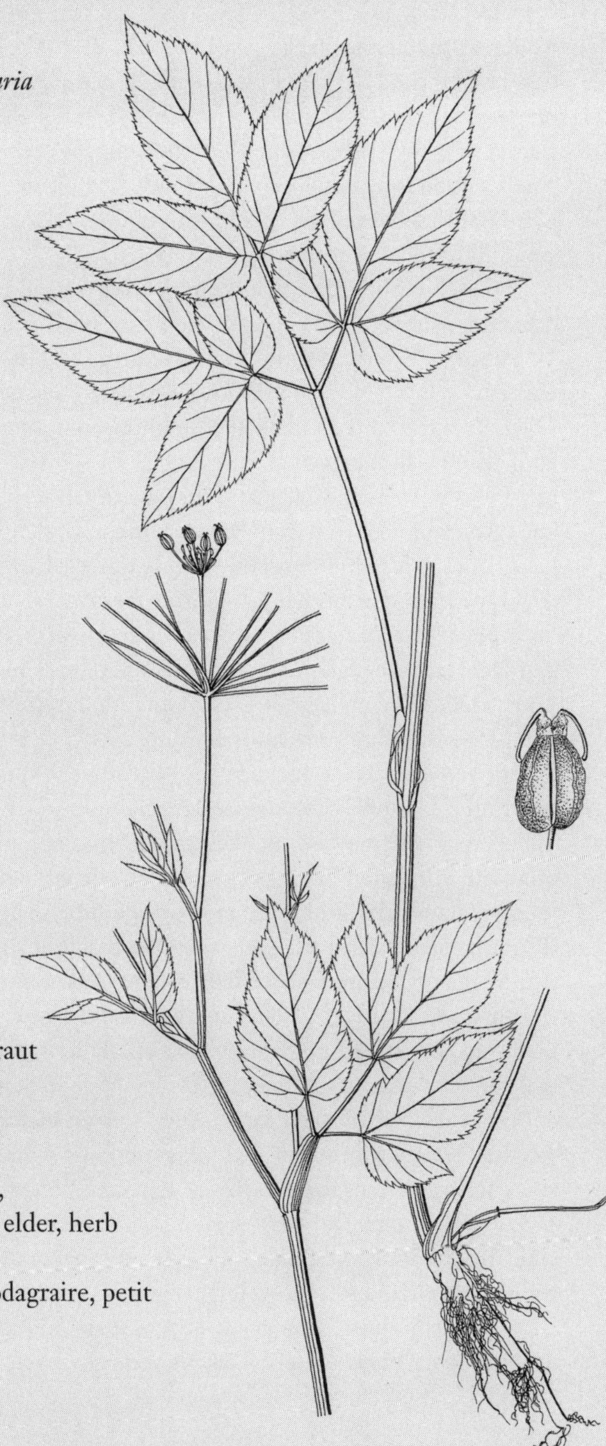

Illustration aus: Hess/Landolt/Hirzel, Flora der Schweiz, Birkhäuser Verlag, Basel

Familie:
Schirmblütler

Volksnamen:
Giersch
Baumtropfen
Bodenholunder
Sankt-Gerhardtskraut
Strenzel
Zaungiersch
Zipperlekraut
engl. bishops wort, goutweed, ground elder, herb Gerard
franz. égopode, podagraire, petit angélique
ital. castalda

Kaum ist die Schneedecke geschmolzen, da treibt der Geissfuss unter den Hecken und dem Gebüsch, entlang den Zäunen und in den Staudenbeeten seine ersten zarten, noch gefalteten, hellgrün glänzenden Blätter hervor. Alsbald entfalten sich die Blätter und bedecken den zuvor kahlen Boden mit einem freundlichen Grün. Für den unbefangenen Naturliebhaber ist das ein hoffnungsfroher Anblick: Der Frühling steht unmittelbar vor der Tür.

Geschichtlich und volkskundlich wird wenig über diese Pflanze berichtet – ausser, dass sie einst wie heute noch manchen Gärtner zum Verzweifeln bringt. Schon John Gerard, Verfasser eines der ersten Kräuterbücher (*Herbal* 1597) und selber Gärtner, entrüstete sich: «Geissfuss wächst von ganz alleine im Garten, ohne dass man ihn anzupflanzen oder auszusäen braucht. Er ist so vital, dass er, einmal da, nicht wieder wegzukriegen ist. Von Jahr zu Jahr erobert und ruiniert er, zum Ärgernis der besseren Kräuter, mehr Bodenfläche.» Tatsächlich kann jedes Gierschpflänzchen mittels unterirdischer Ausläufer bis zu drei Quadratmeter Boden pro Jahr erobern.

Sogar ein äusserst sensibler und kreativer Naturgärtner wie Jürgen Dahl lässt bezüglich dieses Schirmblütlers seiner Abneigung freien Lauf: «Der Giersch ist eines von den Unkräutern, die man auch heutzutage noch mit gutem Gewissen ‹Unkraut› nennen darf: Erstens verdrängt und erstickt er jedes andere Pflanzenleben, und zweitens lässt er sich durch keinerlei biologische Massnahmen vertreiben. Die schönen Tabellen in neueren Gartenbüchern, die uns die Unkräuter als ‹Zeigerpflanzen› vorstellen und uns dazu sagen, wie wir den Boden behandeln müssen, damit das Unkraut verschwinde, übergehen den Giersch geflissentlich: Er wächst auch da, wo es gar nichts anzuzeigen gibt; er liebt den Stickstoff, kann aber auch ohne ihn auskommen; er weiss Feuchtigkeit und Schatten zu schätzen, aber Sonne und Dürre bringen ihn nicht um. Er ist von unglaublicher Zähigkeit, und wenn man ihn einmal hat, wird man ihn so leicht nicht los. Wer zu fleissigem Jäten rät, ist entweder ein Schalk oder kennt den Giersch nicht: Seine zahlreichen weissen Wurzeln brechen wie Glas, und aus jedem kleinsten Bruchstück spriesst schon nach wenigen Tagen ein neues Pflänzchen» (Dahl 1989: 37). Jürgen Dahl rät seinen verzweifelten Gärtnerkollegen zu einer Bekämpfungsmethode, die zwar nicht eigentlich biologisch, aber wenigstens chemiefrei ist. «Man deckt den vom Giersch befallenen Bereich mit schwarzer Folie ab … und lässt sie mindestens ein Jahr lang liegen», schreibt er. Andere Gärtner versuchen den zähen, vitalen Burschen mit einer Buchweizensaat in der Fruchtfolge zu bremsen. Studentenblumen (*Tagetes minuta*), dicht auf 15 cm Abstand gepflanzt, sollen dem Geissfuss auch nicht bekommen.

Ein schmackhaftes Dauergemüse

Aber ganz so schlimm, wie er den frustrierten Gärtnern erscheint, ist er auch wieder nicht. Es ist durchaus möglich, sich mit der Pflanze zu befreunden. Anstatt ihn allzu arg zu bekämpfen, sollte man ihn einfach ernten und essen. Geissfuss ist, wie auch Jürgen Dahl zugeben muss, «ein absolut wartungsfreies und unentwegt nachwachsendes Dauergemüse» – ein recht gut schmeckendes obendrein!

A.K. Koschtschejew, der hervorragende Kenner der wildwachsenden essbaren Wildpflanzen, lobt den Geissfuss als wichtigen Liefe-

Erster Frühlingssalat
2 Hand voll Geissfuss (am besten sind die noch gefalteten, zarten, glasig aussehenden jungen Triebe)
Löwenzahnrosetten
Scharbockskraut (vor der Blüte)
Brunnenkresse
Gänseblümchenblüten
Schlüsselblumenblätter
Sauerampfer
zum Würzen einige Gundermannblätter, Zwiebel
Für die Salatsauce:
Zitrone oder Naturessig
Olivenöl oder anderes kaltgepresstes Öl
nach Belieben Speisewürze oder japanische Sojasauce
1 Esslöffel Nährhefe
1 Prise Salz
evtl. etwas Joghurt oder Rahm
1 gekochtes Ei
Alles gut miteinander mischen.

Eingelegter Geissfuss
Pro 1 kg Geissfuss 40 g Salz
Die Blätter und Stängel kurz mit kochendem Wasser überbrühen. Das Wasser abtropfen lassen, den Geissfuss schichtweise in ein Fass legen und mit Salz bestreuen. Auch einige Sauerampferblätter können hinzugegeben werden. Jede Schicht von ca. 5 cm feststampfen, bis sich Saft bildet. Ist das Gefäss gefüllt, einen Holzdeckel darauf legen und mit einem Stein beschweren. Im kühlen Keller lagern.

ranten von Vitaminen und Spurenelementen. Die grünen Blätter enthalten besonders viel Vitamin C und Karotin, die Vorstufe des Vitamins A. Pro 100 g Masse enthält das Kraut zusätzlich:

16,6 mg Eisen
1,99 mg Kupfer
2,13 mg Mangan
1,68 mg Titan
3,9 mg Bor

Koschtschejew sieht im Geissfuss eine der nützlichsten Speisepflanzen, eine die sich sowohl im frischen Salat bewährt wie auch in der Suppe oder im Borschtsch. Die aromatischen, im Geschmack etwas an Petersilie erinnernden Blätter kann man als Püree oder getrocknet und gepulvert als Gewürz aufbewahren. In Russland säuerte man sogar die Blattstiele wie Sauerkrautkohl in Bottichen ein (Koschtschejew 1990: 68).

Aber nicht nur aufgrund der chemisch analysierbaren Vitaminstoffe und Spurenelemente ist diese wildwachsende Nahrungspflanze wichtig. Sie schenkt uns auch etwas von ihrer schier unverwüstlichen Lebenskraft, jener Grünkraft, die Hildegard von Bingen mit überschwänglichen Worten lobpreist. Diese Kraft lässt sich zwar nicht wägen und messen, macht sich aber im allgemein gesteigerten Lebensgefühl bemerkbar. Schon die Römer kannten den Geissfuss als Gemüse, und zur Gründonnerstagssuppe gehörte er auf jeden Fall.

Kräutersuppe mit Geissfuss
160 g Suppenwildkräuter (Geissfuss, Malve, Brennnessel, Wegerich, Triebe vom Wiesenbärenklau, Vogelknöterich usw. zu gleichen Teilen)
40 g Hafergraupen
1 Karotte
1–2 Zwiebeln
10 g Fett
1 Tasse Sauerrahm

Zuerst die Graupen halbgar kochen, dann das Grün sowie die Karotte hinzufügen und noch 15 Minuten kochen lassen. Zuletzt die angebratenen Zwiebeln hinzugeben, nach Geschmack würzen und mit Sauerrahm verfeinern.

Gegenüber: Brennnessel

Oben: Gundermann
Gegenüber: Beifuss

Oben: Geissfuss
Rechts: Wegerich

Oben: Gänseblümchen
Unten: Löwenzahn
Gegenüber: Ackerschachtelhalm
Bild Seite 88: Vogelmiere

Der Heiler der Gicht

Vergebens blättert man in den meisten der zahllosen Heilkräuterbücher, um etwas über die medizinischen Eigenschaften dieser Pflanze zu erfahren. Als Heilpflanze scheint der Geissfuss fast vergessen zu sein. Maria Treben verliert kein Wort über ihn und die Koryphäe der phytotherapeutischen Wissenschaft, Rudolf Weiss, belässt es bei der Randbemerkung: «Das Kraut, das durch ätherisches Öl einen aromatischen Geruch besitzt und Polyacetylene enthält, gilt heute als obsolet» (Weiss 1991: 340).

Dennoch sprechen die Volksnamen Bände. Auch die wissenschaftliche Bezeichnung *Aegopodium podagraria* enthält Hinweise auf die verborgene Heilkraft der Pflanze. Der Gattungsname *Aegopodium* bezieht sich lediglich auf die dreizähligen, eiförmig gezähnten Blätter, die mit Hilfe von etwas Phantasie an Ziegenfüsse erinnern (griech. *aigos* = Ziege; *podos* = Fuss). Der lateinische Artname *podagraria* jedoch bedeutet «das Podagra heilend». Podagra ist die Gicht. Mundartliche Bezeichnungen wie Zipperleinskraut und Podagramskraut, das schweizerische Zipperlichrut und das niederländische Voeteuvelkruid (Fussteufelskraut) beziehen sich ebenfalls auf das üble Gebrechen, das sich in den Zehen, Knien, Fingern und anderen Gelenken als empfindlicher Schmerz und Steifheit bemerkbar macht. Zipperlein ist eine alte Bezeichnung für die Fussgicht, welche den Betroffenen zu einer «tippelnden, zippelnden» Gangart zwingt.

Auch in anderen Sprachen deuten die Namen auf diese Erkrankung hin. *Goutweed* (Gichtkraut), *Herb Gerard* und *Bishopswort* (Bischofswurz) heisst die Pflanze in England. Der heilige Gerard oder Gerhard wurde im Mittelalter als der Gichtheilige angerufen. Vermutlich handelt es sich um den 935 n. Chr. in Köln geborenen Bischof von Toul. Die Bezeichnung Bischofswurz bezieht sich auf ihn oder aber – wie die britische Kräuterexpertin Mrs. Grieve vermutet – darauf, dass sich die Pflanze gerne auf alten Klosterruinen breit macht. Auf jeden Fall wissen wir, dass die Mönche den Geissfuss als Heilpflanze absichtlich in ihren Kräutergärten zogen. Auch im Französischen wird sie *podagraire*, «Gichtheiler», genannt oder, was ihre Heilkraft noch zusätzlich unterstreicht, *petit angélique*, «kleine Engelwurz». Die Engelwurz (*Angelica*), ebenfalls ein Doldenblütler, galt als eine der allerstärksten Heilpflanzen; der Erzengel Raphael, der Fürst der Heiler und Patron der Ärzte, hatte sie einem frommen Mönch höchstpersönlich offenbart.

Der Gebrauch des Geissfusses als Gichtmittel verliert sich in den Nebeln der Urgeschichte. Gichtartige Erkrankungen (Osteoarthritis) waren besonders für die Menschen der Frühzeit, die oft auf kalten, feuchten Böden schliefen, eine Plage. Das deuten die deformierten Knochen an, die Urgeschichtler in ihren Ausgrabungen zutage förderten. Vermutlich benutzten schon die Neandertaler diese Pflanze zur Linderung ihrer Schmerzen. Die Neandertaler waren die ersten Menschen, die in nördlichen Breitengraden der Winterkälte die Stirn boten. Dass diese Urmenschen hervorragende Kräuterkenner waren, zeigen die Pollenanalysen der Neandertalbestattungsplätze in der Höhle von Shanindar. Dort bettete man die Verstorbenen vor 70000 Jahren in ganze Büschel blühender Heilkräuter, wie Scharfgarbe, Flockenblumen, Jakobskraut, Meerträubel (Ephedra) und Malven, und bestreute den Boden zusätzlich noch mit Beifuss (Erichsen-Brown 1979: vii).

Nicholas Culpeper schreibt in seinem für das einfache Volk konzipierten astrologischen Kräuterbuch *The Complete Herbal* (1649): «Man sollte nicht annehmen, dass das Gichtkraut (*goutweed*) ohne zwingenden Grund seinen Namen bekam, sondern weil man erfahren hatte, dass es die Gicht und die Ischiasschmerzen, also Gelenkschmerzen und andere kalte Leiden, zu heilen vermag. Schon das Bei-sich-Tragen des Heilkrauts lindert die Schmerzen und schützt vor Befall» (Grieve 1971: 369). Zur Zeit dieses populären Kräuterarztes war das, was man als Gicht bezeichnete, noch kein streng gefasster Begriff. Man erkannte das Gebrechen noch nicht als Stoffwechselkrankheit, die durch vermehrte Bildung von Purinverbindungen und Störungen des Harnsäureausscheidungsvermögens gekennzeichnet ist. Man sprach von 7, 77 oder gar 99 verschiedenen «Gichten», von der reissenden Gicht, der kalten Gicht, der stillen, der stechenden, der ziehenden und von vielen anderen und meinte damit Arthritis, Rheuma, Schlag, Hexenschuss, Zuckungen, Krämpfe und Lähmungen, die den Menschen plötzlich befallen können. Die Volksmedizin nahm üblicherweise an, dass es sich um eine «fahrende» Krankheit handelt, die durch Schadenzauber angezaubert, übertragen oder von Hexen «geschossen» werden kann. «Dat varende, lopende Deer» (Das fahrende, laufende Tier) nannte man sie im Plattdeutschen.

Man versuchte sich des Leidens zu entledigen, indem man Schutzamulette trug, die Gicht besprach, aus Sargnägeln geschmiedete «Gichtringe» trug, sie an Tieren oder an Wegkreuzungen «abstreifte» oder indem man den Gichtpatron Gerard oder Gerhard um Hilfe an-

flehte. Oft wurde sie auf Birken, Eichen, Fichten, Weiden oder Fliederbüsche «transplantiert». Aufgrund ihrer starken Lebenskraft würden die Bäume eher mit der Krankheit fertig werden als der gebrechliche Mensch. Selbstverständlich musste man den richtigen Spruch kennen. Um sie der Rottanne anzuhängen, sagte der Leidtragende:
«Guten Morgen, Jungfer Ficht,
Ich klag dir 77igerlei Gicht.»

Zur Weide, die auf kalten, nassen Stellen wächst und selber an «Gichtknoten» leidet, sprach man folgende Worte:
«Ach, du lieber Weidenbaum,
Ich rüttle dich, ich schüttle dich,
Ich bring dir alle meine Schmerzen.
Ich bring dir meine 77 Gicht
Im Namen Gottes ...»

Vernünftiger als diese Zauberkuren scheinen uns, von unserem heutigen Gesichtspunkt aus gesehen, folgende volksmedizinische Behandlungsweisen: heisse Bäder und Schwitzkuren, das Auflagen von Säckchen mit heissen Kirschkernen oder heissen Steinchen, dazu die innerliche Anwendung des Geissfusses als Heiltee und die äusserliche Anwendung als frisches Kataplasma.

Johann Künzle (1857–1945), Sohn armer Bergbauern im Sankt-Gallischen, vernahm, während er an einem Ostersonntag im Halbschlaf lag, die Stimme eines Engels. Das Himmelswesen flüsterte ihm zu, er solle den Menschen die wunderbaren Kräfte der Bergpflanzen zeigen. Künzle, der schliesslich Kräuterheiler und Seelsorger des einfachen Landvolks wurde, ist einer der wenigen, die sich dem Wesen dieser fast vergessenen Heilpflanze öffneten. Eine «herrliche Medizin» nannte er

Gichtkur mit Geissfuss
Die innerliche und äusserliche Behandlung sollte gleichzeitig erfolgen.
Ein Aufguss aus dem frischen oder getrockneten Kraut wird kurmässig 6 Wochen lang getrunken. 2 Teelöffel pro Tasse überbrühen und ziehen lassen. 3 Tassen pro Tag trinken.
Umschläge aus zerstampftem frischem oder auch gekochtem Kraut (samt Wurzeln) auf schmerzende Stellen legen. Die Umschläge öfter erneuern. Bei Ischias auf die Hüften auflegen. Auch bei Insektenstichen, Wunden und Hämorrhoiden anwendbar.

den Geissfuss. Den Kranken verschrieb er den Absud gedörrter Gierschwurzeln als Badezusatz bei Rheuma, Gicht und Krampfadern. Er liess die jungen Blätter bei Verstopfung, Wurmbefall und Gicht als Salat zubereiten. Er legte frische Geissfussblätter bei Hunde- und Schlangenbiss auf die Bissstelle; den Rheumatikern legte er sie als Einlage in die Schuhe. Bei hartnäckigem Schnupfen hiess er das grüne oder dürre Kraut zum Inhalieren auf glühende Kohlen oder eine heisse Wärmeplatte auflegen. Er liess als Heilmittel bei Husten, Lungenkatarrh, Rheumatismus und Gicht einen Tee aus den Blüten brauen, mit einer Beigabe von Salbei oder Wacholder. Und bei Zahnweh, sagt der Kräuterpfarrer, siedet man das Geissfusskraut mit Obst oder Wein und gurgelt damit (Künzle 1945: 396).

Auch für die Tiere hat der Giersch etwas übrig. Im alten angelsächsischen Kräuterbuch *Lacnunga* lesen wir: «Um Schweine vor dem plötzlichen Tod zu bewahren, nehme man Lupine, Bischofswurz (Geissfuss) und andere Kräuter, behänge die vier Wände und die Tür damit und treibe die Schweine in den Stall» (Grieve 1971: 368). Die Borstentiere, deren höchste Wonne es ist, den Erdboden mit ihren sensiblen Rüsseln nach würzigen Wurzeln, Knollen und Pilzen durchzupflügen, werden beim Duft des Geissfusses wahrscheinlich von Glücksgefühlen beflügelt und an die Freuden des Lebens erinnert. Das alte Rezept könnte man als eine Art veterinäre Aromatherapie bezeichnen. Übrigens lieben auch die Kaninchen und Ziegen den Giersch. Er ist ein wertvolles Futter für diese Tiere.

Schliesslich wollen wir noch eine weitere, inzwischen aus der Mode gekommene therapeutische Verwendung des Geissfusses erwähnen. Die kümmelähnlichen Samen, «wenn getrunken und äusserlich appliziert, nehmen der Haut die Farbe und machen blass» – das glaubten die Ärzte des 17. Jahrhunderts. Auch Nicolas Culpeper, der dem Geissfusssamen den exotischen Namen «äthiopischer Kümmel» gab, teilte diese Meinung. Blässe galt damals als «fein», als die Hautfarbe der «besseren Leute» im Gegensatz zu den gebräunten, geröteten Gesichtern und Armen der ländlichen Bevölkerung. Meistens jedoch wurde die «vornehme Blässe» vor allem durch dick aufgetragenes Puder bewirkt. Hinter den Masken verbargen sich die von Lustseuche und Quecksilberpräparaten verheerten Visagen jener, die sich die chemischen Mittel der Ärzte leisten konnten und die Kräuter als «unmodern» verachteten.

Der Schirmblütler mit mächtigem Ätherleib

Jeder kennt die grosse, 2600 Arten umfassende Familie der Schirmblütler oder Doldengewächse (*Umbelliferae* oder *Apiaceae*). Sie haben allesamt weisslich blühende Dolden, die uns an aufgespannte Regenschirme erinnern (lat. *umbella* bedeutet «Schirm»). Die Doldengewächse bevorzugen allgemein feuchte, kühle Standorte. Viele, wie der Wiesenkerbel und der Bärenklau, wachsen auf fetten, feuchten Wiesen. Einige Familienmitglieder, wie das Wassernabelkraut, der Wasserschierling oder der Wasserfenchel, sind regelrechte Sumpfpflanzen. Auch der Geissfuss, den die St. Galler «Schneggechrut» nennen, mag feuchte, schattige Orte, jene Orte eben, an denen Schnecken zahlreich sind. Da er gerne unter Holunderbüschen wächst, passen die Benennungen Erdholunder und Hölderlichrut recht gut zu ihm. Den Namen Baumtröpfle, Bommtraufe oder französisch *herbe aux goutteux* verdankt er dem Umstand, dass er mit Vorliebe im Bereich der Krontraufe der Bäume wächst. Auch als Pflanze ist er recht saftreich; er enthält im grünen Zustand bis zu 87% Wasser (Marzell I 1943: 128).

Die besondere Beziehung der Schirmblütler zum feuchten Lebenselement, zum Wasser, verleiht ihnen – wie es Rudolf Steiner ausdrückt – einen «plastischen Ätherleib». Jeder lebendige Organismus hat einen Ätherleib, der gelegentlich auch «Flüssigkeitsleib», «Lebensleib» oder «Bilderkräfteleib» genannt wird. Dieser Ätherleib ist als organisatorisches Prinzip zu verstehen, das die ein- und ausströmenden Lebensenergien des Organismus reguliert. Es belebt den physischen Leib, lässt ihn wachsen und, falls er verletzt wird, lässt es ihn heilen und regenerieren. Ohne diese energetische Komponente wäre der Körper eine Ansammlung toter Stoffe: eine Leiche.

Der plastische Ätherleib, der in dieser Familie besonders stark ausgeprägt ist, lässt die Schirmblütler nicht verholzen und verhärten, sie bleiben krautig. Bäume und Sträucher kommen in dieser Familie nicht vor, dafür weist sie aber einen ungeheuren Gestaltungsreichtum auf – der Ätherleib ist schliesslich der «plastizierende Künstler» (Steiner), der die Elemente als «Baumaterial» benutzt, um den Pflanzenurbildern eine zeitliche, physische Form und Gestalt zu verleihen. Die Doldengewächse erweisen sich in dieser Hinsicht als besonders schöpferisch und experimentierfreudig. Alle Möglichkeiten der Blattgestaltung, von den saftig-runden Blättern des Wassernebelkrauts bis hin zu den fiederig-aufgelösten Blättern des Dills oder Fenchels, werden hier ausprobiert. Bis zu neuntausend fadenförmige Blattspitzen pro Blatt haben emsige Botaniker beim Dill gezählt. Der Giersch mit seinen dreiteiligen geissfussähnlichen Blättern nimmt diesbezüglich eine mittlere Stellung ein.

Nicht nur in der Ausprägung der Blätter, sondern auch in ihrer gesamten Gestalt zeichnen sich die Doldengewächse durch eine grosse Variabilität aus. Das Wassernabelkraut ist so klein, dass es sich unter den Wiesengäsern versteckt. Der aus dem Kaukasus eingewanderte Mantegazzi-Bärenklau wird dagegen zu einem gefährlichen Riesen von über drei Meter Höhe, der jede Berührung durch eine Dermatitis belohnt. Auch sonst beweist die Familie einen mächtigen Gestaltungsdrang. Man ist mit einem Spektrum konfrontiert, das von unseren besten Wurzelgemüsen (Karotte, Sellerie, Petersilienwurzel, Pastinake, Gemüsefenchel) über viele Gewürzkräuter (Dill, Kümmel, Anis, Liebstöckel, Koriander, Kerbel, Petersilie) und Heilkräuter (Engelwurz, Meisterwurz, Sanikel) bis hin zu den allergiftigsten Giftkräutern (Gefleckter Schierling, Wasserschierling) reicht.

Der Ätherleib, der nach Anleitung der Pflanzendevas die Pflanzengestalt hervorbringt, ist zugleich Träger der Vitalität der Pflanze. Er verkörpert das Lebensprinzip. Betrachtet man den fast unausrottbaren Riesenbärenklau oder den Geissfuss, der ganze Heere von lebensstrotzenden Ausläufern durch den Boden schickt, dann kann an der überbordenden Lebenskraft dieser Familie kein Zweifel bestehen.

In den Monaten der stärksten Licht- und Wärmeeinwirkung kommt jedoch allmählich ein anderes Prinzip zur Geltung. Ein Gegenimpuls, der die vom Wurzelpol der Pflanze heraufströmende Lebensenergie dämpft und abwandelt. Dieses Prinzip ist die Astralität (griech. *aster* = Stern). Man versteht darunter die von Licht und Wärme getragenen kosmischen Einflüsse. Diese ergreifen die in Bodennähe dumpf vor sich hinwuchernden grünen, vegetativen Pflanzenkörper und veranlassen sie, aufzustängeln, aufzublühen, wunderbare Düfte, Nektar, essentielle Öle und eventuell auch Gifte zu erzeugen, dann bunte, süsse Früchte und Samen zu bilden und schliesslich abzusterben. Bei vielen Schirmblütlern geschieht diese «Astralisierung» im zweiten Jahr. Die Karotte oder die Pastinake etwa, die im ersten Jahr eine dicke Pfahlwurzel und grünes Laub bilden, schiessen im zweiten Jahr wie eine Rakete in die Höhe. Das Aufblühen gleicht – wie bei anderen Umbelliferen auch – einem Feuerwerk, einem Akt explosionsartiger Ausstrahlung. Die erblühenden Dolden mit ihren vielen kleinen weissen Blüten erinnern irgendwie an expandierende Sternennovae. In dieser «zersprühenden Hingabe an den Kosmos» (W. Pelikan) verausgabt sich die Karotte oder Pastinake völlig.

Die Astralität, die bei den meisten anderen Pflanzenfamilien bunte Blütenblätter, Aromen und oft auch kugelige Beeren und süsse Früchte hervorbringt, rutscht bei den Schirmblütlern oft mehrere Stockwerke hinunter. Es ist, als halte die Karotte orange Blütenfarbe, Süsse und würziges Aroma in der Wurzel zurück, anstatt sie in der Blüte oder in der Frucht zu deponieren. Andere Schirmblütler halten ätherische Öle und andere Eigenschaften, die eigentlich zum Blütenpol gehören, im Blatt- und Stängelwerk zurück – was sie uns als Gemüse, Gewürz- und Heilpflanzen sympathisch macht. Auch der Giersch ist auf diese Weise mit aromatischen Blättern und Stängeln versehen. Für die Blüten der typischen Schirmblütler bleibt dann – abgesehen von dem Akt explosionsartiger Ausstrahlung – wenig von der ursprünglichen Energie übrig. Der Blütenduft reicht höchstens noch, um Fliegen, Käfer und Gewittertierchen anzulocken. Kein saftiges Obst, sondern nur noch zahllose kleine, harte, trockene Samen (Spaltfrüchte) werden erzeugt. Der typische Schirmblütler ist durch die Samenbildung völlig erschöpft. Von der stolzen Pflanze bleibt nur noch ein totes, dürres Skelett übrig.

Im Vergleich zu seinen Vettern verausgabt sich der Geissfuss nicht so vollständig. Er stirbt nach dem Blühen nicht ab. Er hält sehr viel seiner Lebensenergie in den Wurzeln zurück, so dass er munter weiterwuchern kann. Seine Wurzeln und Ausläufer überstehen sogar den hartgefrorenen Winterboden. Man kann sagen, dass beim Geissfuss der Ätherleib stark genug ist, um sich der übermächtigen Astralität zu erwehren.

Was die Pflanzen an ätherischen und astralischen Eigenschaften in sich tragen, übermitteln sie dem menschlichen Organismus. Die Doldengewächse vermögen dank ihres plastischen Ätherleibs auch auf unseren Ätherleib Einfluss zu nehmen. Auch bei uns ist es der Ätherleib, der unsichtbare Energiekörper, der aufbauend wirkt und die Lebensenergien im Fluss hält. Auch bei uns ist es wiederum die Astralität, die von unserer Lebensenergie lebt und zehrt wie eine Flamme vom Wachs der Kerze. Diese astralische Flamme, die unser Gedanken- und Gefühlsleben befeuert, wirkt abbauend auf unsere ätherische Kraftreserve. Daher sind wir gezwungen, Energie aufzutanken, indem wir das essen, was die Pflanzen an Lebensenergie angesammelt haben. Wegen dieser abbauenden Aktivität sind wir auch gezwungen, uns einem unbewussten pflanzlich-vegetativen Seinszustand, dem nächtlichen Schlaf, hinzugeben. Im gesunden Schlaf werden die Abbauprodukte, die Harnsäure und Purine, die sich im Tageslauf in den Geweben und im Blut ablagern und die uns müde und abgespannt machen, wieder ausgeschieden.

Ist jedoch der Organismus durch eine über Jahre andauernde ungesunde Lebensweise – zu reiches, fettes Essen, ein ausschweifendes Nachtleben usw. – belastet, dann kann es vorkommen, dass der Harnsäurespiegel steigt und es zu Ablagerungen und Verhärtungen in den Gelenken kommt, zu «Stockungen der Säfte». Das Resultat ist, dass die Astralität zu stark in den Körper eingreift; wir werden uns schmerzhaft der von Gicht befallenen Glieder bewusst. In Körperteilen, in denen normalerweise kein derartiges Bewusstsein herrscht, ist nun eine zu starke Empfindlichkeit vorhanden. Astralität hat mit Bewusstsein und Empfinden – schmerzhaftem wie lustvollem – zu tun. (Nebenbei sei noch bemerkt, dass bewusstseinsverändernde, halluzinogene und auch giftige Pflanzen stark «astralisiert» sind. Das tut sich schon durch ihre Signatur kund, durch höchst ungewöhnliche und manchmal recht bizarre Formen, knallige Farben und Stoffwechselprodukte, die denen der Tiere oder der Pilze ähnlich sind [Storl 1993: 282].)

Anhand dieser eher komplizierten Zusammenhänge erkennen wir, warum der Geissfuss, der so viel ätherische Kraft in seinen Wurzeln zurückbehält, ein wertvolles Gichtheilmittel sein kann. Er hat die Fähigkeit, die Astralität zurückzudrängen. Seine Ätherkraft vermag die Ablagerungen und Stoffwechselschlacken wieder zu verflüssigen und in Bewegung zu bringen. Als Tee oder Umschlag verwendet, vermag er die Harnsäurekristalle aus den gichtigen Gelenken auszuschwemmen, die erhöhten Harnsäurewerte im Blut zu senken und den Schmerz zu beruhigen. Mit anderen Worten: Er vermag unseren Ätherleib aus der Erstarrung zu befreien und wieder in Richtung des Lebendig-Flüssigen zu bewegen. Um es in der Sprache der alten galenischen Ärzte zu sagen: Der Giersch bewirkt «guten Humor».

Überhaupt vermögen die Schirmblütler auf alles, was mit Körperflüssigkeiten, Drüsenausscheidungen und «Säften» (Humoren) zu tun hat, einzuwirken. Überwiegt der ätherische, vitale Pol des jeweiligen Schirmblütlers, kann man eine Anregung der Drüsentätigkeit erwarten. Überwiegt andererseits der austrocknende, astralische Pol, dann ist eine hemmende Wirkung auf den menschlichen «Flüssigkeitsleib» zu erwarten. Letzteres ist beim giftigen Schierling der Fall. Er stoppt die Drüsenaktivität. Er wirkt so stark, dass ein auf die Hoden applizierter Umschlag aus den Blättern einer Kastration gleichkommt. Mediziner benutzen daher genauestens dosierte Schierlingspräparate, um etwa den verfrühten Samenerguss zu verhindern. Petersilie wirkt in gleicher Richtung, wenn auch nicht so drastisch: Ein Umschlag aus Petersilienlaub kann die Brüste verkleinern und hemmt den Milchfluss stillender Frauen.

Um eine rudimentäre Übersicht zu vermitteln, zeigt die Tabelle unten die jeweils fördernde (+) und hemmende (–) Wirkung verschiedener Doldengewächse auf die verschiedenen Drüsen und Ausscheidungsvorgänge.

Eine Merkurpflanze

Für Nicholas Culpeper ist der Giersch eine Pflanze des Saturns. Saturn ist der alte, kalte Knochenmann, der für die Gicht und die steifen Gelenke verantwortlich ist, daher die Zuordnung. Man kann den Geissfuss aber auch aus einem andern Blickwinkel sehen: Durch seine Eigenschaft, Verhärtungen aufzulösen, «Säfte» (Humore) zu bewegen, und durch seine Lebendigkeit gehört er eher zum Merkur. Der flinke Gott mit den geflügelten Schuhen ist Meister der Säfte und des Fliessens – übrigens auch des Geldflusses.

Merkur ist der Gegenspieler Jupiters. Die beiden Planeten verhalten sich zueinander wie Hofnarr und König. Der Schalk ist der Einzige, der es wagen darf, dem König ungestraft unangenehme Wahrhei-

	Verdauung	Geschlecht	Milch	Harn	Menstruation	Schweiss
Anis	+		++		+	+
Engelwurz	+					
Fenchel	+		+	+		
Geissfuss	+			+		
Kümmel	+		+			
Liebstöckel	+	+	+	+	+	
Karotte	+			+	+	
Meisterwurz	+			+	+	+
Petersilie	–	+	–	+	+	
Schierling	–	–	–			–
Wiesenkerbel					–	
Wiesenbärenklau	+	++	–	+		

ten zu sagen – er tut dies mit «Humor». Der Planetenkönig Jupiter ist, wie wir schon gesehen haben, der Gott der Erntefreuden. Er herrscht über die festliche, mit Wein und reichhaltigem Essen beladene Tafel. Im negtiven Aspekt entartet das zu Völlerei und Ausschweifung, und wenn Jupiter nicht vorsichtig ist, wird er sich eine schmerzhafte Podagra zuziehen. Einzig Merkur – in diesem Fall der Geissfuss – wird ihm zu helfen wissen.

WEGERICH

Plantago major, P. minor, P. media

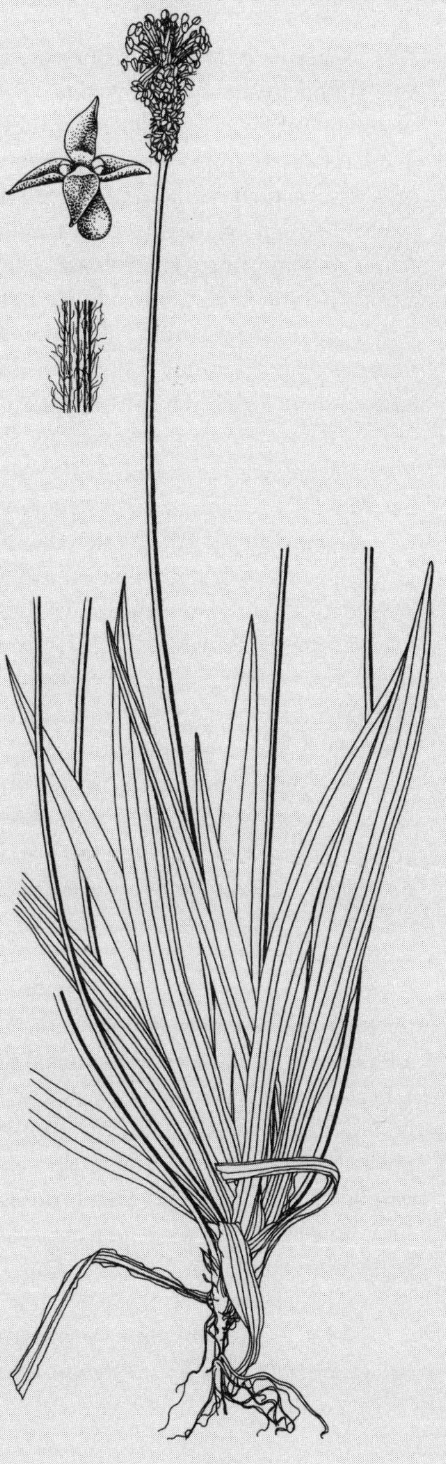

Illustration aus: Hess/Landolt/Hirzel, Flora der Schweiz, Birkhäuser Verlag, Basel

Familie:
Wegerichgewächse

Volksnamen:
Heilwegerich
Heilblärer
Heufresser
Lägenblatt, Lügenblatt
Lämmerzunge, Schafzunge
Ripplichrut, Siebenrippe
Wagentranenblatt
Wegbreite, Wegtritt
engl. plantain, way-
broad, waybread,
snakeweed
franz. plantain, herbe
à cinq côtes
ital. arnoglossa

Der Wegerich ist ein zäher Bursche. Überall, auf verdichteten Böden, auf Trampelpfaden, Parkplätzen, zwischen Pflastersteinen, sogar im Torraum auf den Fussballplätzen breitet er seine flach am Boden liegenden Rosetten aus. Für den Besitzer eines makellosen englischen Rasens ist er natürlich ein Gräuel, denn die fleischig-ovalen Blätter haben gegenüber den Gräsern keinen Anstand, sie drängen diese einfach zur Seite. Zudem bringt jede Pflanze während ihres Lebens bis zu 40000 Samen hervor. Wenn es feucht ist, quellen sie auf, werden klebrig und haften an Pfoten, Hufen und Fusssohlen – *Plantago*, der lateinische Gattungsname, kommt von *planta*, Fusssohle. Auf diese Weise ist der Wegerich zu einer der am meisten verbreiteten Pflanzen geworden. «Heufressa» nennen ihn Schweizer Bergbauern und führen sein Vorkommen auf den Fluch eines faulen Sennen zurück, der das saftige Gras der Alp nicht mochte, weil er dadurch zuviel zu melken hatte.

Kaum jemand scheint sich daran zu erinnern, dass der Wegerich einst eine der heiligsten Pflanzen war. Selbstverständlich war er Teil der «Grünen Neune», der kultischen Frühlingsspeise, durch die sich die Menschen unserer geografischen Breiten mit den überquellenden Naturkräften des jungen Jahres verbanden. Und wer weiss noch, dass der Wegerich, zusammen mit dem Salbei und der Raute, den mittelalterlichen Ärzten als Allesheiler galt?

Nur die Kinder, sofern Schule und Fernsehen sie nicht zu sehr belasten, scheinen noch etwas von den Geheimnissen dieser Pflanze zu ahnen. Volkskundler haben inzwischen entdeckt, dass mitunter uraltes Kulturgut, das von den Erwachsenen schon längst aufgegeben wurde, von einer Kindergeneration zur anderen durch Spiele weitergegeben wird. Hüpfspiele, Rätselraten, Vermummungen und Reigen waren einst Teil magisch-religiöser Handlungen, so wie Pfeil und Bogen zur Technik gehörten. Das unter Kindern verbreitete Wissen um die blutstillende Wirkung des Wegerichs ist ebenfalls ein altes kulturelles Überbleibsel. Wenn sich ein kleiner Räuber in den Finger schneidet oder das Knie schürft, wird ein Breitwegerichblatt zerquetscht und mit etwas Spucke oder gar einem Spruch – «Blut vergeh» – auf die verwundete Stelle gepresst. Der Blutfluss kommt sofort zum Versiegen. Das Wegerichblatt wirkt genauso wie der Alaunstein, den der Vater beim morgendlichen Rasieren zum Blutstillen benutzte (wenigstens, ehe es den elektrischen Rasierapparat gab).

Auch das Orakeln mit Wegerichblättern wurde in der Kinderkultur überliefert. Das breitlöffelige Wegerichblatt (*Plantago major*) wird von fünf bis neun – meist sieben – Leitbündeln versorgt. Reisst man ein solches Blatt ab, so ragen die Leitbündel, die «Nerven» oder «Rippen», als weisse Fäden aus dem Stiel heraus. Je länger die Fäden, desto mehr Glück wird man haben. Oder: So viele lange Fäden heraushängen, so viele Kinder wird man später haben, so viele Lügen hat man an dem Tag erzählt, so viele Mädchen hat der Freund schon geküsst … Wenn die Zahl der hervortretenden Fäden gerade ist, dann gilt das als gut, oder das Gedachte ist wahr.

Der König des Weges

Der Wegerich ist der Herrscher des Weges. Das ergibt sich schon aus seinem Namen. Das *-rich* des Wegerichs ist indogermanischen Ursprungs und bedeutet soviel wie «König», wie das lateinische *rex*, das keltische *rig*, das Sanskritwort *raj*. Der Wegerich ist ebenso König des Weges wie der Albe*rich* König der Alben (Elfen), Die*trich* König des Volkes (althochdeutsch *diot* = Volk) oder Heinrich Herrscher der Einhegung (bzw. der von dem Hag umgebenen Siedlung) ist.

Was «Weg» einst in den alten agrarischen Gesellschaften bedeutete, ist in unserem entgötterten Zeitalter der Autobahnen und Schnellverkehrsmittel weitgehend in Vergessenheit geraten. Um den tieferen Sinn zu verstehen, müssen wir wieder einmal weit ausholen und uns in ferne Zeiten zurückversetzen.

Wege, wie auch die Wagen, die darauf fahren, sind die Erfindung der sesshaft gewordenen Bauern der neolithischen Zeit. Wege entstanden zuerst in der vorderasiatischen Pflugkultur; mit den gewundenen Trampelpfaden der paläolithischen Jäger und Sammler haben sie wenig gemeinsam. Zwar glauben wir heute, diese technische Erneuerung hätte vor allem dem Handel und dem Warentransport gedient; das ist aber unsere, auf vergangene Zeiten projizierte tempozentrische Vorstellung. Die ersten Wege dienten kultisch-sakralen Zwecken, denn der neolitische Bauer lebte vor allem in einem sakralen Universum. Es ging ihm zuallererst um die Gewährleistung der Fruchtbarkeit, und diese hing von der Gunst der Grossen Göttin ab, die das Leben gibt und wieder zu sich nimmt.

Die Mythologie der Grossen Göttin des Neolithikums ist komplex und besitzt von Kultur zu Kultur eine andere Nuance. Die Göttin verlässt im Spätherbst, während der nebelgrauen Geistertage des Novembers, die Erscheinungswelt und begibt sich in ein Lichtreich tief unter der Erdoberfläche. Sie nimmt das Lebensgrün der Vegetation und die Samen mit ins Erdreich hinab. Der Bär, der als ihr Geliebter und Begatter gilt, begleitet sie. Im Frühling erscheint sie dann wieder. Ihr Zug über das Land lässt die Matten ergrünen und die Vögel fröhlich singen. Lebensfreude und Lust bemächtigen sich erneut der Menschen und der Tiere.

Der Einzug der Göttin und ihres Bruders/Geliebten, des Gottes der Vegetation und Fruchtbarkeit, wurde in den neolithischen Dörfern im sakralen Mysteriendrama festlich nachempfunden. Die in einer grellbunten Statue oder einer ekstatischen Priesterin verkörperte Göttin wurde in feierlicher Prozession von Osten her auf einem geradlinig angelegten Weg durch die Felder ins Dorf geführt. Der Wagen war meistens mit Rindern, den Lieblingstieren der Göttin, bespannt; hier und da zogen ihn auch zahme Hirsche (Pferde eschienen erst in der Spätbronzezeit). Während der Tage der Umfahrt feierte das ganze Dorf ausschweifende Fruchtbarkeitsorgien und brachte der numinosen, göttlichen Gegenwart blutige Opfer dar. Das Pflügen und Säen stellte für die neolithischen Bauern nämlich den Sexualakt dar. Der Pflug war der Phallos, der die ewig jungfräuliche Erde aufreisst und für den Samen empfänglich macht. Stiere, Hirsche und andere begattungsstarke männliche Tiere oder Jünglinge – ganz besonders ein Königssohn – waren als Gatten der Göttin die bevorzugten Opfer. Nach dem Fest wurde der Götterwagen wieder in den heiligen Hain, in die Grotte oder in die unterirdische Kammer eines künstlich errichteten Erdhügels zurückgeführt.

Noch um 100 n. Chr. berichtete der römische «Ethnologe» Tacitus von ähnlichen festlichen Prozessionen bei den Barbarenvölkern nördlich der Alpen. Mit einem mit Kühen bespannten Wagen zog die Erdgöttin Nerthus über die Felder. Ehe der Wagen auf die Insel, die ihr Heiligtum war, zurückkehrte, wurde ihr Bildnis von Sklaven, die anschliessend ertränkt wurden, gewaschen.

Derartige Praktiken muten grausam und irrational an. Im Denken der neolithischen Bauern waren die blutigen Opfer aber absolut notwendig. Wie der Jäger der Altsteinzeit für jedes erlegte Tier oder für jede ausgegrabene Heilpflanze ein kleines Dankopfer als Gegengabe zurückliess, so musste der Schnitter, der die grünen Kinder der Erdgöttin massenweise tötete, eine entsprechend gewichtige Gegengabe erbringen. Allein rotes Blut, Träger des menschlichen und tierischen

Lebens, konnte Genüge tun, konnte die Göttin versöhnen und den Lebenskreislauf in Bewegung halten.

Die Wachstumskraft eines Feldes wurde als ein gefährlicher, aufbrausender «Vegetationsdämon» – als «die Alte» als «Korn- oder Erbsenbär», als «Kornwolf» oder dergleichen – imaginiert. Noch lange, bis in die Neuzeit hinein, war es Brauch, das Feld mit magischen Zeichen oder mit besonders starken Pflanzen, mit «Wolfskräutern» wie Arnika, zu umstecken, damit der Dämon und mit ihm die Fruchtbarkeit nicht entflieht. Besonders kritisch war es, wenn die Schnitter zur Ernte aufs Feld zogen. Da versuchte der in Bedrängnis geratene Geist zu entweichen. In die Enge getrieben, versteckte er sich in den letzten noch nicht gesichelten Halmen. Die allerletzte Getreidegarbe stellte den getöteten Vegetationsdämon dar. Diese Garbe wurde, mit Blumen und bunten Bändern geschmückt, zuoberst auf den Erntewagen geladen und in feierlicher Prozession zum Kultzentrum in die Mitte des Dorfes gefahren. In diesem Zusammenhang ist auch der Erntewagen als Kultwagen anzusehen.

Im neolithischen Weltbild bewegte sich alles im Kreis. Alles ist ein sich immer und ewig wiederholendes Nehmen und Geben. Und so wie der Erntewagen den Leichnam des getöteten Pflanzendämons, des Kindes der Göttin, zu den Menschen brachte, so brachte der Totenwagen wiederum den Leichnam des geopferten oder des toten Menschen zur Göttin. Wagenbestattungen waren seit dem Neolithikum in vielen verschiedenen Kulturen üblich. Für die Helfahrt, die Fahrt zur Unterweltsgöttin Hel, wurden bei den Germanen die Toten auf einen Wagen gebettet und dem Feuer übergeben. Bei den frühen Römern hiess es, dass die Ahnen mit einem Wagen kommen, um die Toten abzuholen. In keltischen Ländern sah man im November, wenn der Totengott Samain seine Herrschaft antrat, die Totengeister in Wagen vorüberziehen. In der Bretagne heisst es immer noch, der «Breithut» (Tod) hole die Verstorbenen mit einem Wagen ab. Und von Artus, dem sagenhaften König der Inselkelten, glaubte man, der Grosse Wagen (das Sternbild *Arctus major*) habe ihn an seinem Lebensende aufgenommen und werde ihn, den «einstigen und zukünftigen König», eines Tages wieder ins Diesseits befördern.

Da die Verstorbenen und Geopferten nunmehr der «anderen Welt» angehörten, galten sie als Träger einer gefährlichen Potenz. Man musste alle Acht geben, dass sie die Lebenden nicht mit ins jenseitige Reich der Göttin herabrissen. Daher führte der Weg zum Friedhof –

zum neolithischen Grabhügel – immer ohne Umwege oder Kurven direkt und geradlinig ans Ziel. Oft war es derselbe Weg, auf dem die Göttin und ihr Begleiter selber fuhren, wenn sie die diesseitige Welt besuchten. Auch durfte der Leichenwagen – wie es hier und da noch immer Brauch ist – nirgends stehen bleiben. Überreste neolithischer, megalithischer und bronzezeitlicher Geister-, Toten- und Sakralwege, die geradlinig auf einen Grabhügel, Berg, Menhir, See oder Friedhof zulaufen, finden wir heute noch: Es sind die «fairy paths» (Elfenwege) der Kelten, die Dodenwege in Holland und andere so genannte *Ley-lines*, welche die Phantasie etlicher Rutengänger und Radiästheten auf Hochtouren bringen (Devereux 1992).

Aber nicht nur der Wagen der Vegetationsgöttin, der Ernte- und Totenwagen fuhren seit dem Neolithikum auf den sakralen Wegen. Wie in Indien noch heute, fuhren auch die anderen Götter darauf. Die geschmückten Wagen der Fastnachts- und Karnevalsumzüge sind späte Reminiszenzen davon. Auch der Brautwagen gehört zu diesem Komplex, denn während der Hochzeit repräsentieren Braut und Bräutigam das göttliche Paar.

Um den tieferen Sinn der neolithischen Wege richtig zu verstehen, müssen wir uns bewusst werden, dass diese nie bloss physische, sondern vor allem metaphysische Wege waren. Es sind – wie die Wallfahrtswege heute noch – Strecken voller Symbolik und Wunder. Es sind Wege, die die Gesinnung der Menschen wandeln und verwandeln können. Entlang einem solchen Weg wird die Landschaft selber zur Ikone, zur Göttergeografie. Es sind Wege, auf denen Ahnen, Kulturheroen und Götter wandeln. Es sind Wege, die – wie die Kelten sagen – in die «Anderswelt» führen.

Was für uns in diesem Zusammenhang interessant ist, ist die Tatsache, dass der Wegerich im Neolithikum deutlich vermehrt auftritt. Das ergeben die Pollenanalysen archäologischer Ausgrabungen neolithischer Siedlungen. Die festgestampften, gelegentlich gepflasterten Sakralwege wurden wahrscheinlich – wie es bei alten Völkern noch häufig der Brauch ist – säuberlich gefegt und gejätet. Nur der zähe Wegerich vermochte da noch zu wachsen. Ja, ein festgetrampelter Weg ist geradezu sein bevorzugtes ökologisches Milieu. Daher erstaunt es nicht, wenn der Wegerich als Bote oder gar als pflanzliche Verkörperung der Vegetations- und Totengöttin oder des Totengottes angesehen wurde.

Das Kräutlein der Persephone

Die archaische Pflanzengöttin, die Mutter der Kräuter, erhielt im Laufe der Zeit viele Namen. Die Inselkelten kannten sie als die Blumenfrau Blodeuwedd, als Gattin des Sonnengottes, den sie während der dunklen Jahreszeit mit dem schwarzen Unterweltsgott betrügt. Als Frau Holle, Bertha oder Percht wird sie in unserem Kulturkreis überliefert. Als Persephone oder Proserpina war sie in der klassischen Antike bekannt.

Wir wollen uns die Geschichte der Persephone/Proserpina kurz vor Augen führen, denn sie hat viel mit unserem Wegerich zu tun. Als junge Maid spielte diese Tochter Demeters einst fröhlich auf einer Blumenwiese, als Pluto (Hades, Orcus), der schwarze Totengott, plötzlich aus einer Erdspalte hervorsprang und sie mit kräftigem Arm in die Unterwelt hinabriss. Dort machte er sie zu seiner Frau und zur Herrscherin über die Toten. Mit ihrem Verschwinden verschwand auch das Grün der Wiesen, Wälder und Felder, es wurde Winter auf Erden. In ihrem Zorn liess ihre Mutter die Fruchtbarkeit versiegen, und alle Wesen, selbst die Götter, trauerten um das schöne Mädchen. Der Götterkönig beschloss, den klugen Hermes (Merkur), den Kenner aller Wege, in die Unterwelt zu entsenden, um Persephone/Proserpina wieder heraufzuholen. Pluto liess sie gehen. Er wusste, dass sie jedes Jahr für einige Monate wieder in die Unterwelt zurückkehren musste, weil sie von den Samen gegessen hatte – das heisst, weil ihr Wesen an die im dunklen Schoss der Erde schlummernden Samen gebunden ist.

«Kraut der Proserpina» ist ein alter Name für den Wegerich. Als *Herba proserpinacia*, war die Pflanze noch im Mittelalter bekannt. Folgender Blutsegen ist aus dem 11. Jahrhundert überliefert. Um den lebensbedrohenden Blutfluss einer Frau zu stillen, wurde ihr ein Wegerich in die Hand gegeben, und «ein phaffe, der wol zouber las», sprach folgenden Spruch dazu: «Wegerich! Kräutlein der Proserpina! Tochter des Königs Orkus! Wie du das Maultier unfruchtbar gemacht hast, so verschliesse auch die Blutwelle aus dem Leibe dieses Weibes!» (De Vries 1989: 247.)

König Orkus ist kein anderer als der Unterweltgott Pluto. (Nur ist er in diesem Fall zum Vater der Pflanzengöttin umgedeutet worden.) Der Name dieses unheimlichen Königs lebt in den alpenländischen Sagen vom Ork oder Norg, einem elbischen Totengeist, weiter. Wer den Ork gesehen hat, ist dem Tode geweiht, heisst es da (Höfler 1990:

13). Auch die Orcs, jene gespenstischen, feindseligen Unwesen aus Tolkiens Märchenroman «Herr der Ringe», die nachts die Strassen und Wege unsicher machen, gehören hierher. In allen Kulturen steht das warme, rote Blut für das Leben. Blutverlust ist Lebensverlust. Wer verblutet, ist dem Orkus, dem König der Toten, ausgeliefert. Nur der blutstillende Wegerich, das Kraut der Göttin, der es gegönnt ist, das Totenreich zu betreten und wieder zu verlassen, vermag vor dem unzeitgemässen Tod zu retten.

Wer also den Wegerich in seiner Hand hält und dazu die richtige Beschwörungsformel aufsagt, verfügt über die Kraft, lebensgefährliche Blutungen (etwa Blut im Harn) zu bezwingen und zu überleben, so der Glaube. Besonders bei einer Geburt – wenn eine Seele das jenseitige Totenreich verlässt und sich wiederverkörpert – ist die Gefahr eines übermässigen Blutverlusts gegeben. Deshalb hielten die germanischen Frauen bei der Geburt eine Wegerichwurzel fest in der linken (herznahen) Hand. Der gute Pflanzengeist würde sie vor dem Kindbetttod schützen.

In vielen Gegenden Frankreichs sollen Kinder den Wegerich nicht ins Haus tragen, denn «sonst stirbt jemand». Und anderswo, etwa im Rheinland, sollen sie den Wegerich in Ruhe lassen, da er die Pflanze des lieben Gottes sei. Solche merkwürdigen Regeln sind wie das letzte Abendglühen eines vergangenen Tages, sind vage Reminiszenz an jene Zeiten, als der Wegerich noch das Kraut der Grossen Göttin war, jener furchterregenden Lebensgebärerin, die zugleich Totengöttin ist.

Kraut der Lachner

Im angelsächsischen Kräutersegen wird gleich nach dem Beifuss, dem «ältesten der Wurze», der Wegerich erwähnt:

«Und du, Wegbreite, der Wurze (Heilpflanzen) Mutter,
Nach Osten offen, nach innen mächtig!
Über dich Räder rollen,
Über dich Frauen fahren,
Über dich Bräute sich breiten,
Über dich Stiere stampfen.
Allen widerstandest du und widerstehst du,
So widerstehe Eiter und Anfällen
und der Leidkraft, die über das Land dahinfährt!»

Das Sammelritual verlangte, dass der Heiler oder Lachner (althochdeutsch *Lachnar*, altnordisch *Laeknir*, altenglisch *Laece* oder *Leech*) sich früh am Morgen, noch vor Sonnenaufgang, aufmachte, um die Wurzeln der Wegbreite zu graben. Er ging ungewaschen, ohne auch nur ein Wort zu sagen oder auch nur einmal zurückzuschauen. Auf keinen Fall durfte er Eisen, das die meisten Pflanzengeister hassen, bei sich tragen. Er ging also in einem Zustand veränderten Bewusstseins, selbst «wie ein Geist», um dem Geist der Pflanze, der im Jenseits west, zu begegnen. Er opferte etwas von seinem Blut oder etwas Milch, Honig oder Met und sprach den Wegerich mit den oben zitierten Zauberworten an.

Die Lachner hängten die so gewonnenen Wurzeln, drei oder neun an der Zahl, um den Hals des Kranken, den die Fieberdämonen hinwegraffen wollten. Als Kur für heftige Kopfschmerzen banden sie dem Patienten die Wurzeln des Wegerichs und der «Kreuzwurz» (?) mit einer roten Schnur um den Kopf. Zudem erfahren wir aus dem angelsächsischen Kräuterbuch *Lacnunga*, wie diese Heiler eine Salbe gegen das «fliegende Gift» kochten: «Nimm eine Handvoll Hammerwurz (?) und eine Handvoll Maythe (Kamille) und eine Handvoll Wegerich und die Wurzeln des Wasserampfers – jene, die im Wasser obenauf schwimmen – und eine Eierschale voll sauberem Honig und frischer Butter. Wer diese Salbe zubereitet, soll sie dreimal aufkochen lassen und eine Messe über die Wurzeln singen, ehe er sie mit der Butter und dem Honig verrührt und die Salbe fertig kocht.»

Der Wegerich als «Mutter der Heilpflanzen» galt den Lachnern als Allesheiler und war daher Bestandteil der meisten Salben. Bei Nierenbeschwerden wurde er als Aufguss getrunken. Der frische, adstringierende Saft half bei Blutungen, Blutspucken und blutendem After. Die im Wasser aufgequollenen Samen wurden wie Leinsaat in Wasser gekocht und den Säuglingen bei Soor (Candidamykosen) verabreicht. Bei Durchfall und Darmbeschwerden verwendeten sie den in Ziegenmilch gekochten Wegerich. Diesen vielseitigen Anwendungsmöglichkeiten verdankt der Wegerich die Bezeichnung *Laeknisgras* oder «Gras der Lachner». Noch immer heisst er in Dänemark *Laegeblad* (Blatt der Lachner). In Schweden *Läkeblad*, in Mecklenburg *Lägenblatt*, und daher wird wohl das noch in Österreich gebräuchliche *Lügenblatt* herrühren.

Der Lachner, der sich anfänglich kaum vom maskierten Schamanen unterscheidet, war der «Medizinmann» der Germanen. Der Lachner heilte mit Wort (Zauberspruch), Wurz (Heilkraut) und Blut. Die

Bezeichnung Lachner rührt daher, dass dieser den Wotansfinger, den Daumen, in das rote Blut eines Opfertieres tauchte und damit das *Lach* – das Mal, die kranke Stelle oder den Krankheitsherd – mit beschwörenden Zauberkreisen umschreibt.

Das Betupfen und Umkreisen des Krankheitsmals ist ein uralter indogermanischer Brauch, der in Indien noch lebendig ist. Nach der Andacht (*Puja*) drücken die Brahmanen immer noch mit dem Daumen einen blutroten Tupfer als Zeichen des Heils und Segens auf die Stirn der Gläubigen.

Nach der Bekehrung der germanischen Stämme verwandelten sich die Lachner allmählich in lateinisch sprechende Ärzte, die sich weniger an den einheimischen Überlieferungen als vielmehr an den medizinischen Schriften des klassischen Altertums und der Araber orientierten. Das alte Wissen verkümmerte zu abergläubischen Praktiken, die sich in ländlichen Gebieten lange hielten. Noch immer machten sich Kräutersammler an kühlen Morgen vor Sonnenaufgang auf, um «ohne Eisen» und mit der richtigen Beschwörungsformel – nun aber im Namen der Heiligen Dreifaltigkeit und der Gottesmutter – die begehrte Wurzel zu graben. Noch immer wurde diese an besonders unheimlichen Wegkreuzungen und Weggabelungen, «dort, wo Leiche und Braut vorüberziehen» (Ennstal), aus dem Boden geholt. Noch immer hielt man sich an magische Zahlen und hängte 3, 7, 9 oder 99 Wurzeln als Amulett um den Hals, um böse Würmer und heimtückische Fieber und verderbenbringende Geister abzuwehren, um sich gegen angezauberte Liebe zu schützen oder bei einer Gerichtsverhandlung einen Rechtsstreit zu gewinnen. Und noch lange hielten die kreissenden Frauen während der Geburt ein Büschel Wegerichwurzeln in der linken Hand.

Wenn hellsichtige Dorfbewohner in einem Schreckensgesicht die Totenzüge wahrnahmen, die sich schweigend die nächtlichen Landstrassen entlang bewegten und die Pest ankündigten, griffen die Bauern zu dieser heilbringenden Wurzel. Man nahm eine zwischen den beiden «Frauentagen» – Mariä Himmelfahrt am 15. August und Mariä Geburt am 8. September – ausgegrabene Wurzel und hängte sie sich vorsorglich um den Hals. Noch über das Mittelalter hinaus lebte der germanische Brauch fort, bei Kopfschmerzen die Wurzeln der Zauberpflanze mit einem roten Faden um den Kopf zu binden. In Niederbayern hat sich ein ähnliches Kopfweh-Rezept bis ins 20. Jahrhundert hinein erhalten: «Man nähe mit einem weissen Faden Wegerichwurzel in ein

Fleckchen, hänge sie bei aufgehendem Mond an einem blauen Bande um und nehme sie bei aufgehender Sonne wieder ab und bete jedesmal drei Ave-Maria. Ist das Kopfweh vorbei, werfe man die eingenähte Wurzel in den Bach, wobei man achtgeben muss, dass sie sich nicht verhängt» (Bächtold-Stäubli IX 1987: 220).

Auch die heilige Hildegard konnte sich nicht der Macht und Magie dieses Krauts entziehen. Ihr Pulver gegen Gift und gegen Zauberworte (*Pulvis contra venum et contra magica verba*), angewendet bei «angehextem überstarkem Geschlechtstrieb», enthält sieben Wurzeln des Wegerichs, zusammen mit den Wurzeln der Malve und des Storchenschnabels. Ansonsten verschrieb sie Wegerichsaft in Wein und Honig als Mittel gegen Gicht, die gebratenen Wurzeln – warm aufgelegt – bei geschwollenen Drüsen, den Pflanzenbrei mit Honig aufgetragen bei Knochenbrüchen und die gekochten Blätter zum Aufstreichen bei Insektenstichen und Seitenstechen.

Die Panaceae der Ärzte

Die studierten Ärzte sahen eher herablassend auf diese alten, zu Aberglauben verkümmerten Heilmethoden hinab. Sie hielten sich lieber an Dioskorides und Galen, die absoluten Autoritäten in Sachen Heilpflanzen und Medizin. Der «Arztfinger», mit dem sie ihre Pülverchen und Getränke rührten und den Krankheitsherd umschrieben, war nicht mehr der «Wotansfinger», der Daumen, sondern der linke Ringfinger. Durch diesen, schreibt der antike Schriftsteller Appian, soll eine Arterie direkt zum Herz führen. Das war wichtig, denn das Herz galt als mikrokosmische Sonne, und diese war Apollon, dem Sonnengott und Patron der Ärzte, geweiht. Der Wegerich, nun *Herba plantago* oder *Arnoglossa* genannt, behielt auch bei diesen Medizinern seine vorrangige Stelle. Hatte nicht schon der griechische Arzt Themison dem Wegerich ein ganzes Buch gewidmet, hatte Pseudo-Apuleius in seinem *Herbarium* etwa nicht weniger als 24 Heilanwendungen für ihn angegeben? Und hatte nicht Dioskorides, der Fürst der Phytotherapeuten, die kühlenden, trocknenden Eigenschaften des Wegerichs gepriesen? Nämlich, «dass drei Wurzeln des Wegerichs mit drei Bechern Wein und ebensoviel Wasser bei dreitägigem Fieber, vier Wurzeln beim viertägigen Fieber helfen», und weiter, «dass einige die Wurzeln als Halsband gegen Drüsenschwellung gebrauchen».

Von der Antike bis hin zu Naturheilern wie Pfarrer Künzle, Vater Kneipp oder Maria Treben hat es unzähige Indikationen für diese Pflanze gegeben – Indikationen, für die unsere heutige Technomedizin weder Ohr noch Verständnis hat. Wie der alte Themison müssten wir ein ganzes Buch schreiben, um diesem blutreinigenden, blutstillenden, schleimlösenden, fieberstillenden, krampflösenden, magenstärkenden und wundheilenden Allesheiler gerecht zu werden. Die Volksmedizin benutzt das Heilkraut noch immer bei Drüsenschwellungen, Brandwunden, Geschwüren, Lungenleiden, Geschwülsten, bei Blutspucken, Blutungen, Blut im Harn, Erkrankungen der Harnwege und Leber, Kopfweh, Durchfall, Ruhr und, in das kariöse Loch gestopft, bei Zahnschmerzen.

Der Wegerich war wegen seinen wundheilenden und blutstillenden Eigenschaften vor allem bei den Vorfahren der Chirurgen, den Barbieren und Feldärzten, beliebt. Paracelsus, selber Feldarzt, preist ihn: «Es gibt keine Pflanze, die mehr austrocknet und zugleich festigt als Plantago.» Plinius schreibt ein wenig übertreibend, dass ein durchgeschnittenes Stück Fleisch wieder zusammenwächst, wenn es zusammen mit Wegerich in einem Kochtopf gekocht wird. Ohne die Gefahr einer Blutvergiftung heraufzubeschwören, könne man den Wegerich zur Wundheilung benutzen, meinte Pfarrer Kneipp: «Die Heilung geht rasch vor sich … Wie mit Goldfäden näht der Wegerichsaft den klaffenden Riss zu, und wie an Gold sich nie Rost ansetzt, so flieht den Spitzwegerich Fäulnis und faules Fleisch.»

Moderne Heilanwendung des Wegerichs (alle Arten)

Inhaltsstoffe: Schleim, Glykosid (Aucubin), Gerbstoffe, Kieselsäure, Vitamin C, Kalium, Zink

Sammelhinweis: Blätter von März bis August sammeln; schnell bei 50 bis 60 Grad trocknen, um die Zersetzung des antibakteriell wirkenden Aucubins zu verhindern.

Anwendung:

Teeaufguss: 1 Esslöffel pro Tasse, 3 Tassen täglich. Wirkt beruhigend und auswurflösend bei Bronchialkatarrh, Husten und anderen Lungenerkrankungen. Hilft ebenfalls dank seiner adstringierenden Wirkung bei Durchfall und Blasenentzündung.

Frischer Saft: Innerlich: 2 bis 3 Esslöffel als Blutreinigungskur. Äusserlich: frischer Saft oder frisch zerstampfte Blätter bei Wunden, Verbrennungen, Geschwüren, Hautflechten, Insektenstichen, Krampfadern und Hämorrhoiden.

Im Himalajagebiet wird der Wegerich bei Durchfall, Geschlechts- und Harnorganerkrankungen, Schlangenbiss und natürlich auch zum Blutstillen angewendet. Ebenso in der chinesischen Heilkunde: Indikationen sind Erkrankungen der Harnorgane, der Nieren, Bindehautentzündung und Blutungen. Die russische Volksmedizin schätzt den Wegerich als blutstillendes Wundheil- und Durchfallmittel; bei exzessiven Blutungen gibt man der Wöchnerin Wegerichwurzel. Die Indianer Nordamerikas, die den Breitwegerich als «Fussstapfen des weissen Mannes» kannten, benutzten den dort einheimischen Mittleren Wegerich (*Plantago media*) ebenfalls als blutstillendes Mittel, auch mischten sie ihn bei zu starker Regel in den Frauentee. Von den Cherokee ist überliefert, dass sie die Pflanze sogar zum Heilen ihrer Obstbäume benutzten, wenn diese von Trockenfäule befallen waren; sie rieben die befallenen Stellen damit ein. Es soll genützt haben, da der Wegerich anscheinend auch antifungale Eigenschaften hat (Stammel 1988: 129).

Schafszunge

Im Mittelmeerraum wurde der Wegerich von alters her mit dem Schaf assoziiert. Die alten Griechen nannten ihn Schafszunge (*Arnoglossum*) oder Schafskraut (*Arneion*); die Ägypter kannten ihn ebenfalls als Schafskraut (*Asonth*), und die Araber nennen ihn noch heute Schafszunge. Man könnte daraus folgern, dass die Namensgebung damit zu tun hat, dass die Pflanze auf den festgetrampelten, kurz abgegrasten Schafweiden besser gedeiht als andere Kräuter. Das ist aber nur teilweise richtig. Das Schaf hatte in den alten vorderasiatischen Kulturen nämlich eine geheimnisvolle Beziehung zum Heilergott. Es ist Orakel- und Opfertier ersten Ranges. In Ägypten war es dem Sonnengott Amon-Re geweiht. Hermes, der hellenische Gott der Wege und der Heilkundigen, erschien gelegentlich als Schafswidder. Auch Christus, der geopferte Heiland, wird als das «Lamm Gottes» bezeichnet. In Babylon diente das Schaf den Heilpriestern zur Krankheitsdiagnose: anhand der Leberschau eines geschlachteten Schafs, in dessen Nüstern der Kranke seinen Atem geblasen hatte, identifizierten die babylonischen Ärzte den Krankheitsdämon, den es zu vertreiben galt.

Ein Bericht aus dem 2. Jahrhundert n. Chr. erzählt von einer Frau, die an einer schmerzhaft entzündeten Brust litt. Im therapeutischen

Tempelschlaf erschien ihr der Heilgott, der ihr den Rat gab, ein Schaf sollte ihr mit seiner Zunge die Brust lecken und die Milch saugen. Da dies aber sehr schmerzhaft war, legte sie einfach die kühlenden Blätter der «Schafszunge» auf die Brust und wurde geheilt.

Das Kraut der Venus und des Merkur

Der grosse astrologische Kräuterarzt der englischen Renaissance Nicholas Culpeper stellt den Wegerich unter die Herrschaft der Venus: «Er heilt den Kopf durch seine Antipathie zum Mars und die intimen Teile der Anatomie durch seine Sympathien zur Venus. Es gibt nicht eine einzige martiale Krankheit, die der Wegerich nicht zu heilen vermag» (Culpeper 1983: 145). Wie wir schon in den vorhergehenden Kapiteln erfahren haben, werden der Venus die Krankheiten der Harn- und Geschlechtsorgane zugeschrieben, dem Mars vor allem Blutungen und Wunden.

Aufgrund der Venus-Natur nahm man im Mittelalter wahrscheinlich Breitwegerichwasser als Mittel gegen angezauberte Liebe. Als Venuskraut kam der Wegerich auch dem britischen Herrscher Heinrich VIII. – dem mit den vielen Frauen – zugute. Heinrich führte ein erschöpfendes Sexualleben, und die medizinische Fakultät des St. James College wurde damit beauftragt, eine Salbe zu entwickeln, die in der Lage war, «das königliche Glied zu kühlen, zu trocknen und zu beruhigen». Das Resultat war das *King's Graces Oyntement* (Des Königs gnädigste Salbe), hergestellt aus kühlenden, heilenden und erweichenden Kräutern, vor allem aus Wegerich, zusammen mit Leinsaat, Bockshornklee, Wucherblume (*Chrysanthemum leukanthemum*), Malve (*Altaea officinalis*) und Veilchen (Griggs 1982: 55).

Mehr noch als ein Kraut der Venus ist der Wegerich ein Gewächs des Merkurs. Der Gott mit den geflügelten Schuhen ist der Herr aller Wege und Strassen. Unter den olympischen Göttern ist er der grenzüberschreitende Schamane. Er kennt wie kein anderer den gefahrvollen Weg hinab in die Unterwelt zu den «Wiesen und Wäldern der Persephone». Im Gegensatz zu den Verstorbenen, die unwiderruflich den grauenvollen Weg in den Hades gehen müssen, kann er ungehindert wieder in die diesseitige Welt zurückkehren. Oft bringt er jene, die am Rande des Todes schweben, wieder ins Leben zurück, denn er ist unter den Göttern zugleich auch der Heiler.

Als Pflanze des Weggottes ist der Wegerich der Freund und Beschützer aller Reisenden, Pilger, Kaufleute und Wanderer. Wer weit fährt, lebt gefährlich. Die Strassen sind voller Tücken: Da gibt es bissige, tollwütige Hunde, Skorpione und Giftschlangen, die den Wanderer unerwartet in die Ferse beissen können, spitze Dornen und Splitter, die ihn erlahmen lassen, Räuber und Dämonen, die ihm auflauern.

Gegen all diese Gefahren hilft diese Merkur-Pflanze. Seit der Antike legten sich Reisende Plantagoblätter in die Sohlen (lat. *planta*) der Schuhe. Man glaubte, das vertreibe zudem die Müdigkeit und kühle die wundgelaufenen Füsse. Noch heute besteht der Volksaberglaube, dass Wegerichsaft Hühneraugen heile. Das fahrende Volk des Mittelalters – Gaukler, Spielleute, Korbflechter, Bärenführer, Quacksalber, Studenten, Wahrsager, Kesselflicker, Händler – trug Wegerichwurzeln an einer Schnur um den Hals, um sich böse Weggeister, Pest und Fieberanfälle vom Leib zu halten und um dem Hinken vorzubeugen. Auch Kindern mit krummen Beinen (Rachitis) wurden solche Amulette umgehängt. Um Dornen und Holzsplitter aus den Füssen zu ziehen, kochte man Wegerichsamen zu einem schleimigen Brei und trug diesen dick auf. Im Allgäu heissen die Samen daher «Treib-aus» und im Schwabenland «Dornsamen».

Bei Hunde- und Schlangenbiss und bei Insekten- und Skorpionstichen wurde (und wird heute noch) der zerstampfte Wegerich oder Wegerichsaft verwendet. Überall, von Westeuropa bis nach Asien und Nordamerika, war man der Ansicht, der Wegerich würde das Gift herausziehen und neutralisieren. Die Männer sollten zu diesem Zweck den «männlichen Wegerich», den Spitzwegerich, benutzen, die Frauen den Breitwegerich – so wenigstens verlangte es die Volksheilkunde in Bosnien, Franche-Comté, Holland und Italien. (In Böhmen dagegen galt der Spitzwegerich als das «Wegerer Weibl», der Breitwegerich als «Wegerer Manndl».) Schon in der Antike, berichtet uns Plinius, traute man dem Wegerich die Heilung von Skorpionbissen zu. Der gelehrte Humanist Erasmus von Rotterdam schrieb, dass selbst die Kröten sich mit Wegerich heilen, wenn sie von giftigen Spinnen gestochen werden.

Ist nun dieser weitverbreitete Glaube an die antitoxische Wirkung des Wegerichs reiner Aberglaube, oder hat er doch etwas an sich? Eine amerikanische Völkerkundlerin erlebte einmal bei den Ojibwa-Indianern den Fall, dass eine Frau beim Beerensammeln von einer Giftschlange gebissen wurde. Ein herbeigeeilter Mann band die Wunde oberhalb der Bissstelle ab und suchte Wegerich. Als er zurückkam, war der Arm schon auf das Doppelte angeschwollen. Er machte kleine Schnitte in den Arm und legte angefeuchtete Wegerichwurzeln in die Wunden. Zum Erstaunen der ungläubigen Ethnologin wurde die Frau gerettet (Simonis 1991: 662). Wegen seiner Anwendung bei Schlangenbissen wird der Wegerich in Nordamerika gelegentlich auch «Snake weed» (Schlangenkraut) genannt. Auch hier zeigt sich die Signatur des Weggottes, der nebst Reisehut und geflügelten Schuhen einen von Schlangen umwundenen Heroldsstab – noch heute das Symbol der Ärzte – mit sich trägt.

Die Wegericharten

In Mittel- und Westeuropa begegnen uns drei Wegericharten, der Breitwegerich (*Plantago major*), der Spitzwegerich (*Plantago lanceolata*) und der Mittlere Wegerich (*Plantago media*). Eine vierte Art, den Bergwegerich *Plantago alpina*), der in Höhenlagen von über 1800 Meter bis an die Schneegrenze wächst und den Kräuterpfarrer Künzle für den heilkräftigsten hält, bekommen nur wenige Leute zu Gesicht. Der Spitz- und der Breitwegerich folgte den europäischen Siedlern bis nach Neuseeland und Nordamerika und eroberte wie einst im Neolithikum überall die neu angelegten Wege und Strassen. Die indianische Bezeichnung «Fusstritt des weissen Mannes» bezieht sich vor allem auf diese beiden Wegericharten.

Der Breite und der Spitze Wegerich werden windbestäubt. Der Mittlere dagegen kann sich nicht recht entscheiden, ob er diese Arbeit vom Wind oder von den Insekten verrichten lassen will. Seine Blüten mit den langen, lilafarbenen Staubfäden und den weissen Staubbeuteln duften angenehm.

Aus allen Wegericharten lassen sich vorzügliche Wildspeisen zubereiten. Die Blätter enthalten viel Karotin, Vitamin C und Vitamin K (blutstillend), Zitronensäure und andere wertvolle Inhaltsstoffe. Besonders die jungen Blätter eignen sich wunderbar für Salate – ihr Geschmack erinnert an Steinpilze. Mit Kartoffeln, Zwiebeln oder Brennnesseln gebraten, in Suppen, Pürees, Aufläufen und sogar als Brotaufstrich verwendet, sind sie äusserst schmackhaft.

Der Breitwegerich wird in Indien, China und Südbrasilien sogar als Blattgemüse angebaut und auf den Bauernmärkten feilgeboten. Die Blattstiele wurden hier und da zur Fasergewinnung verwendet.

Russischer Spitzwegerichsalat
120 g junge Wegerichblätter
50 g Brennnesselblätter
80 g Zwiebeln
50 g geriebener Meerrettich
Salz und Essig
1 Ei
Sauerrahm
Wegerich und Brennesseln kurz in kochendes Wasser tauchen, abtropfen lassen, klein schneiden; gehackte Zwiebel, Meerrettich, Salz und Essig nach Geschmack hinzufügen. Mit Eischeibchen garnieren und mit Sauerrahm übergiessen.

Wegerichgemüse
Wegerichblätter klein schneiden und zusammen mit anderen Wildgemüsen (Geissfuss, Sauerampfer, Wiesenbärenklau, Kohldistel, Hirtentäschel u. a.) in Fett andünsten, Salz und etwas Wasser hinzufügen, 20 Minuten garen lassen. Rotwein angiessen und mit Mehl oder Stärke binden. Mit Sauerrahm und gerösteten Zwiebeln servieren (Hollerbach 1979: 10).

Suppengewürz
Wegerichblätter im Schatten trocknen, im Backofen nachtrocknen. In Dosen aufbewahren und als Suppengewürz verwenden.

Breitwegerichtempura
Breitwegerichblätter gut waschen, die Fäden an der Unterseite der Blätter herausziehen. In Pfannkuchenteig (oder Bierteig) tauchen und im heissen Fett frittieren. Entweder süss, mit Ahornsirup, oder gesalzen servieren.

Wegerichbrot, Wegerichmus
Reife Wegerichsamen sammeln, trocknen, leicht rösten und worfeln.
Eine Hand voll dieser äusserst nahrhaften Samen mahlen und im Frühstücksbrei mitkochen mit ins Brot backen.

Die Blätter des Spitzwegerichs werden kommerziell als Heildroge angebaut. Sie sind wegen ihrer reizmildernden, schleimlösenden Wirkung ein hervorragendes Lungenheilmittel. Die in den Blättern enthaltene Kieselsäure festigt die Gewebe, die Schleimstoffe wirken als Emolliens, und die Gerbstoffe tonisieren die durch Dauerhusten oder Bronchitis angeschlagenen Lungen. Auch hier zeigt sich die Merkursignatur der Pflanze. Die Lunge ist das eigentliche Merkurorgan im menschlichen Körper.

Alle Wegericharten erzeugen viele Samen. Bis zu 40 000 pro Pflanze zählte der Botaniker Anthony Huxley. Ausgrabungen neolithischer Siedlungen deuten darauf hin, dass die fettreichen Samen wie Getreide geerntet und im täglichen Brei mitgekocht wurden. Wie die

Hirse, eines der ältesten Getreide, war auch der Wegerichsamen zugleich eine Speise, die man den Toten als Opfer brachte. Fast hätte sich diese menschenfreundliche Ruderalpflanze zu einer echten Kulturpflanze gemausert.

Nur noch wenige wissen die Samen als Nahrungsmittel zu schätzen. Tom Brown etwa, der bekannte amerikanische Wilderness-Survival-Experte, will nicht auf sie verzichten. Die gerösteten und geworfelten Samen streut er mit in den Salat oder er zermahlt sie, mischt sie mit anderem Mehl und verwendet sie zum Brotbacken. Besonders stolz ist er auf seinen Erdnussbutterersatz aus zu gleichen Teilen gerösteten gemahlenen Wegerichsamen und echter Butter. Seine «Peanut-butter cookies» aus Wegerichsamen schmecken angeblich viel besser als die eigentlichen Erdnussbutterplätzchen (Brown 1985: 173).

Was ihre ökologische Bedeutung betrifft, so sind die Wegeriche für die Vögel, insbesondere die überwinternden Singvögel wie Finken und Meisen, eine wertvolle Futterquelle.

Die Samen sind, wie gesagt, reich an Schleimstoffen. In der Heilkunde Europas und Asiens verwendet man eine Abkochung aus Breitwegerichsamen bei Durchfall, den Samenbrei bei Ruhr und Entzündungen der Schleimhäute. Wer einmal in Indien an Diarrhö oder Ruhr litt, weiss die hellfarbenen, in Wasser stark aufquellenden, schleimigen Samen des Flohsamenwegerichs (*Plantago ovata*) oder die dunkelfarbenen des Isaphguls (*Plantago psyllium*) zu schätzen. Die Isaphgul-Samen sind eines der besten befeuchtenden, abführenden und darmschonenden Ballaststoffmittel, die es gibt. Die ungekochten Samen quellen im Darm, und der freigesetzte Pflanzenschleim absorbiert Bakterien und Gifte, beruhigt und erweicht die entzündeten Darmschleimhäute. Die aus dem kommerziell angebauten Isaphgul-Wegerich gewonnenen Schleimstoffe eignen sich zum Stabilisieren von Speiseeis und als technisches Gleitmittel.

Einen weiteren Wegerich, der kaum mehr bekannt ist, früher aber in Europa als Gemüsepflanze angebaut wurde, wollen wir uns an dieser Stelle ebenfalls in Erinnerung rufen. Es handelt sich um den Krähenfusswegerich, auch Hirschhornsalat genannt, (*Plantago coronopus;* engl. *buck's horn plantain*, franz. *corne de cerf*). Er gehört zu den vielen Gemüsesorten – wie Pastinake, Haferwurzel (*Tragopogon porrifolius*), Zuckerwurzel (*Sium Sisarum*), Rapunzel-Glockenblume (*Campanula rapunculus*), Smyrnerkraut (*Smyrnium olusatrium*), Grüner Fuchsschwanz (*Amaranthus lividus*), Ziestknolle (*Stachys sieboldi*) und andere mehr –, die heute in Vergessenheit geraten sind. Der Grund ihrer Vernachlässigung ist nicht etwa, dass sie nicht schmecken, sondern dass ihr Anbau technisch nicht so leicht zu handhaben und zu arbeitsaufwändig ist – schliesslich ist Zeit Geld.

Der Name des Hirschhorn- oder Krähenfusswegerichs ist auf seine gelappten Blätter zurückzuführen, die an Hirschgeweihe oder an Krähenfüsse erinnern. Als Arzneipflanze – in alten Apotheken als *Herba coronopi* oder *Cornu cervini* erhältlich – traute man ihr sogar zu, den Biss toller Hunde und giftiger Nattern heilen zu können. Dieselbe Wirkung ordnete man dem echten Hirschhorn zu, denn das edle Tier mit dem Geweih galt in der archaischen Bilderwelt einerseits als die Sonne in Tiergestalt, als der Held, der die Grosse Göttin vor Drachen und Dämonen beschützt, andererseits als ein Unterweltstier, das den Helden in den dunklen Abgrund, ins Feenreich, zur Weisen Frau oder zur Hexe – zu Persephone eben – führt (Storl 1993: 141).

Als Merkurpflanze enthält dieser Hirsch in Pflanzengestalt ebenso wie seine Vettern, recht viel Schleim – so viel, dass man ihn in Frankreich zum Stärken und Steifen feingewobener Textilien benutzte.

ACKERSCHACHTELHALM

Equisetum arvense

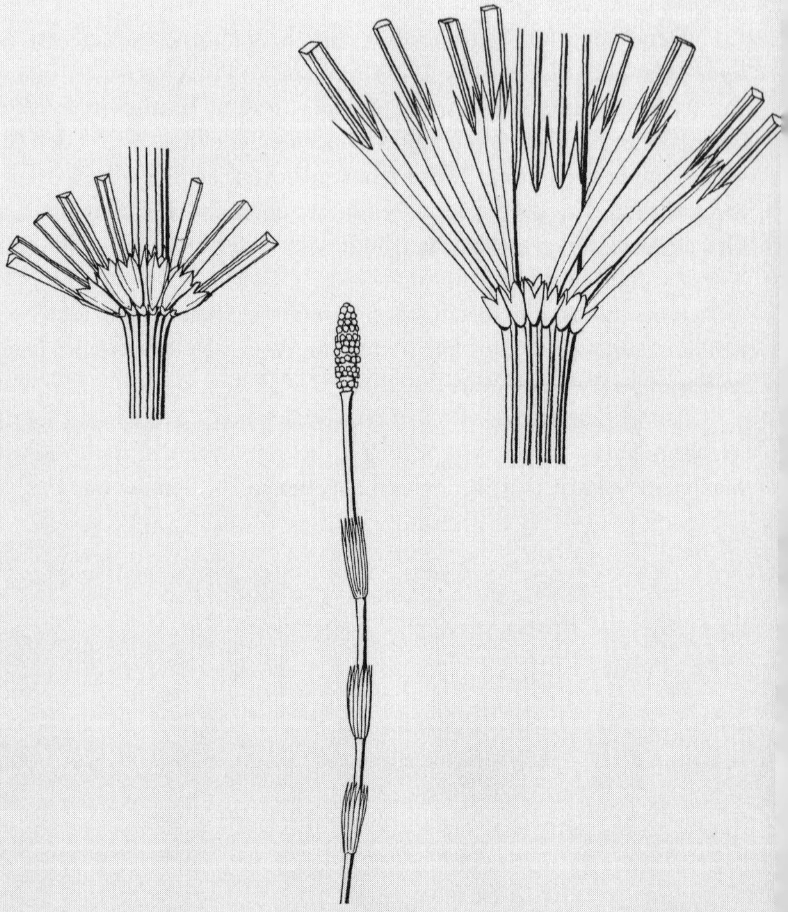

Familie:
Schachtelhalmgewächse

Volksnamen:
Duwock
Hermoos
Katzenwedel, Katzenschwanz
Pfaffenschwanz
Pferdeschwanz
Tannenwedel
Schafthalm
Scheuergras
Zinnkraut
engl. horsetail, cat's tail
franz. prêle des champs, queue de chat

Dem reinen Materialisten fällt es nicht schwer, den Pflanzen ein Bewusstsein oder gar ein Ich abzustreiten. Eine solche Einstellung ist aber zu einseitig, zu «reduktionistisch» – wie man heute sagen würde. Jede Pflanze hat tatsächlich so etwas wie einen verborgenen Wesenskern, der auf recht intelligente Art und Weise das Dasein der Pflanze organisiert und steuert. Dieser Kern ist aber nicht unbedingt im Innern des pflanzlichen Leibes ansässig, wie etwa das Nervensystem im tierischen oder menschlichen Rückgrat oder im Schädel, sondern er befindet sich ausserhalb der unmittelbaren Pflanzenanatomie. Er wirkt nicht aus der Mitte der Pflanze heraus, sondern von der umhüllenden Peripherie her – vom Sternenhimmel und aus den Erdtiefen oder, wie die Alchimisten sagten, von den «Planeten». Die Pflanzengeister oder Pflanzendevas sind nicht mikrokosmisch zentriert, sondern makrokosmisch ausgeweitet oder, wie es der Philosoph Max Scheler formulierte, sie sind «ekstatisch» (griech. *ékstasis* = das Aus-sich-heraus-Treten). Um mit dem Geist der Pflanze zu reden, muss der Pflanzenliebhaber selber ekstatisch werden. Das wussten die Pflanzenschamanen alter Naturvölker: Sie versetzten sich in Trance oder Tiefenmeditation und «flogen» zum Geist der Pflanze. Dort erfuhren sie wunderbare Geheimnisse. Meine indianischen Freunde machen das noch immer so; sie suchen den «Häuptling» einer Pflanzenart in seinem «Lager» auf und bitten um seine Heilkraft. So, und nicht etwa durch stupide «Trial and error»-Experimente, entdeckten die Naturvölker die medizinischen Eigenschaften der Heilpflanzen.

Viele Dinge vermochte der Schamane in der Ekstase von den Pflanzen zu erfahren, denn die Pflanzengeister sind weise. Sie bewahren in stiller Erinnerung längst Vergangenes. Sie können uns sagen, wie es mit den Wurzeln der gegenwärtigen Welt beschaffen ist. Wie wir gesehen haben, kann der Wegerich vieles über die Anfänge der Landwirtschaft und über die ersten matrifokalen neolithischen Dörfer aussagen. Der Beifuss lenkte unseren Blick noch tiefer, er offenbarte etwas vom Leben und Glauben der altsteinzeitlichen Jäger.

Ein lebendes Fossil

Der Schachtelhalm kann uns noch weiter zurückführen. Viel weiter! Er kann uns von jenen versunkenen Welten erzählen, als es noch nicht einmal Dinosaurier gab und unsere Vorfahren als salamanderähnliche

Kreaturen durch glitschige, dampfende Ursümpfe krochen. Der Schachtelhalm ist nämlich ein lebendes Fossil. In den Wäldern des Karbons, deren Reste wir nun als Steinkohle ausgraben, gehörten einst baumartige Schachtelhalme zusammen mit primitiven Baumfarnen, Schuppenbäumen und Bärlappgewächsen zur vorherrschenden Flora. Bis zu dreissig Meter Höhe streckten diese Urpflanzen ihre verschachtelten Halme empor. Der Ackerschachtelhalm unserer Gärten und Wiesen ist mit seinen dreissig Zentimetern ein regelrechter Winzling dagegen.

Der Schachtelhalm ist keine Blütenpflanze. Er erzeugt weder betörende Düfte noch knallige Farben noch süssen Nektar. Diese Extravaganz wäre für ihn auch sinnlos gewesen. Damals, vor fast vierhundert Millionen Jahren, gab es in den warm-feuchten Sumpfwäldern des Devon noch keine Bienen und Schmetterlinge. Es gab nur gefrässige Schnecken, primitive Amphibien – darunter unsere Vorfahren – und den Krebsen verwandte Gliedertierchen, die sich zusammen mit den ersten Pflanzen aufs feste Land gewagt hatten. Auch die Insekten, die hundert Millionen Jahre später, auf der Höhe des Steinkohlenzeitalters, erschienen, Riesenkakerlaken und Libellen mit einer Flügelspanne von fünfundsiebzig Zemtimetern, hätten kein Interesse am Bestäuben gehabt, sie hätten die Blüten einfach gefressen.

Um sich fortzupflanzen, bildeten diese Pionierpflanzen winzige Sporen aus. Diese Sporen waren darauf angewiesen, auf feuchten Boden zu fallen, sonst wären sie vertrocknet. Nur im Schlamm konnten sie keimen und zu kleinen, flachen, grünen Gebilden, den Vorkeimen oder Prothallien, heranwachsen. Diese «Moospflänzchen» erzeugten frei bewegliche «Schwärmer», männliche Keimzellen, die sich mit Geisselschlägen auf die festsitzenden weiblichen Eizellen zubewegen. In gewissem Sinn stellt diese «Liebe im Sumpf» eine vorübergehende Rückkehr zum wässrigen Urelement dar, eine temporäre Wiederholung des Algenstadiums. Die befruchtete Eizelle wuchs dann zu einer neuen geschlechtslosen Sporenpflanze heran. Wir sehen also, was heutzutage mittels Pollenstaub und Samenanlage innerhalb des Blütenkelchs als Befruchtung stattfindet, fand damals noch unmittelbar im feuchten Schoss der Mutter Erde statt.

Bei unserem Schachtelhalm ist es so geblieben. Er hat sich so gut an diesen Fortpflanzungsmodus angepasst, dass er es nicht für nötig hielt, im Laufe seiner vierhundert Millionen Jahre dauernden Geschichte Blüten zu entwickeln. Noch immer treibt er im Frühling blasse, chlorophylllose Stängel hervor, die am oberen Ende in einer Art Ähre enden. Das sind die Sporenträger. Dem blossen Auge erscheinen die herausquellenden Sporen wie blaugrünes Pulver. Unter dem Vergrösserungsglas zeigt sich, dass jede Spore von zwei sich kreuzenden Bändern umschlungen ist. Bei Trockenheit dehnen sich diese Bänder zu Tragflächen aus, so dass die reife Spore leicht vom Wind verweht werden kann. Bei Feuchtigkeit rollen sie sich wieder fest zusammen. Einmal auf der Erde gelandet, bewegen die Sporen sich je nach Feuchtigkeitsverhältnissen mittels der sich streckenden und zusammenrollenden Bänder so lange über den Boden, bis sie den richtigen Ort zum Keimen gefunden haben. Die Sporen sind beim Schachtelhalm entweder männlich oder weiblich. Wie von einem Magnet angezogen, bewegt sich der männliche Schwärmer in Richtung der weiblichen Eizelle. Oft ist es für den Schwärmer ein langer, umständlicher und gefährlicher Weg. Gelegentlich haben es die winzigen Liebhaber einfacher. Manchmal «umarmen» sich die Sporen, indem die Bänder schon beim Austritt aus dem Sporenblatt einander umwickeln. So werden sie dann zusammen fortgetragen.

Kaum sind die Sporen ausgestreut, sterben die fleischfarbenen Frühjahrstriebe, die Sporenähren, ab. Nun erscheint aus dem Boden ein völlig anders gearteter Spross, der eine ganz andere Pflanze zu sein scheint. Es ist der geschlechtslose grüne Sommertrieb, dessen einzige Aufgabe es ist, mit seinem Blattgrün die Sonnenenergie einzufangen. An den Stängelknoten treiben diese Sommertriebe kleine, ebenfalls verschachtelte Ästchen, so dass sie wie winzige Tannenbäumchen aussehen. Ein Tannenwald für Zwerge!

Diese eigentümliche Einrichtung, die die Organe der Fortpflanzung radikal von denen der Lichtassimilation trennt, war ein von den Schachtelhalmen eingesetztes evolutionäres Modell, das die höher entwickelten Pflanzen aufgaben. Viele Millionen Jahre später jedoch greifen einige der höchst entwickelten Korbblütler auf das alte Modell zurück. Die Pestwurz und der Huflattich treiben im frühen Frühling ebenfalls chlorophylllose, schuppige Blütenstängel, und dann erst, nachdem sich die reifen Flugsamen verabschiedet haben, erscheinen die grünen lichtassimilierenden Blätter.

Eine mächtige Heilpflanze

Was Volkskunde, Magie, Aberglaube und Folklore betrifft, ist fast nichts über den Schachtelhalm überliefert, dafür umso mehr über seine Heilkraft. Schon die Griechen und Römer, insbesondere Dioskorides, priesen die adstringierende, harntreibende und blutstillende Wirkung dieser Arzneipflanze. *Equisetum* galt als Spezifikum bei Blutungen der Gebärmutter und der Harnorgane. Plinius geht sogar so weit, zu behaupten, man brauche die Pflanze nur in die Hand zu nehmen, und schon versiege der Blutfluss. Das mag vielleicht für äusserst sensible Menschen wie Edward Bach oder Frederike Hauffe zutreffen – sie brauchten eine Pflanze nur zu berühren, und schon reagierte ihr Körper –, aber der normale Sterbliche muss sie anders auf sich einwirken lassen.

Noch Albertus Magnus, der mittelalterliche Magier, pries die blutstillende Eigenschaft dieser Pflanze und ihre positive Wirkung auf die Milz. In der Neuzeit aber wurde das Kraut als Heilmittel fast vergessen.

Erst der inspirierte Naturheiler Pfarrer Kneipp verhalf dem Schachtelhalm wieder zu seiner Bedeutung. Er erklärte ihn als «einzig, unersetzbar und unschätzbar» bei Blutungen, Bluterbrechen, Blasen- und Nierenbeschwerden, Stein und Griess. «Bei alten Schäden, ... bei faulenden Wunden, selbst bei krebsartigen Geschwüren, sogar bei Beinfrass leistet Zinnkraut ganz ausserordentliche Dienste. Es wäscht aus, löst auf, brennt gleichsam das Schadhafte weg. Oft hüllt man das feuchte, warme Kraut in nasse Tücher und legt es auf die zu heilende Stelle» (Treben 1986: 58). Der grosse Wasserdoktor setzte es bei Schwerkranken und sogar bei Sterbenden in Form von Wickeln oder Bädern ein. Auch als Lungenheilmittel, besonders bei Tuberkulose, zum Abkapseln und Ausheilen der Infektionsherde wandte Pfarrer Kneipp den Schachtelhalm erfolgreich an – er musste es ja wissen, denn als junger Student war er selbst an dieser Geissel der Menschheit erkrankt, die als unumstössliches Todesurteil galt.

In seinem Werk *Meine Wasserkur* aus dem Jahre 1886 schreibt er, «dass jeder gut- oder bösartige Tumor mit Zinnkraut zum Stillstand gebracht und allmählich aufgelöst wird». Diese gewagte Aussage musste jedoch in der zweiten Auflage von 1889 auf Druck der Ärzteschaft gestrichen werden. Und dennoch sind wir uns nicht so sicher, ob der Wasserdoktor nicht doch zu einem gewissen Grad Recht hat. Inzwischen vermutet man, dass der Schachtelhalm eine das Immunsystem stärkende Wirkung haben könnte. Und ist Krebs nicht vor allem Ausdruck eines «wahnsinnig gewordenen» Autoimmunsystems? Darauf hin deutet auch die seit dem Altertum belegte Wirkung bei Milzerkrankungen. Die Milz ist nämlich eines der wichtigsten Organe des körpereigenen Abwehrsystems. Sie filtert Gifte, Zelltrümmer und Bakterien aus der Lymphe.

In anderen Kulturkreisen schätzte man den Schachtelhalm nicht minder. Die *Midewiwin*, die Heilerzunft der Ojibwa-Indianer, benutzten Zinnkrautarten (*Equisetum arvense*, *Equisetum hiemale*) bei Nieren- und Lebererkrankungen. Andere Indianer schätzten den Schachtelhalm ebenfalls: Die Huronen nahmen die Wurzeln als blutstillendes Mittel mit, wenn sie auf Reisen gingen. Die Menomini kochten einen Tee bei Nierenproblemen und zur Reinigung nach der Geburt. Bei den Mohawk tranken alte Männer einen solchen Tee, besonders wenn sie Blut im Harn bemerkten (Erichsen-Brown 1979: 226). Die Schwarzfussindianer kochten sich aus den Wurzeln des Winterschachtelhalms (*Equisetum hiemale*) ein starkes harntreibendes Mittel, um eine Krankheit herauszuurinieren. Nur mussten sie sich in Acht nehmen, sich der Stelle, an der sie Wasser gelassen hatten, nicht wieder zu nähern, denn dann würde der Krankheitsgeist wieder in sie hineinspringen. Die Chinesen kennen *Mu-Zei* (Schachtelhalm) als Blutreiniger und Nierenheilmittel. In der ayurvedischen Heilkunde Indiens dient das Kraut als harntreibendes, blutreinigendes Mittel bei Nieren- und Steinleiden und wird zur Heilung von Knochenbrüchen eingesetzt. Equisitum-Tee soll auch die Nerven kühlen und den Geist von übermässigen *Pitta*-Zuständen (feurigen Gefühlen) reinigen.

Weitere Anwendungen in der Volksheilkunde und in der Phytotherapie sind:

Voll- und Sitzbäder bei:

- Erkrankungen und Infektionen der Harnorgane (Blase, Niere, Prostata), Weissfluss, vegetativer Dystonie des kleinen Beckens (*Parametropathia spastica*) und Depressionen, die auf Nierenstörungen beruhen
- Hämorrhoiden: blutstillende, adstringierende Wirkung
- Rheuma, Gicht
- Hauterkrankungen, Geschwüren
- Bandscheibenschäden, Knochenbrüchen

Schachtelhalmbäder
2 Hand voll Schachtelhalmkraut 6 Stunden lang in 2 Liter Wasser kalt ansetzen. 1 bis 5 Minuten kochen. Den Absud ins Bad geben.
Als Fussbad: bei müden, schmerzenden Füssen; bei Fusspilz; bei Schweissfüssen (in diesem Fall kommt zusätzlich eine grosse Prise Salbeikraut in die Abkochung).
Als Sitzbad: bei Nieren- und Nierenbeckenentzündung; bei Erkrankungen der Harnorgane.
Als Vollbad: bei Rückenschmerzen und Bandscheibenproblemen; bei Hautproblemen.
Badedauer: 20 Minuten. Anschliessend warm anziehen oder ins warme Bett legen.

Tees bzw. *Abkochungen* zur innerlichen Anwendung bei:
- Rheuma, Gicht, zur Stärkung des Bindegewebes
- Bronchitis, Lungen-Tuberkulose
- Nikotinsucht
- Arteriosklerose, Gedächtnisschwund durch Verkalkung. (Nach Maria Treben sollte jeder, der über 40 ist, jeden Tag ein Tässchen Zinnkrauttee trinken.)
- Magengeschwüren (adstringierende Wirkung)
- Bettnässen bei Kindern (zusammen mit Johanniskraut)
- splitternden Fingernägeln, stumpfem Haar
- Wassersucht

Feuchte Umschläge bei:
- Schleimbeutelentzündung (Bursitis)
- Tumoren, faulenden Wunden, Flechten
- Knochenhautentzündungen

Fussbäder bei:
- Schweissfüssen
- Nagelbettentzündung
- Fusspilz

Frischer Presssaft stoppt Blutungen.
Asche wird eingenommen bei Magenübersäuerung und Magenverstimmung (¼ bis ½ Gramm).

Das Sammeln und Aufbereiten

In Europa zählt man zehn einheimische Arten, aber man verwendet vorsichtshalber nur den Ackerschachtelhalm (*Equisetum arvense*), der an

Wegrändern, auf Feldern und in Gärten wächst. Die meisten anderen Arten – Waldschachtelhalm (*Equisetum silvaticum*), Riesenschachtelhalm (*Equisetum maximum*), der astlose, überwinternde Winterschachtelhalm (*Equisetum hiemale*), Sumpfschachtelhalm (*Equisetum palustris*), Teichschachtelhalm (*Equisetum heleocharis*) – eignen sich nicht, da sie oft einen schmarotzenden Pilz (*Ustilago equiseti*) beherbergen. Dieser Pilz, der an braunen Flecken erkennbar ist, enthält das Alkaloid Equisetin. Neuere Forschungen deuten darauf hin, dass es unter anderem dem Körper Vitamin B1 entzieht. Obwohl es vom Schachtelhalm heisst, «der Kühe Tod, der Pferde Brot» (Letzteres, weil die Rosse dank ihren Zähnen die harten Stängel besonders gut kauen können), werden die Weidetiere leicht durch ihn vergiftet. Es kommt zur Taumelkrankheit, die sich bei den Pferden durch Unruhe, Muskeltremor, taumelnden Gang und später durch völlige Ermattung äussert. Kühe leiden an starkem Durchfall und Gewichtsverlust. Die Milch wird bitter und versiegt allmählich. Auch dem Menschen bekommt der vom Pilz befallene Schachtelhalm nicht. Daher gilt: *Schachtelhalm niemals in Sümpfen oder in Wäldern sammeln!* Und darauf achten, dass die getrockneten Pflanzen eine schöne grüne Farbe behalten und keine braunen Flecken aufweisen. Maria Treben erntet immer nur die oberen zwei Drittel der Pflanze, da die jüngeren Teile von besserer Qualität sind.

Die blass-rötlichbraunen Frühjahrstriebe, die Sporenträger, eignen sich nicht als Heilmittel. Man erntet nur die grünen «Tannenwedel», und zwar von Mai bis zur Mittsommerwende. Während dieser Zeitspanne enthalten die Triebe noch die lösliche, assimilierbare Vorstufe der Kieselsäure, da die Pflanze noch im Wachstum begriffen ist. Im Herbst dagegen bleibt uns nur noch das voll ausgebildete Kieselskelett, in dem das Silizium praktisch unlöslich ist.

Schachtelhalm-Tee wird nicht einfach aufgebrüht, sondern muss länger kochen, damit die Kieselsäure herausgelöst wird. Man nimmt einen gehäuften Teelöffel pro Tasse, setzt die Droge kalt an und lässt sie mindestens 15 Minuten lang kochen. Wegen «der spitzbübischen Unart des Schachtelhalms, den Magen zu plagen» (Pfarrer Künzle 1945: 460), kochten die alten Griechen und Römer das Kraut vorzugsweise in Wein. Sicherlich ein guter Rat für jene mit empfindlichen Mägen. Ebenso verfährt man bei Sitzbädern: Einige Hand voll (100 g) werden über Nacht im kalten Wasser angesetzt (alchimistisch ein Mond-Prozess) und dann gekocht (alchimistisch ein Sonnen-Prozess). Diese Abkochung wird dann dem Badewasser beigegeben. Nach Pfarrer Kneipp, der wahrlich ein Freund des Equisetum-Devas war, soll das Bad nur etwa eine Viertelstunde lang dauern. Packungen oder Umschläge können entweder aus dem gedünsteten trockenen oder aus dem auf einem Holzbrett zerriebenen frischen Schachtelhalmkraut zubereitet werden. Dieses wird dann in Tücher gepackt auf die betroffenen Stellen aufgelegt und öfter (jede halbe Stunde) gewechselt.

Ein Feind des Mondes

Gelegentlich streiten sich die astrologischen Kräuterärzte über die Frage, welcher Planet in einer bestimmten Pflanze vorherrscht. Beim Schachtelhalm sind sich alle einig! Sie stimmen mit Culpeper überein, dass es eindeutig Saturn ist, der sich in dieser Pflanze inkarniert.

Saturn gilt als der Greis, als der älteste unter den Planetengöttern. Als äusserster der mit blossem Auge sichtbaren Planeten markiert Saturn die Grenze zum weiteren Kosmos, nämlich zu den zwölf Regionen des Tierkreises und zu den Archetypen, die in den Fixsternen residieren. Gemäss der alten Planetenlehre sind es die Fixsterne, welche die kristallinen Urkräfte auf die Erde herabstrahlen. Saturn ist der Hüter der Schwelle, der die kosmischen Impulse empfängt und dann weitervermittelt. Im Kreislauf der Jahreszeiten ist es vor allem der eiskalte Winter, der die Signatur des Saturns trägt. Während dieser Zeit werden die von Saturn vermittelten Gestaltungskräfte sichtbar. Sie offenbaren sich in der Sechsergeometrie der herabrieselnden Schneeflocken und der Eisblumen am Fenster. In Form von Frostkristallen imprägnieren sie den Erdboden und «programmieren» das Pflanzenwachstum für das kommende Jahr.

«Den Winter hindurch häufen die Pflanzen Bildungsstoff auf und sind gleichsam schwanger, und so bringen sie im Frühjahr ihre Jahrestriebe hervor.» Das schrieb Aristoteles vor mehr als 2300 Jahren. Inzwischen mutmasst man, der alte Naturphilosoph habe sich geirrt. Bei diesen «kosmischen Informationen» handelt es sich jedoch nicht um messbare materielle Strahlungen, sondern um «geistige» morphogenetische Einflüsse. Auch Urgestein, der harte, kieselhaltige Granit und das von einer Sechsersymmetrie gesprägte Quarzkristall wirken als Empfänger und Vermittler saturnischer Strahlungen.

Dieser erdfernste Planet mit seiner verhärtenden, zusammenziehenden, trocknenden, kristallenen Wirkung ist dem Mond diametral entgegengesetzt. Alles Quellende, Aufkeimende, schnell Verfaulende und Verrottende trägt die Signatur des Mondes, des erdnächsten «Planeten», von dem das einfache Volk einst glaubte, er sei aus weichem Käse. Doch Saturn ist nicht nur der Gegenspieler des Mondes, sondern auch des schillernden, quicklebendigen Merkurs und der saftig-grünen Venus.

Wenn wir nun den Schachtelhalm genau anschauen, so sehen wir tatsächlich das Abbild des Saturns vor uns. Nicht bunte, lieblich duftende Blüten, nicht dicke, saftige Blätter zeichnen diese Pflanze aus. Ihre Gestalt ist rigide und starr symmetrisch, fast wie ein Kristall. Sie erinnert an ein Skelett oder an einen Tannenbaum, die beide ausgesprochen «saturnisch» sind. Nicht von ungefähr wird der Saturn als Knochenmann dargestellt. Nicht von ungefähr wird ein festlich geschmückter Tannenbaum zur Saturnzeit, zur Wintersonnenwende, in jeder Stube aufgestellt, denn dann kommt der Alte in Gestalt des Weihnachtsmanns zu uns. Er kommt aus den saturnischen Tiefen des Tannenwaldes oder vom eisigen Nordpol. Er beschenkt uns mit Sternenkräften und Inspirationen für das kommende Jahr, ebenso wie er den Pflanzen neue Impulse schenkt.

In der Renaissance glaubten die Philosophen, dass die Saturnkräfte im Hinterkopf – dem Nordpol des Leibes – in den menschlichen Leib einstrahlen, dort, wo sich der Haarwirbel befindet. Sie durchdringen die gesamte Anatomie und finden ihren Ausdruck im Knochengerüst. Auf diese Weise enthält das Skelett die Formkräfte des gesamten Tierkreises – in den Fussknöcheln die Fische, im Schienbein der Wassermann, im Knie der Steinbock, der Schütze im Oberschenkelknochen und so weiter, bis zu den Kräften des Widders im Schädel. In der Mitte der Knochen aber, im Mark, wird das neue Blut gebildet, genau so, wie in der tiefsten Winterstarre der neue Frühling geboren wird. Der holländische Arzt Dr. C. J. Lievegoed schreibt dazu: «Mitten im physischen, fast toten Skelett wird das Blut geboren, im roten Knochenmark. Dieses rote Blut lebt dann ungefähr drei Wochen als solches und geht zugrunde in der Milz. So ist die Milz der Endpunkt des Saturnprozesses und als solche … das Saturnorgan» (Lievegoed 1979: 17).

Aus solchen bildhaft-imaginativen, aus streng wissenschaftlicher Sicht ungewöhnlichen Überlegungen leiten die astrologischen Kräuterärzte die Anwendung dieser Pflanze ab: als Knochenheiler, als Milzheilmittel und als «allopathisches» Mittel gegen alles, was von einem negativen Mondeinfluss bewirkt wird. Wegen seiner trocknenden, blutstillenden Eigenschaft verschreibt es Culpeper gegen alles, was die «laxes and fluxes» angeht, gegen alles, was mondhaft «fliesst und trieft».

Die Mondkräfte, so glaubten die Anatomen der Renaissance, strahlen von unten in die Scham- und Blasenregion ein. Sie pulsieren durch den Körper und kommen einerseits in den Nerven und andererseits in der Haut zum Ausklingen. Ein übermächtiger Mondeinfluss wirkt demzufolge stimulierend auf das Nervensystem (Mondsucht!) und aufreizend bis entzündlich auf die Haut sowie auf die Harn- und Geschlechtsorgane. Der saturnische Schachtelhalm wirkt dagegen beruhigend und adstringierend bei Entzündungen der urogenitalen Organe, bei Wassersucht, bei Ekzemen und anderen Hautproblemen. Auch bei Pilzbefall – die schnell wachsenden und wieder vergehenden Pilze gelten als reinste «Mondgeschöpfe» – ist die Behandlung mit der Saturnpflanze angesagt. (Interessant in diesem Zusammenhang ist, dass in der Entwicklung des Embryos beide, die Haut und das Nervensystem, aus dem Ektoderm hervorgehen; auch, dass die Hautzelle 28 Tage lang lebt, also genau eine Lunation.)

Das Organ, in dem die Einstrahlungen des Merkurs ihren Ausklang finden, sind die Lungen. Ist nun dieser Nachbar des Mondes negativ aspektiert, dann kann es zu Lungenerkrankungen kommen, etwa zu Lungentuberkulose. Der Schachtelhalm, die Pflanze des Saturns, ist auch hier angesagt. Die Kieselsäure hilft die Infektionsherde abzukapseln und auszuheilen.

Man kann den Schachtelhalm aber auch «homöopathisch» gegen den Saturn einsetzen. Daher versuchen die astrologischen Kräuterärzte einen schlechten Saturneinfluss, der sich in Knochenbrüchen, kariösen Zähnen, Bandscheibenbeschwerden, Nieren- oder Blasensteinen äussert, mit den positiven Saturnkräften zu überwinden, die sich im *Equisetum* befinden. Sie sprechen von einer Sympathie, einer Korrespondenz zwischen dem kieselig-spröden Schachtelhalm und dem Knochengerüst. Und stimmt es nicht, dass man unwillkürlich an die Wirbelsäule denkt, wenn man den geschachtelten Stängel betrachtet? Viele glauben, Samuel Hahnemann habe die Homöopathie erfunden; sie ist jedoch viel älter. Homöopathie bedeutet schlicht, «Gleiches mit Gleichem» behandeln. Überall und zu allen Zeiten – wahrscheinlich schon bei den Mammutjägern – haben Heiler sich solchen Analogiedenkens bedient. Unsere Heilkundigen gebrauchten Bilder von Planetengöttern, um Zusammenhänge zwischen Mensch und Natur darzustellen, andere Kulturen bedienten sich anderer Imaginationen. Die Mongolen erzählen zum Beispiel von einem Mädchen, das von einer boshaften Drachenfrau den Hunden zum Frass vorgeworfen wurde. Aus ihren bleichen Knochen wuchs dann der Schachtelhalm empor.

Die Wirkstoffe

Obwohl man einst mit der planetarischen Kräuterkunde relativ gute Heilerfolge erzielte, weiss der moderne Arzt heute überhaupt nicht mehr damit umzugehen. Er bedient sich anderer Imaginationen. Ihn interessieren viel mehr die analysierbaren, «toten» Wirkstoffe, die chemischen Zerfallssubstanzen. Im Gegensatz zu den märchenhaften Bildern von Planetengöttern und ihren geheimnisvollen Kräften wirken die Strukturformeln nüchtern und seelenlos. Das scheint unserem prosaischen Zeitalter zu entsprechen.
Im Schachtelhalm bietet sich eine reiche Palette von Wirkstoffen an:

- Da finden wir zuerst eine beachtliche Menge Kieselsäure (organisches Silizium), bis zu 97% im Aschengehalt. Wenn man die Pflanze verbrennt, bleibt ein feines weisses Aschenskelett übrig, das fast ausschliesslich aus Silizium besteht. Diese Kieselsäure wirkt gewebefestigend, blutstillend und das Abwehrsystem stärkend.
- Saponine, seifenähnliche schäumende Substanzen, die leicht harntreibend und schleimfördernd wirken.
- Flavonide, ein gelber Stoff, welcher die Blutgefässe festigt und sich bei venösen Durchblutungsstörungen (Krampfadern) als hilfreich erweist.
- Mineralien und Spurenelemente, darunter Kalium, Kalk, Magnesium, Aluminium, Eisen, Mangan.

  An dieser Stelle mögen die astrologischen und mystisch angehauchten Kräuterärzte aufhorchen. Für sie stand schon lange fest, dass die Mineralien irdische Empfänger sind für subtile Kräftewirkungen, die von den Fixsternen ausgehen. Mittels der Mineralien bringt der Schachtelhalm die heilenden Kräfte der Urbilder im menschlichen Körper zum Klingen. Dr. Wilhelm Heinrich Schüssler (1821–1898), Begründer der sogenannten Biochemie, würde es sachlicher ausdrücken. Anhand des Studiums der chemischen Vorgänge im menschlichen Organismus kam er zur Überzeugung, dass die Ursache der verschiedenen Krankheiten auf einen Mangel an bestimmten mineralischen Stoffen zurückzuführen ist. Um ihn zu heilen, muss man diese in sehr starker Verdünnung dem Körper zuführen. Der Schachtelhalmtee stellt demnach eine Art «Schüsslersches Elixier» dar.

- Schliesslich enthält der *Equisetum* noch etliche organische Säuren (Apfelsäure, Akonitsäure, Oxalsäure, Peptinsäure) und Spuren von Alakaloiden (z.B. Nikotin), deren Wirkung noch nicht ganz erforscht ist.

Das Geheimnis des Kiesels

Wir haben schon an einer anderen Stelle gesehen, wie bestimmte Pflanzenfamilien eine enge Beziehung zu ganz bestimmten Elementen haben – so etwa die Brennnessel zum Eisen oder die Schmetterlingsblütler zum Stickstoff. Der Schachtelhalm ist vom Kiesel (Quarz) geprägt wie keine andere Pflanze. Er enthält so viel Silizium, dass er spröde und «glasig» wirkt und sich rau und kantig anfühlt. Man könnte ihn einen pflanzlichen Kieselkristall nennen. Vielerorts wird er noch immer als *Zinnkraut* oder *Zinngras* bezeichnet, da sich seine kieselige Epidermis gut zum Blankscheuern von Metall, besonders von Zinngefässen, eignet. Melker scheuerten damit den Milchstein von den Innenwänden der Milchkannen. Die Engländer bezeichnen die Pflanze als *scouring rush* (Scheuerbinse) oder auch als *Dutch rush* (holländische Binse), da man sie im 17. und 18. Jahrhundert als Metallpoliermittel in grossen Mengen aus Holland einführte. Auch der Name *Scheuergras* (engl. *shavegrass*) ist aufschlussreich, denn Feintischler setzten das Kraut wie Sand- oder Schmirgelpapier ein, um Tischen und Schränken eine glatte Politur zu verleihen.

Kiesel bildet als Quarz und Granit die ältesten Gesteinsformationen der Erde, wie wir sie etwa in Skandinavien, Böhmen oder im Schwarzwald finden. Auf solchem Urgestein wachsen die heilkräftigsten Kräuter, denn – wie Rudolf Steiner hervorhebt – die Kieselsubstanz wirkt als Empfänger und Vermittler der aus dem Kosmos einstrahlenden Licht- und Wärmekräfte. Es sind jene Kräfte, die in der Vegetation in den so genannten imponderablen Qualitäten – den geometrischen, archetypischen Mustern, den Aromen (ätherische Öle!), den Farben, dem Geschmack, der Haltbarkeit – zum Ausdruck kommen. Kiesel kommt vor allem in den peripheren Zellen vor, in der «Haut» der Pflanzen, in den Borsten und «Haaren» (wie z. B. bei den Borretschgewächsen) und in den Spelzen, Grannen und harten, trockenen Halmen der Gräser. Kiesel macht das Stroh der Reetdächer haltbar und resistent gegen Pilzbefall und gegen die Kauwerkzeuge der Insekten.

Auch in der Tierwelt erkennen wir die Wirkung des Kiesels in der Leibesperipherie, in den Sinnesorganen und in der Epidermis, in den Schuppen, Haaren und Federn. Die Ojibwa taten ihren Hausenten und Pferden etwas Schachtelhalm ins Futter, damit Federn oder Fell einen schönen Glanz bekommen. Kiesel ist vor allem in den Lichtwahrnehmungsorganen, den Augen, vorhanden. Die Facetten der Insektenaugen weisen die sechskantige Form des Kieselkristalls auf. Unter den Insekten sind es besonders die Bienen, in denen die Form- und Wärmekräfte des Kiesels zum Ausdruck kommen. Es sind wärmeliebende Wesen, die sich den schweren Elementen Wasser Erde weitgehend entziehen. Die Königin lässt sich nur an sonnigen Tagen, wenn das Himmelsgestirn seinem Zenit zustrebt, im Höhenflug begatten. Nektar und Pollen, welche die Pflanzen mit Hilfe der obersonnigen Planeten und der kosmischen Wärme erzeugen, bilden die Nahrung dieser Tierchen. In der hexagonalen Struktur ihrer Waben erkennt man dieselbe Signatur, die den Schachtelhalm ebenso wie das Kieselkristall prägt.

Zusammenfassend könnte man bildhaft sagen, dass Kiesel wie ein «Brennglas» wirkt, das die von der Peripherie des Sonnensystems einströmenden Krafte bündelt und den Organismen zuführt. Wenn wir den Schachtelhalm einnehmen, durchstrahlen diese Kräfte auch uns. Bis in die Peripherie der inneren Organe strahlen die heilenden kosmischen Energien mit Hilfe des Schachtelhalms – zu dieser Überzeugung kam Rudolf Steiner, der sich sehr intensiv mit dem Thema befasst. So steigert der Schachtelhalm die Sensitivität, das «Wahrnehmungsvermögen», der Niere so, dass dieses wichtige Organ den Flüssigkeitshaushalt richtig regelt. Und ebenso strahlen die Kräfte bis in die äussere Peripherie des Körpers, bis in die Haut, in die Fingernägel und in die Haare. Aus diesem Grund sind die volksmedizinischen Rezepte schlüssig, die bei sprödem Haar und brüchigen Fingernägeln das Trinken von Zinnkraut oder bei Haarausfall das Waschen mit einem Schachtelhalmabsud empfehlen. Auch von den Indianern ist überliefert, dass sie den Schachtelhalm als Haarwaschmittel benutzten.

Der Zusammenhang zwischen Schachtelhalm und Haar kommt in vielen Benennungen der Pflanze zum Ausdruck: Katzenschwanz,

Fuchsschwanz, Katzenwedel, Pferdeschwanz, englisch *horse-tail*, französisch *queue de rat* (Rattenschwanz) oder *queue de chat;* auch der wissenschaftliche Name *Equisetum* bedeutet Pferdeschwanz (lat. *equus* = Pferd, *seta* = Borste, Schwanz). Warum ist es aber immer der Schwanz und nicht der Schopf oder die Mähne, auf die in diesen Bezeichnungen hingewiesen wird? Als mögliche Antwort auf diese Frage stellt Alfred Usteri, ehemaliger Professor für Botanik an der Universität São Paulo, folgende Überlegung an: «Man wird der Ursache des Vergleichs des Schachtelhalms mit Tierschwänzen näher kommen, wenn man nicht bloss auf die Gestalt, sondern auch auf die ähnlichen Lebensäusserungen hinblickt. Wie das Tier in den Schwanz hinein die Gefühle schickt, die in ihm durch die Erfahrung der Sinnesorgane ausgelöst werden, so bringt der Schachtelhalm gewissermassen gestenhaft zum Ausdruck, was der Kosmos ihm zustrahlt. Der Gehalt an Kieselsäure ist ihm dabei Helfer» (Usteri 1989: 224). Eine ungewöhnliche Betrachtungsweise! Der Schachtelhalm, den wir auf unseren Äckern und Wiesen wachsen sehen, wäre demnach so etwas wie der Schwanz eines übersinnlichen, überdimensionierten «Tieres», das seine Nase über die Saturnsphäre hinaus in den höchsten Himmel streckt.

Nun könnte man sich fragen, warum das so ist. Warum zieht der Schachtelhalm mittels des Siliziums solche Licht- und Wärmekräfte an? Warum liefert er sich so vollständig dem Kiesel aus? Die Antwort ist wahrscheinlich darin zu suchen, das sich diese uralte Pionierpflanze, die die feuchten Niederungen des Devons und Karbons besiedelte, nur so gegen die moderige, morastige Mondwelt der Sümpfe behaupten konnte. Nur mit Hilfe des Kiesels konnte sie die Form- und Wärmekräfte mobilisieren, die sie über das Algenhafte hinaushob.

Alchimistische Transmutationen?

Die Anhänger der biologisch-dynamischen Landwirtschaft sind der Ansicht, dass das Silizium in einem merkwürdigen Gegensatz zum Kalk steht. So wie der Kiesel die Kräfte der obersonnigen Planeten (Mars, Jupiter, Saturn) mobilisiert, wirken die untersonnigen Planeten (Mond, Merkur, Venus) über den Kalk. Kalk saugt das Lebenselement Wasser auf und verleiht der Vegetation ein massiges, triebhaftes Wachstum. Das Silizium hilft dann, dass dieses Wachstum kein blosses Wuchern ist, sondern in geordneten, arttypischen Metamorphosen verläuft.

Auch im menschlichen Mikrokosmos, in den organischen Prozessen, besteht dieses polare Verhältnis zwischen Kalk und Kiesel. Kiesel fördert offenbar die Aufnahme und die Verwertung des Kalziums. Das ist wichtig, denn Kalk kann vom Körper nicht unmittelbar aufgenommen werden. So begünstigt eine regelmässig getrunkene Schachtelhalmabkochung die Heilung von Knochenbrüchen und bei Lungenkrankheiten die Bildung von kalkigen Konkrementen, welche die Tuberkuloseherde abkapseln. Der siliziumhaltige Schachtelhalm hilft ebenfalls, wenn auf den Fingernägeln weisse Flächen erscheinen, die angeblich von Kalziummangel herrühren. Neuere Forschungen lassen vermuten, dass Schachtelhalmtee auch der Arterienverkalkung vorbeugt (*Das neue BLV-Buch der Kräuter* 1993: 57).

Wie genau die Wechselbeziehung zwischen den zwei Substanzen zustande kommt, weiss man noch nicht genau. Der französische Biochemiker Louis Kervran stellt diesbezüglich eine gewagte These auf. Im lebendigen Organismus finden elementare Transmutationen statt; Kalk wird in Silizium umgewandelt und umgekehrt. Der Traum von der Transmutation der Stoffe war ja einst Kernstück der alchimistischen Lehre und wurde durch die Forschungen von Antoine Lavoisier, dem Begründer der modernen Chemie, restlos in Misskredit gebracht. Kervran gibt zu, dass diese Stoffumwandlungen im Reagenzglas nicht nachvollziehbar sind, im lebendigen Organismus finden sie jedoch tagtäglich statt. So enthält etwa ein Hühnerei viel weniger Kalzium als ein gerade ausgeschlüpftes Küken. Woher kommt dieser Kalk, fragt sich Kervran? Aus der transmutierten Kieselsäure, die sich zuvor in der Innenhaut des Eies befand. Die entsprechenden Statistiken liefert er dazu.

Kervran zitiert Laborforschungen mit Ratten, denen Knochenbrüche zugefügt worden waren. Es konnte eindeutig festgestellt werden, dass die Brüche bei jenen Tieren die organischen Kiesel von Schachtelhalmpflanzen bekamen, schneller heilten; die Rekalzifizierung der Knochen wurde beschleunigt. Schachtelhalmtee ist demnach für saturnisch alte Menschen, deren Knochen brüchig sind, ein wirksameres Getränk als Milch (Kervran 1972: 137).

Gold für den Garten

Wo immer er wächst, ob im Garten oder auf dem Feld, ist der Schachtelhalm ein schwer auszurottendes Unkraut. Immer wieder lässt er seine Wedel hervorspriessen, gespeist aus stärkehaltigen Knollen. Diese Knollen von der Grösse kleiner Kartoffeln liegen sehr tief – oft über einen Meter tief – unter der Pflugsohle. Damit das mühsame Jäten ihnen nicht verleidete, sagten die Bauern einst ihren Kindern, dass «an den Wurzeln, ganz tief unten, Goldklümpchen» lägen.

In meinem Garten geben die feinen, zarten Wedel jedoch keinen Anlass zum Ärger. Sie werden fleissig für den Haustee und für die Heilbäder gesammelt. Auch für den Garten selbst ist das Zinnkraut ein Heilmittel. Wenn die untersonnigen Planeten, vor allem der Mond, zu stark wirken, wenn es feucht und kühl ist und die Pflanzen von pilzigen Erkrankungen, Mehltau, Schorf oder Rost, bedroht werden, dann mache ich einen *Equisetum*-Tee oder eine Schachtelhalmjauche und besprühe den Boden oder die Pflänzchen damit. Auch bei Spinnmilbenbefall ist die Behandlung mit Schachtelhalm sinnvoll.

Spritzen mit Schachtelhalmabsud ist bei Braunfäule auf Tomaten, bei Mehltaubefall auf Rosen und Beeren und bei Stängelfäule im Saatbeet unter Glas zu empfehlen. (Bei Stängelfäule ist es günstig, dem Gebräu in gleichen Teilen Kamillentee beizumischen, denn dieser wirkt ebenfalls pilzhemmend.)

Aus dem Zinnkraut lässt sich auch eine Jauche herstellen, mit der man von Ungeziefer und Krankheiten befallene Pflanzen behandelt. Man benötigt dazu ein Holzfass. Dieses wird locker mit Schachtelhalm vollgestopft und mit Regenwasser aufgefüllt. Die Gärung besorgt dann den Rest. Auf der sich daraus entwickelnden Brühe bildet sich eine kieselige Schicht, die an brüchiges Eis erinnert. Der Gärtner verdünnt die Brühe 1:10 und begiesst damit den Boden rings um die gefährdeten Pflanzen.

Ähnlich wie die Cherokee, die ihre von Trockenfäule bedrohten Obstbäume mit Schachtelhalm einrieben, machen es die Bio-Bauern, wenn sie die Stämme ihrer Bäume mit einem Schachtelhalm-Lehmanstrich behandeln. Feiner, trockener Lehm wird zu Pulver zerstossen

Schachtelhalmspritzmittel
200 g trockenes Schachtelhalmkraut
10 Liter Wasser

Das Kraut 24 Stunden einweichen, mindestens eine halbe Stunde lang kochen, zugedeckt abkühlen lassen. Abseihen, eventuell auf 1:5 verdünnen und mit Rückenspritze ausbringen.

Färbemittel (grün) für Wolle und Baumwolle

1. Beizen

120 g Alaun (Kalium-Aluminium-sulfat)
1 Esslöffel Weinsteinrahm
1 Teelöffel Eisensalz
500 g Wolle
Wasser

Alaun, Weinsteinrahm und Eisensalz in kaltes Wasser einrühren. Die Wolle hineingeben. Langsam zum Kochen bringen und etwa 1 Stunde köcheln lassen.

2. Färben

500 g gebeizte Wolle
500 g Schachtelhalmwedel (frisch oder getrocknet)
Wasser

Die Wolle ins Wasser geben. Den Schachtelhalm im Netz ins Wasser hängen. Langsam zum Kochen bringen. 1 Stunde lang kochen. Wolle in der Flotte (Färbebad) abkühlen lassen. Anschliessend die Wolle spülen.

und mit Schachtelhalmtee zu einer Paste verrührt. Man lässt die Flüssigkeit etwa 24 Stunden stehen, dann kann man noch einen Kuhfladen mit hineinrühren und mit dem Anstrich der Baumstämme beginnen. Die Behandlung ist im Vorfrühling angezeigt, wenn klaren Sonnenscheintagen kalte Strahlungsnächte folgen. Wegen des starken Unterschiedes der Tag- und Nachttemperaturen treten auf den Obstbaumrinden leicht kleine Risse und Brandplatten auf. Der Lehmanstrich schützt aber nicht nur gegen Pilz und Insekten, sondern ist auch als eine Art Düngung zu verstehen (Koepf et al. 1974: 242).

Etwas für die Küche

Kaum zu glauben, aber auch für den Feinschmecker hält der Schachtelhalm eine Überraschung bereit. Nicht die grünen Wedel sind essbar, sondern nur die blassen, rötlichen Ährentriebe, wenn sie noch jung und saftig sind. Auch die stärkehaltigen Knollen kann man kochen. Da sie aber sehr tief unter der Erdoberfläche wachsen, lohnt sich die Anstrengung des Ausgrabens kaum. Von den Römern ist überliefert, dass besonders die ärmeren Schichten die Sporenähren des Riesenschachtelhalms (*Equisetum maximum*) als Frühjahrsgemüse assen. Der englische Schriftsteller William Coles schildert, wie man einst die jungen Sprosse wie Spargel zubereitete, in der Pfanne schmorte und anschliessend mit essbaren Blüten schmückte (Coles, *Adam in Eden*, 1657). In Japan, wo

Schachtelhalmsuppe
300 g Schachtelhalmkolben
300 g Kartoffeln
1 Tasse Sauerrahm
Salz, andere Gewürze nach Belieben
Die Kartoffeln vierteln und in Wasser gar kochen; die klein geschnittenen Schachtelhalmkolben hinzufügen, zum Kochen bringen. Vor dem Servieren würzen und mit Sauerrahm verfeinern.

Gedünstete Schachtelhalmkolben
200 g Schachtelhalmkolben
600 ml Sauerrahm
Salz, Petersilie, Thymian, Kerbel
Die geschälten Schachtelhalmkolben in Paniermehl wälzen, mit dem Sauerrahm übergiessen und in der Pfanne dünsten, mit Salz und den Kräutern würzen.

auf den Märkten viele seltsame Gemüse feilgeboten werden, wird der Schachtelhalm sogar als Gemüsepflanze kultiviert.

In Russland werden die Sporentriebe noch immer jedes Frühjahr gesammelt. Sie finden Verwendung in Piroggen (gefüllte Fleischpasteten), Salaten, Eierkuchen und Aufläufen. Für einen länger haltbaren Vorrat werden sie eingesalzen (Koschtschejew 1990: 121).

Die Mitteleuropäer scheinen keine Kochrezepte für die Sporentriebe der Pflanze zu kennen. Vom «Pfaffenpint», «Pfaffenzagel» oder «Pfaffenschwanz», wie der Volksmund hämisch diese Triebe nennt, wird lediglich Folgendes überliefert: Im Badischen kochten die Burschen für die Mädchen, deren Gunst sie erlangen wollten, einen Tee aus den Kolben des Riesenschachtelhalms (*Equisetum maximum*). Der symbolische Charakter dieser Handlung ist offensichtlich.

GÄNSEBLÜMCHEN

Massliebchen *Bellis perennis*

Familie:
Korbblütler

Volksnamen:
Angerblümlein
Augenblümchen
Gaiseblüemli
Gänsenagel,
Gänseliesel
Kleine Margrete
Gritlibluem
Kindsblümle
Marienblümchen
Mairöserl
Mutterblümchen
Osterblume
Sonnenblümchen,
Sonnentürchen
Tausendschön
engl. daisy
franz. pâquerette

Illustration aus: Hess/Landolt/Hirzel, Flora der Schweiz, Birkhäuser Verlag, Basel

Es gibt Gärtner, die regelrechte Magier sind. Sie wissen, dass jede Pflanze, jede Blumenart ihre besondere Ausstrahlung hat und das menschliche Gemüt tief berühren kann. Also bepflanzen sie ihre Beete hier und da mit dieser oder jener Blume, von der sie wissen, dass die fröhlichen Farben und Düfte den Betrachter für einige Augenblicke alles Leid und alle negativen Gefühle, die er mit sich herumträgt, vergessen lassen. Das sind kostbare Momente, in denen Lebensbejahung und gute Inspirationen erneut Zugang zu verschlossenen Seelen finden können.

Das winzige Gänseblümchen ist ein Riese in dieser Hinsicht. Es hat eine derart starke Ausstrahlung, dass es unseren Ahnen heilig war. Es berührt die Seele mit seiner Lieblichkeit. In der mittelalterlichen Blumensprache bedeutete das Gänseblümchen Unschuld und Reinheit. Neben dem Löwenzahn ist es wohl die von den Kindern am meisten geliebte Blume.

Den germanischen Stämmen, im nebligen Norden zu Hause, wo eine graue Wolkendecke das strahlende Blau des Himmels viel öfter bedeckt als sonstwo auf dem Globus, verkündete der sich öffnende Blütenkelch des Gänseblümchens die Anwesenheit des Sonnengottes Baldur. Die Assoziation ist nicht von der Hand zu weisen, denn der kleine Korbblütler lebt ganz im Einklang mit dem Tagesgestirn. Nachts und bei trübem, feuchtem Wetter hält er sein Blütenköpfchen fest verschlossen. Aber sobald ein Sonnenstrahl ihn berührt, öffnet er sich und wendet sich unverdrossen der Sonne zu. So verleihen diese Blümchen bei schönem Wetter dem Grün der Weiden und Anger ein helles Leuchten, welches die Nordleute mit dem Leuchten der Augen Baldurs verglichen. Und wo Baldur weilt, da bemächtigt sich Freude und Wonne aller Lebewesen. Aller, ausser des heimtückischen, boshaft-neidischen Loki, der dem Sonnengott nach dem Leben trachtet.

Alle Korbblütler, deren eidottergelbe Blütenscheibe von einem Strahlenkranz weisser Randblütenblätter umgeben ist – die Kamille und Margerite ebenso wie das Gänseblümchen –, wurden in Skandinavien als Baldurs Braue oder Baldurs Auge bezeichnet. Im regnerischen, neblig-kühlen England, wo sich die Blume besonderer Verehrung erfreut, heisst sie noch immer *Day's eye* (Auge des Tages) oder kurz Daisy. Hübsche Mädchen werden oft nach dieser Blume benannt.

In den Werken grosser englischer Dichter erfährt das anmutige Blümchen fast ikonografische Verklärung. Immer wieder wird es erwähnt. Shelley (1792–1822), Zeit- und Gesinnungsgenosse Goethes und Schillers, vergleicht die Gänseblümchen mit zur Erde gefallenen Sternen:

«Diese Perlen des Arkturus auf dem Erdboden, Diese Blütenkonstellationen, die nie untergehen!»

Und Chaucer (1340–1400), der erste bedeutende Dichter englischer Sprache, liebte die Daisy geradezu. Im Frühling stand er jeden Morgen in aller Frühe auf und betrachtete die sich gerade öffnenden Blüten. Wie Buddha, der nur in einen Blütenkelch zu schauen brauchte, um in die tiefste Meditation (*Samadhi*) zu gelangen, zog Chaucer seine Inspirationen aus dem Gänseblümchen. Es sei die einzige Pflanze, die ihm seine Traurigkeit nehmen könne («… which could soften all my sorrows»). Es fällt mir nicht schwer, dies nachzuempfinden. Als Kind war ich mit meinen Eltern nach Amerika ausgewandert, und als mich einmal das bittere Heimweh plagte, fiel mein Blick auf ein paar Gänseblümchen, deren Köpfchen aus einem gemähten Rasen hervorragten. Sie schenkten mir Trost. Je länger ich sie betrachtete, desto mehr wuchs in mir die Gewissheit, dass Gottes Erde überall ist und dass auch dieses fremde Land mir zur Heimat werden würde.

Die Lieblichkeit des Gänseblümchens hat auch Carl Linnaeus, den grossen schwedischen Botaniker, berührt. Er gab der Blume den wissenschaftlichen Namen *Bellis perennis* (von lat. *bellus* = schön und *perennis* = ausdauernd, aus *per* = durch und *annus* = Jahr). Eine passende Bezeichnung, denn die Schönheit dieser Blume währt das ganze Jahr hindurch. Sie kann jeden Monat blühen, sogar im Winter, wenn die Schneedecke weg ist und die Sonne zwischendurch scheint.

Vielleicht kam dem Botaniker auch die schöne Nymphe Belides in den Sinn, als er die Pflanze benannte. Sicherlich kannte der Gelehrte die alte römische Sage von Vertumnus, der Gottheit der Obstgärten. Als dieser Naturgeist das Mädchen Belides sah, loderte unkeusche Begierde in ihm auf. Er versuchte, die Liebliche an sich zu reissen. Um ihm zu entkommen, liess sich Belides auf die Erde fallen und verwandelte sich in ein Gänseblümchen. In Erinnerung an diese Nymphe heissen die Gänseblümchen in Italien noch immer *Bellide*.

Tränen der Göttin

Nicht nur dem Sonnengott Baldur, sondern auch der Grossen Göttin in ihrer Erscheinung als liebliche Freya oder Ostara weihten unsere

Vorfahren diese Blume. Wie wir schon gesehen haben, erlebte das Landvolk das Wehen lauer Frühlingswinde und die Wiederkehr der Singvögel als den Einzug der Göttin. Wo ihre Füsse den Boden berühren und wo ihr Wagen vorbeizieht, da fangen die Blumen zu spriessen und zu blühen an. «Wenn du mit einem Fuss auf sieben Gänseblümchen treten kannst, dann ist es Frühling», heisst es in England. Die Bezeichnungen «Osterblümel» (Schlesien), *fleur de pâques* oder *pâquerette* (Frankreich) sind eine schwache Reminiszenz an den Kult der Frühlingsgöttin.

Wir haben auch gesehen, wie die Verehrung der Freya und die Liebe zu ihr nach der christlichen Missionierung auf die Jungfrau Maria übertragen wurden. So wurde das Gänseblümchen bald zu einem «Marienblümchen», zum *Marienbloemken* in den Niederlanden, zur *Marriblom* in Dänemark, zum *Chline Mareieli* in Schaffhausen, zur *Muttergottesblimla* im Riesengebirge. Eine christliche Legende erzählt, dass die zarten Blümchen den Tränen Marias entsprangen, als die Heilige Familie auf der Flucht nach Ägypten war.

Das Bild einer Göttin, aus deren Tränen Blumen entstehen, ist alt. Plinius berichtet, die Römer hätten die Pflanze *helenium* genannt, da sie aus den Tränen der schönen Göttertochter Helena entstanden sein soll. Eine osteuropäische Legende dagegen lässt das Massliebchen aus den Tränen der Maria Magdalena hervorgehen, die sie aus Reue für ihr sündiges Leben vergossen hatte.

Blume der gänsehütenden Sonnenfrau

Sicherlich spielte das Gänseblümchen auch bei den Kelten eine besondere Rolle. Vermutlich ist die Bezeichnung Massliebchen keltischen Ursprungs. *Más* ist ein altkeltisches Wort und bedeutet Anger. Unter Anger verstand man früher den freien Grasplatz inmitten des Dorfes, wo die Mädchen die Gänse hüteten. Eine solche kurz abgeweidete Dorfwiese – so wie der kurz geschorene englische Rasen auch – entspricht genau den ökologischen Ansprüchen dieser kleinwüchsigen Pflanze.

Aber nicht alle Sprachforscher teilen diese Meinung. Einige vertreten die Ansicht, das «Mass» des Massliebchens gehe auf das niederdeutsche *mat* oder *met* (Speise) zurück, was darauf hinweisen soll, dass das kleine Blümchen als appetitanregend galt. Andere wiederum sehen in dem «Mass» eine Verballhornung von «Maria», demnach wäre das Massliebchen das «Liebchen der Jungfrau Maria». Aber lassen wir diese etymologischen Haarspaltereien und kehren zu den Kelten zurück.

Das Denken der Kelten, wie auch das anderer naturverbundener Völker, war nicht linear und abstrakt, sondern imaginativ: Es erzeugte in der Vorstellung zusammenhängende Bilder. So hingen etwa das Gänseblümchen, die Gans und die Gänsemagd in einem weitgefächerten Symbolkomplex zusammen, der für unser prosaisches Denken unlogisch und eher schwer zu verstehen ist. Die Wildgans, deren jährliche Migration dem Lauf der Sonne vom südlichen zum nördlichen Wendekreis und zurück folgt, gehört ebenso dem solaren Prinzip an wie das Gänseblümchen, das sein Gesicht der Sonne zuwendet. Zugleich aber markiert der Zug der Gänse das im Einklang mit der Sonne stehende Erscheinen und Weggehen der Vegetationsgöttin im Frühling und im Spätherbst. So ist die Göttin die kosmische Gänsemagd, die wie das Dorfmädchen das Federvieh am Morgen (Frühling) auf die grüne Wiese und am Abend (Herbst) wieder in den dunklen Stall treibt. So treibt die Göttin als Seelenhüterin die Seelen in die lichte Welt des Diesseits und dann wieder zurück in die jenseitige Welt. Und nicht nur das: Bei den Kelten wie auch bei den frühen Germanen und einigen sibirischen Stämmen war die Göttin selbst die warme, gütig strahlende Sonne. In Grimms Märchen «Die Gänsemagd» heisst es noch, dass sich das Mädchen jeden Tag beim Gänsehüten auf der Wiese ihre goldenen Haare strählte, die dabei wie Sonnenstrahlen aufleuchteten.

Die Kelten imaginierten die Grosse Göttin immer in dreifacher Gestalt. In der indogermanischen Zahlenmystik steht die Dreiheit für die Ganzheit. Die Dreifaltige erscheint als Jungfrau, als reife Frau und als Greisin; als Himmelsgöttin mit goldenem Haar, als Erdgöttin und als schwarze Dämonin. In der menschlichen Gesellschaft offenbart sie sich als Herrin des Nährstandes (einfaches Volk, Bauern und Handwerker), des Wehrstandes (Krieger) und des Lehrstandes (Priester, Druiden).

Da die Archetypen nicht sterben, sondern sich nur wandeln, darf es nicht erstaunen, wenn die drei «Matronen» später im christlichen Gewand wieder auftauchen. Sie tun das tatsächlich, und zwar in der Gestalt der drei «Hauptjungfrauen» des Christentums, wobei die wortgewandte heilige Katharina als Patronin der Lehrer und Gelehrten den Lehrstand vertritt, die heilige Barbara den Wehrstand und die heilige Margarete als Patronin der Bauern den Nährstand.

Die keltischen Druiden, die oft jahrzehntelang in abgelegenen Wäldern in der freien Natur ausgebildet wurden, entwickelten eine komplizierte «Blumen- und Baumsprache»; die Blumensymbolik der mittelalterlichen Troubadoure und Ritter geht darauf zurück. Jeder der unzähligen Götter und übersinnlichen Mächte konnte durch eine Pflanze repräsentiert werden. So wurde etwa Lug, der Gott des Handwerks und der Künste, durch das hellgrüne Sauerkleeblatt dargestellt. Der Wintergott erschien als Stechpalme, der Sommergott als Eiche. Die Göttin wurde in ihrem Aspekt als Beschützerin des Wehrstandes, in der Barbarakresse symbolisiert, denn die ätzend scharf schmeckende Kresse trotzt dem Schnee und der Kälte wie der Krieger seinen Feinden. In ihrem Aspekt als Hüterin des einfachen Volkes, das weder in Wehrburgen noch in Waldheiligtümern haust, sondern im Dorf, in dessen Mitte der Anger steht, konnte die Göttin nicht besser vertreten werden als durch die bescheidenen, aber zahlenmässig in grosser Menge vorkommenden Gänseblümchen. *Margretli*, *Margrätl*, *Margherita* (Italien), *little Margret* (England), *petite Marguerite* (Frankreich), so wird das Gänseblümchen, die Blume der Bauernpatronin, noch vielerorts genannt.

Keltischen Ursprungs ist wahrscheinlich der Aberglaube, dass der Genuss der kleinen Pflanze das Wachstum dämpfen kann. Eine irische Sage erzählt von der Fee Milkah, die dem Kind eines Königs heimlich «Gänseblümchenspeise» zu essen gibt, damit es nie erwachsen wird. Hier und da in abgelegenen Gegenden der Britischen Inseln kommt es heute noch vor, dass man einem Welpen Milch zu saufen gibt, in der Gänseblümchenwurzeln mitgekocht wurden. Man glaubt, das werde das Weiterwachsen des jungen Tieres stoppen. Ein ähnlicher Analogiezauber wird den spanischen Zigeunern zugeschrieben: Den Hundewelpen, die nicht grösser werden sollen, gibt man in Rindertalg gebratene Gänseblümchen zu fressen.

Eine verbotene Blume

Verschiedene Verordnungen des 18. Jahrhunderts schrieben den Bauern vor, das Massliebchen völlig auszurotten, weil die Pflanze «böse» sei. Solche widersinnigen Pflanzenverbote gab es immer wieder. Im 17. Jahrhundert zum Beispiel galt die Saatwucherblume (*Chrysanthemum segetum*), eine nahe Verwandte des Gänseblümchens, als «böse

Pflanze». Bürgermeister und Rat der Stadt Detmold befanden es (1707) für notwendig, «ihren Bürgern … hierauf so bald und zwar einem jeden bei Strafe von 5 Goldfl. anzubefehlen, dass sie ihre Ländereien von solchen vergifteten Blumen innerhalb 14 Tagen säubern und dieselbe ausräumen». Für jede nachträglich gefundene Saatwucherblume musste eine Busse von viereinhalb Groschen gezahlt werden (Brøndegaard 1985: 15). Der Grund für dieses Verbot war, «dass sie mehr als jedes andere Unkraut den Wuchs des Getreides hindern und hemmen». Heute steht die schöne goldgelb blühende Blume unter Naturschutz, so selten ist sie geworden!

Ähnliche behördliche Verbote gelten heute noch in den USA für verschiedene Flockenblumenarten, für Jakobskraut und andere kräftige Wildkräuter, die sich als Pionierpflanzen überweideter und fest getrampelter Grasflächen bemächtigen. Auch das Johanniskraut, das bei hellhäutigem Vieh Dermatitis verursachen kann, wenn es dieses frisst und anschliessend in der Sonne steht, muss laut Gesetz ausgerottet werden. Hanf und Mohn, die eigentlich ausserordentlich wertvolle Heilpflanzen sind, unterliegen ebenfalls einem Bann, da sie den mündigen Bürger dazu verleiten könnten, sein Bewusstsein auf eine unerwünschte Wellenlänge einzustellen. Und wehe dem Amerikaner, der seinen Rasen nicht zu einem eintönig grünen Teppich mäht! Die Unkräuter könnten sich aussamen und sich alles überwuchernd verbreiten! Für den weissen US-Amerikaner ist der Rasen heilig, er ist ein Stück Identität, eine, wenn auch unbewusste, kollektive Urerinnerung an die grünen Wiesen und Matten jener Länder, die ihre Urgrosseltern verlassen hatten. Dieser Rasen, der eher als ökologischer Widersinn zu bezeichnen ist, kostet Unmengen an Wasser und Herbiziden; er schluckt mehr Kunstdünger, als in der ganzen Dritten Welt in der Landwirtschaft verbraucht wird.

Aber nun zurück zum Massliebchen. Warum galt dem kleinen, freundlichen Blümchen offizielle Acht und Bann? Es hatte sich herumgesprochen, dass die Pflanze zum Abtreiben unerwünschter Leibesfrucht missbraucht werden könne. Das stimmte zwar überhaupt nicht, aber mit der sprichwörtlichen Reinheit und Unschuld des Pflänzchens war es aus!

Wie aber war man auf eine derart absurde Idee gekommen? Vielleicht deshalb, weil der Volksglaube das Gänseblümchen oft mit Kinderseelen in Verbindung brachte. Eine irische Legende erzählt zum Beispiel, dass die Seelen verstorbener Kinder die Gänseblümchen auf den Wiesen verstreuen. Bei den Slowaken heisst es: Wenn im Frühling viele Gänseblümchen blühen, dann sterben im Herbst viele Kinder. Schliesslich ist das Gänseblümchen die Blume der Frau Holle; die Verstorbenen spielen auf den grünen, blühenden Wiesen dieser Seelenhüterin und warten auf ihre Wiedergeburt.

Vielleicht aber hatte der Irrglaube an die abtreibende Wirkung des Gänseblümchens seinen Ursprung auch darin, dass die Pflanze vielerorts mit Maria Magdalena, der «Sünderin», oder mit der heiligen Margarete in Verbindung gebracht wurde. Beide galten einst als zuständig für uneheliche Kinder. Oft wurden Mädchen, die ausserhalb des ehelichen Sakraments geboren wurden, auf die Namen Magdalena, Madeleine (franz.), Maud (engl.), Margarete, Margit, Marguerite (franz.) oder Maggie (engl.) getauft.

Von der heiligen Margarete, einer Königstochter aus Antiochien, wird folgende Legende erzählt: Satan sei ihr in der Gestalt eines Drachens erschienen und hätte sie verschlungen. Der Leibhaftige barst jedoch auseinander, und sie trat, ohne Schaden genommen zu haben, wieder aus seinem Bauch hervor. Dank dieses Wunders wurde sie zur Patronin der Gebärenden und der Hebammen. Sie wurde von den Frauen namentlich während der Niederkunft angerufen. In diesem Aspekt tritt diese um 300 n. Chr. wegen ihres Glaubens gemarterte katholische Heilige an die Stelle der Heidengöttin Artemis. Dieser wilden Jägerin, die das Leben nimmt, aber zugleich den Gebärenden helfend zur Seite steht, war im alten Griechenland das grosse Gänseblümchen, die Margerite, geweiht.

Eine Kinderblume

Kinder mögen das Gänseblümchen besonders gern. Kleine Mädchen kochen die Blüten in ihren Spielsuppen, sie flechten sie in ihre Zöpfe oder winden kleine Kränze aus ihnen. Aus Gaildorf in Württemberg ist überliefert, dass die Dorfmädchen zu Pfingsten möglichst früh aufstanden und ihren Gänsen Kränze aus Gänseblümchen flochten. Wer zuletzt fertig war, wurde ausgelacht.

Sogar das Jesuskind spielte gerne mit diesen Blümchen. Die weissen Zungenblüten sind rötlich angelaufen, weil es der Blume einen Kuss aufdrückte oder, wie man in Frankreich glaubt, weil es sich gerade an einem Dorn verletzt hatte und das Blut auf das Blümlein tropfte.

Gerne pflücken sich die Kinder die Blüten des Gänseblümchens, wie auch die der grossen Margerite, um die Zukunft zu erfahren oder Verborgenes zu erkunden. Sie zupfen die weissen Strahlenblüten eine nach der anderen aus, gespannt, welche Antwort auf das letzte Blütenblatt fällt. «Wen werd ich heiraten?» lautet eine Frage, «Edelmann, Bettelmann, Bauer, Soldat ...» Oder sie fragen wie Gretchen in Goethes *Faust:* «Er liebt mich, er liebt mich nicht, ...» In Biel war es Kinderbrauch, die gelben Röhrenblüten auszureissen, in die Luft zu werfen und zu versuchen, sie auf dem Handrücken aufzufangen. So viele, wie auf dem Handrücken haften blieben, so viele Kinder würde der Fragende haben.

Auch auf den Britischen Inseln gilt das Blümchen als zuverlässiges Orakel. Erscheint die Blume im Frühling oder im Sommer im Traum, so bedeutet das Glück; träumt man von ihr dagegen im Herbst oder Winter, verkündet sie Unglück (Dyer 1994: 95).

«Gichter», so nannte man im süddeutschen Sprachraum jene Krämpfe, Zuckungen, Augenverdrehen, Zähneknirschen und Konvulsionen, die den Kindern von bösen Leuten oder Hexen «angetan» werden konnten. Solche Gichter konnten mit besonderen Sprüchen in die Erde oder in einen Baum, am besten den Hofholunder, gebannt werden. Als besonders wirksam galt ein aus Gänseblümchen geflochtenes «Gichterkränzlein». Es wurde unter das Kissen des kranken Kindes gelegt.

Auch der Kräuterpfarrer Künzle wusste noch, wie gut der Gänseblümchenengel den Kindern gesonnen ist. In seinem grossen Heilkräuterbuch schreibt er: «Eine Prise Massliebchen soll man jeder Mischung für Kindertee beifügen; es hat es in sich, Kindern, die trotz guter Kost nicht gedeihen wollen, auf die Beine zu helfen.» (Künzle 1945: 437)

Noch im viktorianisch-wilhelminischen Zeitalter kommt einem Autor eines Kräuterbuches der Zusammenhang Kinder–Gänseblümchen ganz spontan in den Sinn. Aber auf eine Art und Weise, die dem damaligen Zeitgeist der Verteilungskämpfe und des Klassenbewusstseins entspricht. Es liegt dem frömmelnden Schreiber am Herzen, darauf aufmerksam zu machen, «dass arme Kinder, die zu etwas anderem kaum noch zu gebrauchen sind, sich durch ein Einsammeln (von Gänseblümchen) nützlich beschäftigen und fast mühelos ihren Eltern tagsüber einige Pfennige verdienen helfen können, abgesehen davon, dass sie sich nicht zwecklos und müssig auf den Angern herumtreiben! Ausserdem möchte ich noch darauf hinweisen, dass die Blätter des

Massliebchens selbst im Winter zu Gemüse und Salat verwendet werden können und sehr gesund sind» (Zimmerer 1896: 35). Das führt uns zum nächsten Thema.

Gänseblümchen in der Suppe

Gewiss gehörte das bescheidene Pflänzchen mit zur «Grünen Neune» und später zur Gründonnerstagssuppe. Aus den schriftlichen Anweisungen an seinen Koch wissen wir, dass Alexander von Humboldt, der geniale Forschungsreisende, das Gänseblümchen zum Bestandteil seiner gepriesenen «Maisuppe» mit auserkor. Wie auch Goethe war er

Blumen im Salat
Eine Speise, die farbenfroh und schön anzusehen ist, nährt nicht nur den Körper, sondern auch die Seele. Mit Blüten garnierte Salatteller sind immer ein Augenschmaus. Zur ersten Blüte, die den Salat schmückt, gehört das Gänseblümchen. Folgende Blüten können ebenfalls zu diesem Zweck verwendet werden:
Rosenpetalen (den weissen bitteren Zipfel am unteren Ende des Blütenblattes abzupfen)
Schnittlauchblüten
Kapuzinerkresse
Borretsch
Ringelblumenpetalen
Storchenschnabel
Stiefmütterchen
Senfblüten

Kapern
200 g Gänseblümchenknospen
300 ml Estragonessig
eine Prise Salz
Die Blütenknospen mit dem Essig kurz aufkochen und noch warm zusammen mit dem Salz in gut verschliessbare Gläser abfüllen. Die Kapern sind schon nach wenigen Tagen fertig.

Russisches Gänseblümchengemüse (pikant)
200 g Gänseblümchen und -blätter
1 Esslöffel gehackte Zwiebel
2 Esslöffel Speckwürfel
1 Tasse Fleischbrühe
Weisswein, Muskatnuss, Zitrone, Zucker, Salz
Zwiebel und Speck dünsten. Die klein gewiegten Gänseblümchen hinzufügen, mit Fleischbrühe übergiessen. Mit Weisswein, Muskatnuss, Zitrone, Zucker und Salz nach Geschmack würzen und fertig garen.

durch den berühmten Arzt Christoph Wilhelm Hufeland von der Notwendigkeit einer natürlichen Lebensweise überzeugt worden. Noch im hohen Alter, als seine Reisen schon weit hinter ihm lagen, liess sich Humboldt jedes Jahr die grüne Suppe zubereiten. Zu den Zutaten, die der Koch auf der Wiese sammeln musste, gehörten nebst den Gänseblümchen die jungen Blätter der Schafgarbe, die Gundelrebe, der kleine Wiesenknopf, Waldmeister, gekrümmte Fetthenne (*Sedum reflexum*), Gartenkresse, Sauerampfer, Brennnessel, Bürzelkraut (*Portulaca oleracea*) und Gartenkerbel.

Auch für den Salat kann man ein paar Blüten und die ein wenig bitter schmeckenden Blätter nehmen. Mit Sauerampfer und Brennesseln gemischt, ergeben sie ein gutes Frühlingsgemüse. Aus den Blütenknospen können schmackhafte Kapern gewonnen werden. Das Gänseblümchen enthält viel Vitamin C – also genau das, was der Körper nach der eintönigen Winterkost braucht.

Gänseblümchen als Heilpflanze

Medizinisch wirken die frischen oder getrockneten Blütenköpfe, als Tee (Aufguss) oder Tinktur zubereitet, schleimlösend, adstringierend, «blutreinigend», stoffwechselanregend, leicht abführend sowie leicht schmerz- und krampfstillend. Zu den Inhaltsstoffen zählen Saponine, Gerbstoffe, Bitterstoffe, Flavonide, Schleimstoffe, etwas ätherisches Öl und organische Säuren (Apfel-, Essig-, Wein- und Oxalsäure). Als Heilmittel für Leberbeschwerden, Hauterkrankungen und vor allem auch bei chronischen katarrhischen Leiden der Bronchialschleimhaut wird die Pflanze schon in den ältesten Kräuterbüchern erwähnt. In der alten Volksmedizin spielt sie ebenfalls eine nicht zu übersehende Rolle. Der um den Hals gehängten Wurzel traute man zu, dass sie Glück und Verstand verleihe. Darüber mag man schmunzeln, aber eine alte Münchner Kräuterfrau versicherte mir, dass dem wirklich so ist. Um die Wirkung eines Krauts zu prüfen, trägt sie es eine Zeitlang ständig bei sich und beobachtet dabei sorgfältig ihr Innenleben – Gedanken, Gefühle – und ebenso das, was ihr von aussen her zustösst. Wenn sie ein Nachtschattengewächs trägt, verdüstert sich ihre Stimmung; sie hat das Gefühl, dass es dem Schutzengel schwer fällt, sie zu beschützen. Beim Hexenkraut (*Circaea lutetiana*) befällt sie ein wonniges, «ja fast sexuelles Gefühl, aber nicht so wie mit einem Mann», und der Beifuss oder Gundermann versetzt sie in eine positive Stimmung. Im Volksglauben gelten die ersten drei Gänseblümchen, die man im Frühjahr findet, als besonders heilkräftig. Man darf sie aber nicht mit den Fingern abpflücken, sondern muss sie mit den Zähnen abbeissen und sofort ungekaut verschlucken. Tut man das, dann bleibt man das ganze Jahr über von Fieber, von Triefaugen und Zahnschmerzen verschont. Oder man wird in dem Jahr nicht vom Durst geplagt, und – was einst für Pilger und Reisende besonders wichtig war – kein fremdes Wasser wird einem schaden.

Ein «Büscherl Margaretl» – 25 für Erwachsene, 15 für Kinder – vor Sonnenaufgang gesammelt und «unbeschrien» (ohne Spruch) um den Hals gehängt, sei gut für «wässrige Augen». Dieses bayrische Rezept beruht sicherlich auf einem alten keltisch-germanischen Sympathiezauber, denn diese «Augenblume» war ja mit Baldurs Augen assoziiert. Sie ist das Tagesauge (angelsächs. *Daeges Eage;* walis. *Lygad y Dydd*) der Angelsachsen und der walisischen Kelten. Die mittelalterlichen Alchimisten, die die Blume *solis oculis* (Sonnenauge) nannten, stellten sie ebenso wie die Augen unter die astrologische Herrschaft der Sonne.

Nicholas Culpeper ordnet die Pflanze jedoch der Venus im Krebs zu. Er sieht in der Pflanze vor allem ein «Blutverdünnungsmittel». Dank der Saponine und Flavonide trifft das gewissermassen auch zu. In England wird *Daisy-tea* noch immer gegen Arterienverkalkung getrunken. In Milch gekocht – so Culpeper – sei das Massliebchen gut für die Lungen. Wegen seiner schleimlösenden Wirkung ist auch das sicherlich richtig. Man kann Gänseblümchenblüten zusammen mit Huflattich, Thymian, Wegerich und anderen Lungenkräutern in den Bronchien- und Hustentee mischen. Der Saft ist wundheilend und hautreinigend; auch das wusste der Londoner Kräuterastrologe. Eben weil sie so heilkräftig seien, habe der Schöpfer so viele Gänseblümchen wachsen lassen, verkündete Culpeper.

Auch die russische Heilkunde lobt den kleinen Korbblütler. Der frisch gepresste Saft des blühenden Kräutleins gilt als Hausmittel bei Atemwegserkrankungen. Bei Erkältungen, Magen- und Darmbeschwerden, die durch falsche Gärungsproszesse verursacht werden, bei Schleimhautkatarrhen, Kolikschmerzen, Leber-, Nieren- und Blasenleiden braut die russische Babuschka einen Tee, der unter anderem Gänseblümchen enthält.

Die Selbsterprobungen durch Pioniere der Homöopathie bestätigen solche Anwendungen. Die Jünger Hahnemanns stellen eine ausgesprochene Beziehung der *Bellis perennis* zur Haut und den Schleimhäuten des Nasen-Rachen-Raums her. Sie stellen zudem eine Besserung der Stauung (Stasis) in den kleinsten Blutgefässen (Kapillaren) fest (Furlenmeier 1978: 52).

Eine Blume für Könige und Kaiser

Das schlichte Gänseblümchen, einst der Patronin der Bauern geweiht, gehört eindeutig dem einfachen Volk. Und dennoch nahm sie der französische König Ludwig IX. (1214–1270) zusammen mit der Lilie in sein Wappen auf und liess sich einen Goldring anfertigen, der einen aus ihren Blüten geflochtenen Kranz darstellte. Aber dieser Ludwig war keiner der üblichen machtgierigen Monarchen: Seine Regentschaft war von Nächstenliebe, Fleiss, Einfachheit und Idealismus geprägt. Er war ein Freund der Bettelorden und errichtete viele gemeinnützige Stiftungen. Er führte den sechsten Kreuzzug gegen die Muselmanen und wurde vom Papst heiliggesprochen. Vielleicht verdient er wirklich den Beinamen «der Heilige». Warum sollte nicht auch einmal ein König heilig sein? Vielleicht aber gehörte das Blümlein der Reinheit und Unschuld zur gezielten Imagepflege eines raffinierten Machtmenschen.

Nachdem Ludwig der Heilige auf dem siebten Kreuzzug in Afrika gestorben war, wurde das Gänseblümchen wieder zur Pflanze des einfachen Volkes. Als jedoch im 17. Jahrhundert das Zeitalter der grossen Entdeckungen anbrach und die Jesuitenpater auch die fernsten Länder mit dem wahren Glauben beglücken wollten, kam das Gänseblümchen wieder ins Gespräch. Pater d'Incaville, einer der eifrigsten Sammler

Gänseblümchentee
Die Blüten sollten vom Mai bis August gesammelt werden, wenn sie mehr Kraft haben als in den dunkleren Monaten. Die Blütenköpfe sind schnell im Schatten zu trocknen.
1 Teelöffel getrocknete Blüten mit einer Tasse kochendem Wasser übergiessen, 10 Minuten ziehen lassen. Drei oder vier Tassen pro Tag trinken.

Sirup
Die ganze Pflanze sorgfältig waschen und auspressen, mit Kandiszucker süssen. 3 Teelöffel pro Tag einnehmen.

exotischer Pflanzen, entdeckte in Nordchina ein Massliebchen, das in den Tempelgärten und im kaiserlichen Palastgarten wie ein Kleinod gehütet wurde. Die Blume – eine Mutation des einfachen Gänseblümchens – hatte eine gefüllte rote Blüte (lauter rote Zungenblüten). Der Pater, der schon die Gartenaster nach Europa gebracht hatte, schickte einige Samenkörner der seltenen Pflanze an den Direktor des *Jardin du Roi* in Paris. Die aus den Samen gekeimten Pflänzchen wurden zu einer Sensation. Eine Gärtnerkonferenz wurde eigens wegen dieses edlen Gewächses im Kloster Chartreux einberufen. Bald wurde das «Tausendschönchen», wie es heute heisst, zur grossen Mode; es durfte in keinem Schlossgarten fehlen. Auch die Apotheker waren begeistert. Sie hatten es schon bald in ihren Apotheken vorrätig. Wegen der roten Signatur verschrieben sie es bei Bluthusten und Blut im Harn.

Inzwischen gehört die Wunderpflanze wieder dem einfachen Volk. Sie ziert jeden Bauern- und Arbeitergarten, und selbst der Volksaberglaube hat sich dazu etwas einfallen lassen: Wenn man ein einfaches Gänseblümchen bei zunehmenden Mond oder Vollmond umpflanzt, heisst es, wird daraus ein gefülltes Tausendschönchen.

VOGELMIERE

Stellaria media

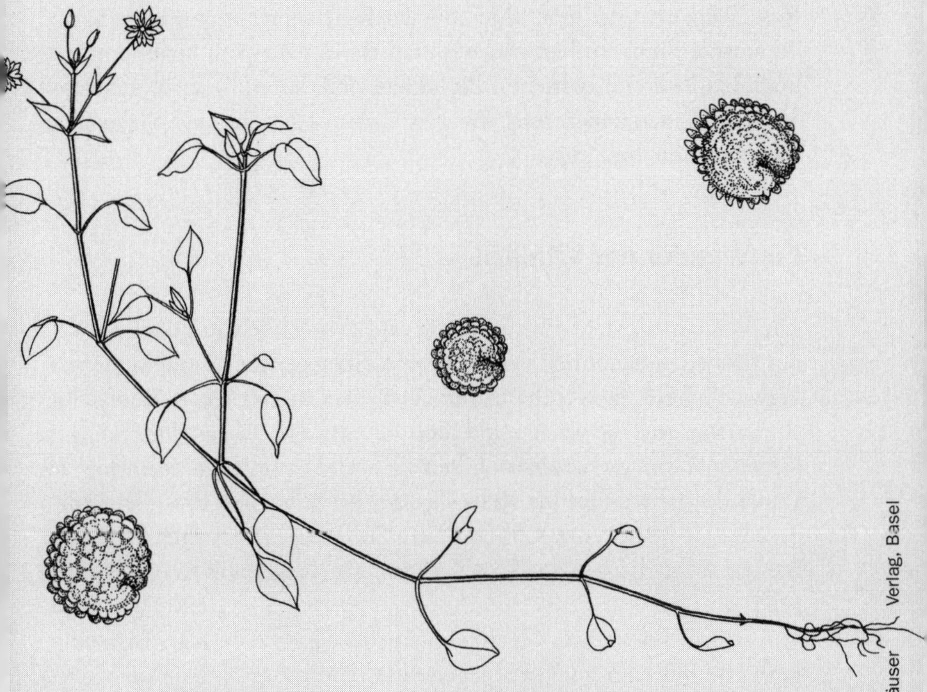

Familie:
Nelkengewächse

Volksnamen:
Hühnerabbiss
Hühnerdarm
Mäusedarm
Meier
Sternenkraut
Vögelichrut
engl. chickweed, starweed
franz. mouron des oiseaux

Wer kennt sie nicht, die Vogelmiere. Sie überwuchert Gartenbeete, Weinberge und brachliegende Äcker. Dort, wo Spaten, Pflug, Schweinerüssel oder Rinderhufe den Boden einmal aufgewühlt haben, bildet sie dichte teppichartige Bestände. Sie wuchert munter weiter in die Wiese hinein, in die Felder, unter die Hecken und ins Gebüsch.

Dass die Vogelmiere zu den Nelkengewächsen gehört, vermutet man beim flüchtigen Hinsehen kaum. Von Nelken erwartet man eine duftende Blütenpracht, ein knalliges Rot oder wenigstens ein helles Rosa. Man erwartet eine Blüte, die der Rose keineswegs nachsteht und die unsere Sinne erobert. Schaut man etwas näher hin, dann entdeckt man dennoch den typischen Blütenbau und den Spross mit gabeligen Verzweigungen und gegenständigen Blättern, der die Zugehörigkeit zu dieser Familie bestätigt.

Ein Wunder der Vitalität

Die Vogelmiere sieht zwar schwach und gebrechlich aus, doch anstelle der protzigen Schönheit der anderen Nelken besitzt sie eine schier unverwüstliche Lebenskraft. In ihr haben wir wieder einen ätherischen Riesen vor uns! Sie wächst und blüht unentwegt, und wo ihre Stängelknoten den Boden berühren, bildet sie neue Würzelchen. Sie bringt im Laufe des Jahres fünf bis sechs Generationen hervor. Pro Generation erzeugt sie zwischen 10000 und 20000 Samen. Die Lebensdauer der Samen, wenn diese in der Erde schlummern, beträgt bis zu sechzig Jahren.

Auch die weissen Sternenblüten bezeugen eine rege Lebendigkeit. Die Blüten öffnen sich gegen neun Uhr morgens und bleiben bei klarem Himmel zwölf Stunden geöffnet. Sie wenden sich direkt der Sonne zu. Die Blüten werden von Insekten bestäubt; wenn diese ausbleiben, bestäubt sie sich – ohne sich um das Inzesttabu zu kümmern – selber, indem sich die Stempel so weit krümmen, bis sie die Pollenschläuche berühren.

Die Sternenmiere ist winterfest; für sie scheint der ewige Frühling zu herrschen. Wenn ihr nicht gerade klirrende Kälte einen Dämpfer versetzt, wächst und blüht sie zu jeder Jahreszeit. Sie wächst sogar unter dem Schnee weiter. Ihre Samen keimen noch im Winter, unter der schützenden Schneedecke, bei wenig über null Grad. Bis zum Frühling hat sie dann zum Entsetzen der Bauern und Gärtner den Winterroggen oder den Feldsalat völlig überwuchert (Pötsch 1991: 55). Nachts, bei kaltem Regen oder Schnee, faltet sie ihre Blätter über die noch empfindlichen, schnell wachsenden jungen Triebe. Die englischen Landbewohner brauchen am Morgen nur einen Blick auf die Blätter der Vogelmiere zu werfen, um zu wissen, ob sie den Regenmantel anziehen sollen oder nicht.

Ihre Vitalität zeigt die Vogelmiere auch anderswo. Wissenschaftler haben bei ihr inzwischen eine zunehmende Resistenz gegenüber Herbiziden festgestellt. Diese Feststellung hätte wahrscheinlich den 1964 verstorbenen amerikanischen Unkrautexperten Edwin Rollin Spencer zur Weissglut getrieben. Er hasste die Unkräuter, die angeblich den Nutzpflanzen wertvolle Nährstoffe rauben und «von einer Eroberungssucht charakterisiert sind, die der eines Bonaparte oder Hitler nicht nachsteht». Für ihn war die Vogelmiere schlicht eine «Pest», und er bedauerte, «dass diese Pflanze nicht einen Namen hat, welcher den Hass der Rasenbesitzer zum Ausdruck bringt, deren Rasen von ihr erobert wird»! Der passionierte Unkrautfeind konnte es Linnaeus nicht verzeihen, dass er dieser Pflanze einen Namen gab, der einer Primadonna würdig wäre (Spencer 1986: 112): Stellaria, «Sternchen», nannte der grosse Botaniker sie ihrer hübschen, weissen sternförmigen Blüten wegen. «Leider wurde das Unkraut von Naturliebhabern benannt», schreibt Spencer weiter, «aber eine Bestäubung mit ätzendem Ammoniumsulfat, und zwar am Morgen, wenn das Kraut noch feucht vom Tau ist, wird die Pflanze sicherlich wegbrennen!» Als man noch nicht über chemische Waffen verfügte, bedienten sich die Bauern und Gärtner, die des ständigen Jätens müde waren, der Zauberei. Im Allgäu zum Beispiel glaubte man, die Vogelmiere verschwinde, wenn man sie um zwölf Uhr mittags, beim Johanniläuten, an allen vier Hausecken ausrupft.

Zum Glück leben wir in einem Zeitalter der zunehmenden ökologischen Vernunft. Die Vogelmiere ist bei weitem nicht der Bösewicht, den E.R. Spencer aus ihr macht. Im Gegenteil, sie ist eine echte Pionierpflanze, die den geschundenen, gestörten Boden wie ein Pflaster überdeckt und hilft, ihn zu heilen. Ich sehe sie gerne in meinem Garten, denn sie ist nicht nur eine der besten Bodenbedeckungen für brachliegende Beete, sondern auch ein Stickstoffanzeiger, der mir viel über die Bodenqualität aussagt. Als lebende Mulchschicht bewahrt sie den Boden vor verschlämmendem Regen und schützt vor austrocknender Sonne, was wiederum den humusbildenden Kleinlebewesen zugute kommt. Ihre unzähligen Samen sind eine wichtige Futterquelle für kleine Vögel. Der in den flachen, weissen Sternblüten reichlich vorhandene Nektar ist auch den kurzrüssligen Insekten, die für das Gartenbiotop wichtig sind, zugänglich. Kurzum, die Vogelmiere gehört mit in den gesunden, ausgeglichenen Garten. Und wo man sie nicht haben will, lässt sie sich dank ihren zarten Wurzeln sehr leicht jäten. Sie wurzelt nicht tief, denn sie saugt Wasser nicht nur mit den Wurzeln, sondern nimmt auch Tau mit den Härchen auf, die sich in einer Längslinie den Stängel entlang von Knoten zu Knoten hinabziehen. Diese Haarleiste ist übrigens das charakteristische Erkennungsmerkmal, das diese Mierenart von der verwandten Sternmiere (*Stellaria holostena*), der Hainmiere (*Stellaria nemorum*) und dem Ackerhornkraut unterscheidet.

Etwas für die Küche

Für mich ist die Vogelmiere überhaupt kein Unkraut. Sie ist eher ein Salatgewächs, auf das ich mich im Frühling und im Spätherbst besonders freue. Sie kann in jeden Salat gemischt werden; man kann sie auch feingehackt auf ein Quarkbrot streuen. Ob im Gartenbeet oder in der Salatschüssel, das Grün der zarten, runden Blätter ist besonders schön anzusehen – es ist ein helles Frühlingsgrün, das unsere Seele an den immer wiederkehrenden Lenz erinnert. Und wie es aussieht, so schmeckt es auch: kühl und erfrischend. Ursel Bühring, eine Kräuterfrau aus Freiburg, meint dazu: «Uns aber überrascht das dauergrüne Gartenkraut mit seinem aparten Geschmack, der an frische Maiskölbchen erinnert» (Bühring 1992: 34).

Auf den Märkten der Grossstädte wurde die Miere einst in Bündeln als Suppengrün verkauft. Auf den Bauernmärkten Nordindiens wird eine Vogelmierenart (*Stellaria aquatica*) noch immer als Gemüse feilgeboten. Das gekochte junge Kraut schmeckt ebensogut wie Spinat.

Was die Nahrungsqualität betrifft, so enthält die Vogelmiere reichlich Vitamin C und das Vitamin A bildende Karotin. Seltene Elemente wie Phosphor, Magnesium, Kupfer und Kalium sowie Mineralsalze und Kieselsäure sind ebenfalls vorhanden.

Der Miere, die die Kälte so gut verträgt und deren Areal bis zum Polarkreis reicht, konnten auch die Eiszeiten wenig anhaben. Urgeschichtler fanden fossile Vogelmieren aus der letzten Eiszeit (*Lea Valley Arctic Bed*, Grossbritannien), was die Vermutung nahelegt, dass die

Verwendung in der Küche
Sammeltips: Als Wildgemüse steht das Kraut fast das ganze Jahr zur Verfügung. Anstatt es auszureissen, schneidet man das Kraut am besten mit einer Schere ab, da sonst zu viel Erde mit an den ausgerissenen Würzelchen haftet.

Suppe
1½ Liter Hühnerbrühe
6 Frühlingszwiebeln
1 grosse Kartoffel
2 Bund Vogelmiere
Salz, Pfeffer, etwas Rahm
Die Brühe zum Kochen bringen. Feingeschnittene Vogelmiere, Kartoffel und Zwiebel dazugeben. 10 Minuten ziehen lassen. Würzen und mit Rahm abschmecken.

Salat aus Vogelmiere und Bärlauch
1 grosses Bündel Vogelmiere
1 Hand voll frischer Bärlauch
20 g Sauerrahm
Gewürze
1 gekochtes Ei
Vogelmiere und Bärlauch mit dem Messer zerhacken. Mit dem Sauerrahm mischen. Würzen und mit dem Ei garnieren.

Winterkräutersalat
2 Teile Vogelmiere
1 Teil Barbarakresse (Winterkresse: *Barbarea vulgaris*)
1 Teil Schaumkraut (*Cardamine hirsuta*)
Winterkeimlinge
2 Orangen, geschält, filetiert
1 Zwiebel
4 Esslöffel Olivenöl
2 Esslöffel Zitronensaft oder Weinessig
1 gekochtes Ei
4 Esslöffel Joghurt
Alle Zutaten gut miteinander vermischen.

Russisches Vogelmierengetränk
1 Bündel frische Vogelmiere
100 g Meerrettich
2 Liter Wasser
60 g Zucker
Vogelmiere und Meerrettich im Mixer zerkleinern, mit Wasser übergiessen. 3 bis 4 Stunden ziehen lassen. Abseihen und mit Zucker süssen. Kalt servieren.

Pflanze auch für die Neandertaler einst ein wichtiger Vitaminspender war (Hatfield 1971: 41). Anderswo zeigen Pollenanalysen, dass sich die Vogelmiere besonders in der jüngeren Steinzeit, als grosse Waldflächen gerodet wurden, stark vermehrte. Sie fand in den neu angelegten Feldern eine geeignete ökologische Nische und gehörte sicherlich mit zu den gesammelten Nahrungspflanzen.

Auch die Tiere mögen den Geschmack der Pflanze. Hasen, Kaninchen und Ferkel fressen sie gern, Schafe und Ziegen weniger gern.

Vor allem aber den Vögeln sagt die Vogelmiere zu – daher wohl die Bezeichnungen Vogelmiere, Hühnerabbiss, Hühnerdarm, Gänsekraut, *chickweed* (engl.) oder auch das französische *mouron des oiseaux* oder «Gauchheil der Vögel». Eine alte Bezeichnung ist *Hühnerserb*, wobei der zweite Bestandteil von *serben* (= welken, hinsiechen, langsam absterben) herrührt. Der alte Apotheker Schroeder (1639) erklärt das so: «dieweil es den Hühnern und Vögeln eine angenehme Speis ist und ihnen sehr dienstlich, so sie krank sind und nicht essen wollen» (Marzell IV 1979: 501). Wenn Hühner oder Gänse das Kraut reichlich fressen, kommt es zu vermehrter Eierproduktion – das wenigstens glaubt manche Bauersfrau.

John Gerard, der 1597 ein Kräuterbuch herausgab, welches er grösstenteils dem flämischen Kräuterkenner Dodonaeus abgekupfert hatte, berichtet, dass damals in den Gassen Londons gebündelte Vogelmiere feilgeboten wurde. Damit wurden die in Käfigen gehaltenen Singvögel gefüttert. Dass unsere Stubenvögel es noch immer dankbar annehmen, bezeugen volkstümliche Bezeichnungen wie Kanarienvögelkraut, *Kanariegraes* (dänisch) und *erba canaria* (italienisch).

Vogelmiere als Heilmittel

Neben seltenen Mineralien enthält die Vogelmiere wie viele andere Nelkengewächse vor allem Saponine. Saponine verringern die Oberflächenspannung des Wassers und bilden Schaum. Das rosa blühende Seifenkraut (*Saponaria officinalis*), ebenfalls ein Nelkengewächs, enthält soviel davon, dass die Weber einst ihre Seiden- und Wollstoffe damit wuschen. Museen benutzen das Seifenkraut immer noch, wenn sie kostbare, alte Wandteppiche, Stickereien und Brokate schonend reinigen wollen.

Im Körper wirken die Schaumstoffe vor allem auf die Schleimhäute. Sie wirken schleimlösend, verdauungsfördernd, harntreibend und erhöhen die Resorption anderer Wirkstoffe. Auf Letzterem beruht die Wirkung des Ginsengs. Die Chinesen verabreichen Ginseng meistens zusammen mit anderen Medikamenten, um deren Wirkung zu optimalisieren.

Im Mittelalter galt die Vogelmiere als kühlend und reinigend. Wie mit dem Seifenkraut machte man auch aus ihr Breiumschläge, wässrige Auszüge und sogar eine Salbe – das Kraut wurde dazu in Gänse- oder

Igelfett gekocht – gegen Hauterkrankungen. Der Kräuterarzt Gerard aus dem 16. Jahrhundert verschreibt das Kraut, in Essig und Salz gekocht, bei Krätze. Bei Verstopfungen, bei Husten oder als Augenwasser verschreibt er einen *chickweed-tea*. Culpeper, der die saftig-zarte Pflanze unter die Herrschaft des Mondes stellt, benutzt sie ebenfalls bei Ausschlägen und Hauterkrankungen. Die Haut gehört ja, wie wir gesehen haben, zum Mond. Um eine heisse Leber zu kühlen, verschreibt er Vogelmiere-Packungen zur äusserlichen Anwendung.

Interessant ist, dass auch die Indianer bei Hautinfektionen, Schwellungen und Leberbeschwerden Umschläge aus den zerstampften frischen Blättern und Tee für die Behandlung von Gerstenkörnern und Bindehautentzündungen anwendeten (Stammel 1988: 326). Wie viele der hier beschriebenen Kräuter kam auch die Vogelmiere mit den weissen Siedlern nach Amerika. Vielleicht hat ein begabter Medizinmann von sich aus die Heilwirkung dieser fremden Pflanze entdeckt. Wahrscheinlicher ist jedoch, dass die Indianer die Anwendung den Pionieren abschauten. Das populäre Kräuterbuch *Culpepers Herbal* gehörte nämlich ebenso zur lebensnotwendigen Ausrüstung des Waldläufers und Siedlers wie die Axt, die Flinte und die Bibel.

Neben den oben erwähnten, eher vernünftigen Anwendungen gab es auch etliche magische Verwendungen des Krauts. In der Oberpfalz legte man den Knaben «roten Hühnerdarm» (den ähnlich aussehenden, rot blühenden Gauchheil) in die Wiege und den Mädchen den «weissen Hühnerdarm», damit die Säuglinge vom Frois (Eklampsie, Krämpfe) verschont blieben. Das Motiv der verschiedenen Farben für Kräuteranwendungen bei den verschiedenen Geschlechtern scheint alt zu sein. Auch bei der Scharfgarbe hiess es vielerorts, die Männer sollten die rot blühende, die Frauen die weiss blühende nehmen.

Einst machte man aus der Vogelmiere eine Salbe, die nicht nur einer entzündeten Haut zugute kam, sondern darüber hinaus bei Besessenen den Teufel austreiben sollte. Hühnerdarm, Beinwellwurzeln und Ringelblumenblüten wurden in Öl mazeriert und dann mit Bienenwachs zu einer Salbe gerührt (Bühring 1992: 35).

Einige medizinische Verwendungen der Vogelmiere
Frischer Presssaft: Zur Behandlung von Ekzemen und Psoriasis. *Frisches zerstampftes Kraut:* Wirkt, auf die Leber gelegt, kühlend. *Frisches Kraut, in Schmalz gekocht:* Salbe für Hämorrhoiden und Hauterkrankungen.

Mit dem Aufkommen der «aufgeklärten» wissenschaftlichen Medizin geriet die Pflanzenheilkunde in Bedrängnis. Es galt als fortschrittlich, mit starken Giften (Opium, Nieswurz, Ipekak), mit Aderlassen und vor allem mit Chemikalien (Quecksilber, Arsen, Antimon) zu kurieren. Auch die Vogelmiere geriet in Vergessenheit. Es war einmal mehr der Kräuterpfarrer und Wasserdoktor Sebastian Kneipp, der die Pflanze für die Neuzeit wiederentdeckte. Er setzte sie wegen ihrer schleimlösenden Wirkung bei Entzündungen der Atemwege ein. Als Lungenmittel empfiehlt er, sie in Fleischbrühe zu kochen. Er verschrieb die Heilpflanze zur innerlichen Anwendung bei Hämorrhoiden und zur äusserlichen Anwendung bei Quetschungen, Geschwüren, Schuppenflechte und anderen Hautleiden. Er verordnete Vogelmierenaufguss als Augenspülung bei entzündeten, übermüdeten Augen.

Inzwischen wird die Vogelmiere als Tee bei Schlankheitskuren sowie bei rheumatischen Beschwerden getrunken (Teeaufguss aus 1 bis 2 Teelöffeln pro Tasse; 3 Tassen am Tag). Als heisser Breiumschlag oder als Badezusatz werden ihre wundheilenden, lindernden und kühlenden Eigenschaften bei Hauterkrankungen wieder geschätzt. *Herba alsines*, wie das Kraut bei den Apothekern heisst, wird neuerdings erfolgreich bei Elefantiasis und Tuberkulose angewandt (Hager VI 1979: 527). Umschläge des frischen Krauts hemmen zudem den übermässigen Milchfluss bei stillenden Frauen.

Die Vogelmiere kann frisch oder auch getrocknet verwendet werden. Die Qualität ist besser, wenn die Pflanze während der Sommermonate, und zwar vormittags, gesammelt wird.

LÖWENZAHN

Taraxacum officinalis

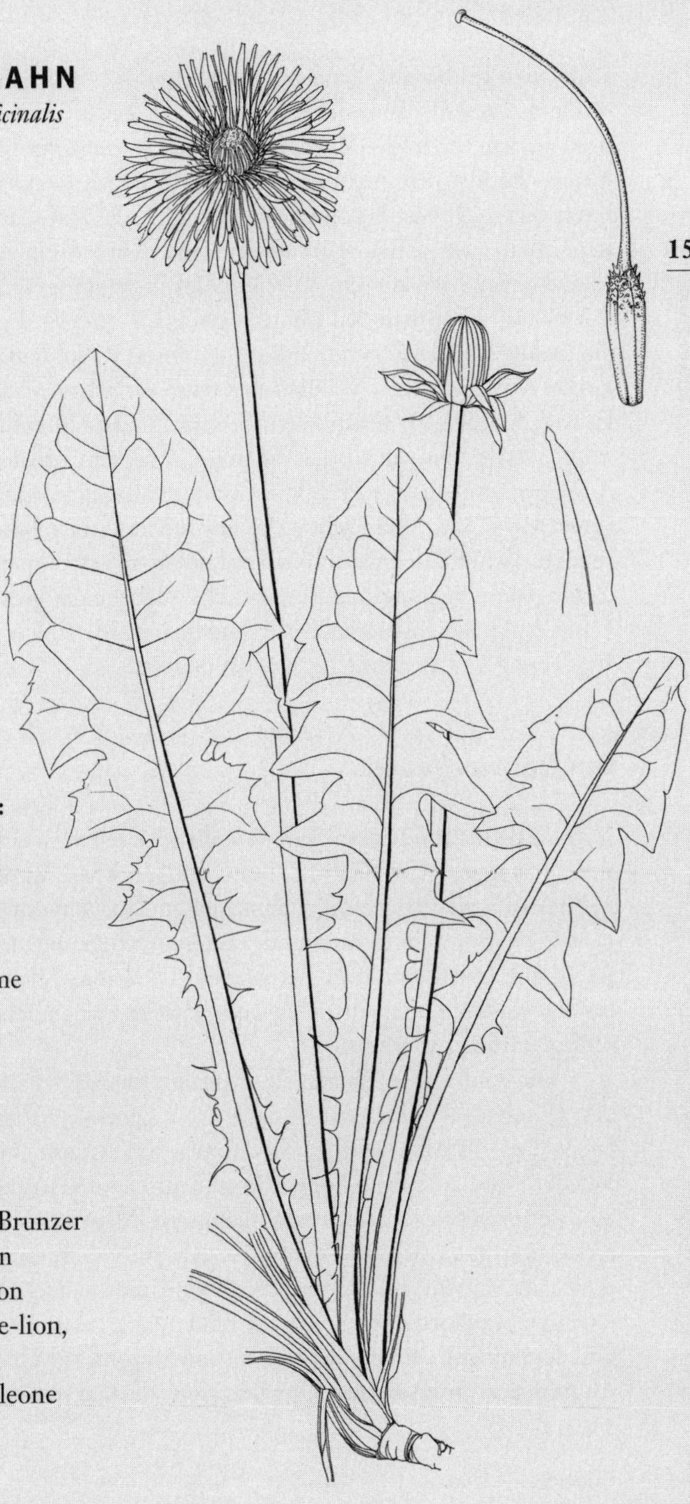

Familie:
Korbblütler

Volksnamen:
Butterblume,
Ankeblume
Augenblume
Eierblume
Laternenblume
Pusteblume
Saublume
Kuhblume
Weiefäcke
Röhrliblume
Milchstock
Seichblume, Brunzer
Pfaffenöhrlein
engl. dandelion
franz. dent-de-lion,
pissenlit
ital. dente di leone

Illustration aus: Hess/Landolt/Hirzel, Flora der Schweiz, Birkhäuser Verlag, Basel

Unter den Frühjahrskräutern erweist sich der Löwenzahn als ganz besonderer Freund, als Geschenk der Mutter Erde. Mit einem täglichen Salat aus zarten, jungen Löwenzahnblättern – nach der Blüte sind sie zu bitter – besiegt man nicht nur leicht die Frühjahrsmüdigkeit, man bereitet sich auch eine besondere Gaumenfreude. Hat man ihn probiert, wird man spüren, wie der wintermatte Körper einen regelrechten Heisshunger nach diesem Salat entwickelt, vorausgesetzt, man würzt ihn richtig. Fügt man den Blättern etwas Öl zu, Salz, Essig, Zwiebeln, ein kleingehacktes Ei, eventuell etwas sauren Rahm und nach Belieben noch ein paar gewiegte Wildkräuter, dann verzichtet man gerne auf den kunstgedüngten, aufgepäppelten Eissalat aus dem Supermarkt. Löwenzahn enthält neunmal so viel Vitamin C und vierzigmal soviel Vitamin A wie der Salat aus der Plastikfolie und dreimal so viel Eisen wie Spinat (Stein 1994: 15). Allein schon der angenehm bittere Geschmack wirkt reflektorisch auf den gesamten Verdauungsapparat. Speichel und Verdauungssäfte beginnen zu fliessen. Alle Ausscheidungsdrüsen – Leber, Galle, Milz, Bauchspeicheldrüse, Nieren – werden angeregt. Schlechte Verdauung und Verstopfung werden behoben.

Der Gärtnerfreund

Ja, der Löwenzahn hat's in sich! Wie die anderen der «Grünen Neune» strotzt er nur so vor Vitalität. Seine saftigen Pfahlwurzeln dringen so tief in den Erdboden ein, dass ihm auch in Trockenperioden, wenn andere Gewächse schmachten und welken, noch genügend Feuchtigkeit bleibt, um frisch und grün auszusehen. Die ganze Pflanze kann abgeweidet werden, ohne den geringsten Schaden zu nehmen; die Wurzeln schlagen immer wieder aus.

Die zahlreichen Samen des Löwenzahns, als «Fallschirme» von den Winden verweht, keimen dank ihrer Lebenskraft fast überall. Sie fassen Fuss in Mauerritzen, Steinfugen, auf Äckern und Wiesen, in Wäldern und auf Bergeshöhen. In seinem Habitus ist der Löwenzahn eine der plastischsten, anpassungsfähigsten Pflanzen überhaupt. Er hat nichts Starres an sich. In Grösse, Gestalt und Wachstumsgeste variiert er je nach Standort und Umweltbedingung tausendfach. An schattigen, feuchten Standorten werden seine Blätter so gross wie die des Lattich, und der Stängel, auf dem die Blütensonne thront, wird bis zu kniehoch. An sonnigen Orten werden die Blattzähne, die ihm seinen bekanntesten

Namen beschert haben, noch spitzer, einem Raubtiergebiss noch ähnlicher. Auf den Tundren, nahe der Schneegipfel, bleibt er winzig und verzichtet fast auf seinen Stängel.

Die Pflanze, deren Blüte wie eine winzige Sonne aussieht, steht ganz im Einklang mit dem Tagesgestirn. Als Kurztagspflanze blüht sie nur im Frühling und Herbst. Wenn es länger als zwölf Stunden hell ist, hört sie mit Blühen auf. Ihre Reaktionsfähigkeit drückt sich auch in ihrer Wetterfühligkeit aus. An sonnigen Tagen öffnet der Löwenzahn seine Blütenkrone am frühen Morgen, wenn es regnet, bleibt sie den ganzen Tag über geschlossen. Meist blüht die Löwenzahnblüte nur einen einzigen Tag lang.

Gerade wegen seiner Lebenstüchtigkeit und seiner Anpassungsfähigkeit ist er vielen Gärtnern und Bauern ein Ärgernis, eine «Düwelsblome» (Teufelsblume), wie es im Norden heisst. Besonders dem Besitzer eines Golfplatzes oder eines Vorzeigegartens kann er die Laune vermiesen. Ungeniert keimt er im sorgfältig manikürten Rasen oder inmitten der Saatreihen in den Beeten. Die kleinsten Wurzelreste ausgestochener Löwenzähne spriessen gleich wieder, als sei nichts geschehen. Und dennoch sollte der Gärtner nicht allzu böse sein mit diesem Kraftmeier. Der Löwenzahn schenkt von seiner überschüssigen Vitalität nicht nur dem vom Winter gesundheitlich gebeutelten Menschen, sondern auch dem Garten selber! Die tief dringenden Pfahlwurzeln durchbrechen harte Pflugsohlen und öffnen Kanäle in tieferen Bodenschichten, in die dann auch die Wurzeln der wenigen kräftigen Kulturpflanzen eindringen können. Zudem saugen seine Wurzeln ausgewaschene Nährstoffe und Spurenelemente aus den Tiefen nach oben, unter anderem Kalium, Natrium, Phosphor, Kieselsäure, Schwefel, Eisen, Mangan, Aluminium und Zink. Diese wertvollen Stoffe werden dann dem Humus, den anderen Pflanzen und zu guter Letzt auch der menschlichen Ernährung wieder zugänglich gemacht. Der Blütenpollen, welcher beim Verstäuben grosse Flächen feinstofflich düngt, enthält besonders viele Spurenelemente wie Bor, Mangan, Strontium, Kupfer, Nickel, Molybdän, Kobalt. Auch den Menschen kommt der Blütenstaub zugute. Der Löwenzahn ist nämlich eine nektarreiche Bienenweide. Die Pollenkügelchen, die die Bienen von ihren Beinchen abstreifen, werden vom Imker gesammelt und in Naturkostläden feilgeboten. Und damit nicht genug: Die Löwenzahnwurzel erweist sich als regelrechte Milchstube für junge Regenwürmer. Unzählige, noch glasig-bleiche Würmchen halten sich mit Vorliebe in der Nähe dieser

Wurzeln auf – und welcher zünftige Gärtner wüsste nicht, welche Bedeutung diese Tierchen für die Humusbildung und die Gesundheit des Bodens haben?

Ist der Gärtner besonders aufmerksam, dann wird ihm nicht entgangen sein, wie gut die Erdbeeren im Nebeneinander mit einigen Löwenzahnpflanzen gedeihen. Vielleicht rührt das auch daher, dass der Löwenzahn geringe Mengen Äthylengas abgibt, das bei anderen Pflanzen das Blühen und Reifen der Früchte beschleunigt.

Zudem bietet die Samenfülle der Pflanze den nützlichen Kleinvögeln eine weitere Futterquelle. Nicht nur picken sie nebenbei noch manch einen hungrigen Käfer und anderes knabbersüchtiges Kerbtierchen weg, der homöopathisch dosierte Vogelkot trägt auch mit zur Düngung des Bodens bei.

Anstatt also den Löwenzahn mit Herbiziden zu vernichten, sollte der Gärtner umdenken. Statt «Unkraut», wäre er richtiger «Gartenhelfer», «Salatpflanze» oder «Heilpflanze» zu nennen. Wuchert er dennoch zu üppig, kann man ihn verjauchen und mit der Brühe – einer ausgezeichneten Kaliumquelle – anderes Gemüse düngen.

Die biologisch-dynamischen Bauern und Gärtner haben ein fast mystisches Verhältnis zu diesem «Himmelsboten» (Steiner). Im Frühling sammeln sie die gelben Blüten in grossen Mengen, feuchten sie an, wickeln sie in das Gekröse eines Rindes (die Haut, an der der Darm befestigt ist) und vergraben sie den Winter über im Gartenboden. Dem Kompost zugefügt soll das Präparat diesen für «kosmische Bildekräfte» und Impulse von Jupiter empfänglich machen. Für Aussenseiter, die nichts mit solchen Begriffen anfangen können, liefern die Biodynamiker eine andere Erklärung: Das Löwenzahnpräparat soll die «richtige Wechselwirkung zwischen der Kieselsäure und dem Kalium bewirken».

Etwas für den Kochtopf

Vor allem aber kann der Gärtner lästig gewordenen Löwenzahn essen. Die Franzosen sind davon derart begeistert, dass sie sogar eine grossblättrige, weniger bittere Sorte gezüchtet haben und dieser in ihren Gartenbeeten einen Platz gönnen. Neben dem erwähnten Salat lassen sich die jungen Blätter als Zutat zu Fleisch- und Fischgerichten, zerkleinert als Püree, in Kräutersuppen, in Saucen oder gebacken in Kroketten verwenden. Rezepte dafür gibt es fast so viele, wie es Köche gibt.

Löwenzahnsalat
Junge, zarte Löwenzahnblätter mit Öl, Essig, fein gehackten Zwiebeln und Salz anmachen. Hart gekochte Eier mildern den etwas bitteren Geschmack. Variationen: ausgelassene Speckwürfel, gemahlene Haselnüsse, gehackte Kapern, Schafskäse, Sardellenpaste, Meerrettich, Brunnenkresse, Estragon, Sauerrahm, Joghurt, Zitronensaft, Zucker …

Leckeres aus den Blütenknospen
Die noch ungeöffneten Blütenknospen können folgendermassen verwendet werden (eventuell wegen der «Gewittertierchen» vorher ½ Stunde in Salzwasser einweichen):

- Als Gemüse mit Käse überbacken.
- Als Gemüse weich gekocht, anschliessend in Butter gedünstet und gesalzen.
- In Bierteig getaucht und frittiert.
- In die Omelette (Rührei) gerührt.
- Für Wildgerichte oder Kartoffelsalat mariniert (mit heisser Marinade übergossen).

Für die Marinade:
1 Liter Essig
2 Teelöffel Zucker
Salz, Pfeffer, Lorbeerblatt

Löwenzahn mit heissem Speck
(Ein Rezept der Pennsylvania-Deutschen)
4 Streifen Speck
4 Hand voll Löwenzahngrün
3 Esslöffel Butter
¼ Tasse Rahm oder Milch
1 Prise Salz, Pfeffer, Paprika
1 Esslöffel Honig
4 Esslöffel Apfelessig
2 Eier
Zuerst den Speck knusprig braten. Butter und Rahm (oder Milch) in der Pfanne erhitzen. Gewürze, Honig, Essig und die geschlagenen Eier zusammen verrühren, der Butter-Rahm-Mischung beifügen und unter Rühren so lange kochen, bis sie andicken. Nun die Löwenzahnblätter und den Speck etwa eine Minute lang darin erhitzen. Heiss servieren.

Kreativität ist angesagt! Der bittere Geschmack lässt sich mildern, wenn man die Blätter ein paar Stunden vor der Verwendung in Salzwasser einlegt.

Kaum jemand kennt sich mit Wildgemüsen so gut aus wie die Russen. Die jahrzehntelange Mangel- und Misswirtschaft haben dazu beigetragen, dass viele alte Verwendungsarten nicht in Vergessenheit geraten sind. Aus den in Marinade eingelegten Löwenzahnblütenknospen machen sie eine Art Kapern. Die in Butter gedünsteten Blätter kommen als Gemüsebeilage auf den Teller. Besonders schmackhaft sind die gebratenen Löwenzahnrosetten. Die Rosetten werden zeitig im Frühjahr gestochen, in einer fünfprozentigen Salzlösung gekocht, dann mit Paniermehl bestreut und mit Hackfleisch gebraten (Koschtschejew 1990: 121). Wer weiss, vielleicht liesse sich mit diesem Gericht eine Schnellimbisskette aufziehen?

Jürgen Dahl, einer der klügsten Köpfe unter unseren Gärtnern, köpft im Frühjahr den in seinem Garten spriessenden Löwenzahn und stülpt Blumentöpfe darüber, so dass die Pflanzen beim erneuten Austreiben kein Licht bekommen. Das Resultat ist ein Bleichsalat, der dem Brüsseler Chicorée in keiner Weise nachsteht (Dahl 1990: 79). Der Löwenzahn ist schliesslich ein ganz naher Verwandter der Wegwarte (wilder Chicorée) und des gewöhnlichen Kopfsalats. Man könnte sich auch im Herbst die Mühe machen, die Löwenzahnwurzeln auszugraben und den Winter über im dunklen, nicht zu kalten Keller in Sandkisten zu pflanzen – dann kann man den zarten Salat den ganzen Winter über ernten.

Was die Wurzeln betrifft, so lässt sich aus ihnen auch ein angenehm schmeckender Kaffee-Ersatz oder Kaffeezusatz – ähnlich dem französischen Zichorienkaffee – zubereiten. Man nimmt dazu die im Herbst gesammelten Wurzeln (sie sind zu dieser Jahreszeit weniger bitter), säubert sie sorgfältig, zerkleinert sie, röstet sie im Backofen und mahlt sie in der Kaffeemühle. Wegen seines Inulingehalts ist dieser Muckefuck besonders für Diabetiker geeignet. Inulin ist ein stärkeähnliches Polysacharid, das nicht aus Glukose, sondern aus Fruktose-(Fruchtzucker-)Molekülen zusammengesetzt ist. Die Wurzeln von Korbblütlern, wie die der Dahlie, der Klette, der Wegwarte, des Bocksbarts und des Löwenzahns, enthalten diese von Zuckerkranken gut verträglichen Kohlenhydrate.

Auch kann in Zeiten der Not ein passables Gemüse aus den Wurzeln bereitet werden. Von den Einwohnern der Mittelmeerinsel Menorca wird überliefert, dass sie sich mit Löwenzahnwurzeln am Leben hielten, nachdem Heuschreckenschwärme aus Afrika ihre Felder kahl gefressen und die ganze Ernte vernichtet hatten. Die türkischen Zigeuner essen die Wurzeln auch ohne Not gerne und geben ihren Tieren davon zu fressen (Bairacli-Levy 1976: 57). Um den Wurzeln ihren bitteren Geschmack zu nehmen, sollten sie zuvor sechs bis acht Minuten im Salzwasser gekocht werden.

Löwenzahnblütenhonig
Zwei bis vier gehäufte Hand voll Löwenzahnblüten werden in einem Liter kaltem Wasser langsam zum Sieden gebracht. Aufwallen lassen und zugedeckt über Nacht ziehen lassen. 1 kg Zucker und eine halbe, klein geschnittene Zitrone dazugeben und auf kleiner Flamme (ohne zu kochen) eindicken.

Löwenzahnwein
Einen Eimer kochendes Wasser über einen Eimer frische Blüten giessen, umrühren, drei Tage stehen lassen. Abseihen. Mit 1½ bis 2 kg Zucker, einer Ingwerzehe, der Rinde einer Orange und einer Zitrone 30 Minuten kochen. Lauwarm abkühlen lassen und eine mit Hefe geschmierte Brotschnitte zufügen. 2 Tage gären lassen, dann den Behälter (das Fass) fest verschliessen bzw. verspunden. Nach 2 Monaten in Flaschen abfüllen. Der goldgelbe Wein, der nach sieben Jahren seine volle Güte erreicht, erinnert etwas an Sherry.

Aber das ist noch nicht alles, was sich der Gärtner oder der Sammler alles einfallen lassen kann. Es gibt Rezepte für süffige Löwenzahnweine und -biere, für Löwenzahnblütengelee, frittierte Löwenzahnblüten und Löwenzahnblütenhonig, der sich geschmacklich kaum vom echten Bienenhonig unterscheidet. Die Kräuterfrau Maria Treben bäckt alle ihre Weihnachtslebkuchen mit diesem «Honig» (Treben 1986: 35).

Die Wunderblume

«Familiarity breeds contempt» (zu viel Vertrautheit führt zur Geringschätzung), sagt das englische Sprichwort. Wäre der Löwenzahn eine seltenere Pflanze, würden wir ihn sicherlich höher achten. Der erste Eindruck, den er auf jene macht, die ihn nie zuvor gesehen haben, spricht Bände. Als sich gegen Ende März die Rasenfläche des Campus der Ohio State University in ein goldenes Blütenmeer verwandelte, geriet mein Zimmerkamerad, ein afrikanischer Austauschstudent, in helles Entzücken. «Was für ein Wunder eure Gärtner vollbringen!» rief er aus und wollte nicht glauben, dass die schönen Blumen als Unkraut gelten. Entgeistert sah er zu, wie schon am nächsten Tag die Rasenmährer gnadenlos darüber hinweg ratterten.

Auch der Japaner Georg Oshawa, Begründer der Makrobiotik, geriet in Ekstase, als er anlässlich eines Besuchs im Schwarzwald die blühenden Löwenzahnwiesen sah. Intuitiv spürte er die Vitalität und Heilkraft dieser Pflanze. Seinem Gastgeber gegenüber, dem Bauernphilosophen Helmut Finsterlin, beteuerte er: «Wo diese herrliche Pflanze wächst, braucht man keinen Ginseng einzuführen!» Seither gilt der Löwenzahn in der makrobiotischen Ernährungslehre als eines der positivsten Nahrungsmittel für den westlichen Menschen.

Auch die Indianer waren vom Löwenzahn begeistert. Die in den gemässigten Zonen Eurasiens heimische Pflanze gelangte als blinder Passagier mit dem Saatgut der weissen Siedler in die Neue Welt. Mit dem Wegerich und anderen europäischen Ackerunkräutern gehört der Löwenzahn zu den Pflanzen, welche die Rothäute die «Fussstapfen des weissen Mannes» nannten. Sie erkannten bald, dass es sich bei der Wurzel um ein gutes Verdauungstonikum handelt. Die Irokesen – wir kennen sie aus den Lederstrumpfgeschichten und wegen ihrer «Punker-Frisur» – assen die gekochten Blätter gerne zu fettem Fleisch. Die Anwendung eines Wurzeltees bei Gallen- und Leberbeschwerden haben sie wahrscheinlich den weissen Eindringlingen abgeschaut.

Die Kinderblume

Nicht nur fremde Völker reagieren begeistert auf diese schöne Pflanze. Unsere Kinder tun es auch. Für sie ist diese «Butterblume» oft die erste Blume, die sie bewusst wahrnehmen. Kleinkinder pflücken sich instinktiv ganze Sträusse. Wenn sie daran riechen, bekommen sie ein gelbes Näschen und Kinn, als hätten sie Butter genascht. Mädchen flechten sich die Blüten in die Haare; sie stecken die Stängel dieser «Kettenblume» ineinander und machen sich daraus Halsketten und Ohrschmuck. Buben basteln Wasserleitungen und schrill tönende Pfeifen aus der – wie sie in der Kindersprache heisst – «Röhrliblume» oder «Hupeblume». Und der junge Wissenschaftler kann sich an ihr wie einst Goethe «ergötzen und dem tiefsten Naturgeheimnis nähertreten» (Goethe, *Morphologische Studien über die Spiraltendenz der Vegetation*), indem er die aufgeschlitzten Stengel ins Wasser legt und sich zu spiralförmigen Locken kringeln lässt. Für Goethe galt die «Spiraltendenz» als die Grundbewegung der sich inkarnierenden Urpflanze.

Wenn die «Butterblume» verblüht ist, zieht sich der Blütenkelch zusammen und wird zur «Sauschnauze». Es dauert wiederum nicht lange, dann verwandelt sich diese in eine «Pusteblume», in ein «Lichtlein», das man ausblasen kann. «Das Kind geht schlafen. Der Vater geht schlafen. Die Mutter bläst das Lichtlein aus», so lautet einer der vielen Sprüche, die in der Spieltradition der Kinder dabei aufgesagt werden.

Mit der Pusteblume können verborgene Geheimnisse ans Licht gebracht und die Zukunft erkundet werden. Man pustet mit vollen Backen die Samen weg. Aus der Zahl der Samen, die am Stängel haften bleiben, kann man erfahren, wie viele Kinder man haben wird, wie viele Jahre es noch bis zur Hochzeit oder zum Grab sind; es stellt sich heraus, wie viele Lügen der Pustende erzählt hat, wie viel Uhr es ist oder was auch immer. Wer alle Fallschirme auf einmal wegbläst, ist ein Glückskind, wird Glück in der Liebe haben, oder es erwartet ihn zumindest ein gutes Mittagessen. Der kahle Stängel, der nach dem Pusten übrig bleibt, heisst «Pfaffenöhrlein», «Pfaffenplatte» oder «Mönchskopf», da er an den geschorenen Schädel der Geistlichen erinnert.

Viele Eltern erschrecken, wenn die Kleinen auf der blühenden Wiese die Löwenzahnstängel als Blasrohre oder Strohhalme verwenden. Die weisse Milch der Pflanze sei giftig, heisst es sogar in einigen Kräuterbüchern. Das stimmt aber absolut nicht! Die Milch ist nicht giftig. «Das haben wahrscheinlich unsere Mütter erfunden», erklärt der Kräuterexperte Sepp Ott seinen Zuhörern bei Kräuterführungen durch die Stadt München, «weil die Milch Flecken auf die Kleidung macht, die schlecht wieder rausgehen».

Die Pusteblume zwinkert auch uns Erwachsenen einladend zu, weckt längst verschüttete Kindheitserinnerungen, verlockt im unbeobachteten Augenblick, sie zu pflücken und daran zu pusten. Vielleicht haben auch wir, als uns wieder einmal der Pfeil des Liebesgottes ins Herz traf, den kugeligen Samenball befragt, wie es mit der Liebe bestellt sei. Wenn sich alle Flugsamen leicht wegpusten lassen, dann ist es eine leidenschaftliche Liebe ohne Vorbehalte; haften noch welche, dann sind noch Zweifel vorhanden; bleiben noch viele kleben, dann hat man sich getäuscht, Eros hat sich bloss einen kleinen Scherz erlaubt. «Weibertreu» oder auch «Männertreu» nennt man scherzhaft den Pusteball in Böhmen, da er beim geringsten Windzug auseinanderflattert.

Einige von uns lassen sich wie der Humorist Heinz Erhardt von der Pusteblume sogar zu poetischen Höhenflügen beflügeln:

«Löwenzahn ist schon seit jeher
als höchst kriegerisch verschrien
denn er lässt bei gutem Winde
Fallschirmtruppen feindwärts ziehn.
Und ich sitz auf der Veranda
und verzehre meine Suppe
und entdecke in derselben
zwei Versprengte dieser Truppe.»

Dem Dichter Joachim Ringelnatz entlockt die Pusteblume einen Wunsch, ja, fast ein Gebet:

«Der ist so leicht wie Luft
und sinnreich rund umgeben von Faserstrahlen,
zart wie Spinneweben,
und er entweicht luftglücklich leicht.
Flöge doch unser aller Zukunftsdenken
so frei aus und so zart.»

Und Kurt Kölsch dichtete ein Lied für Kinder:

«Löwenzahn, Löwenzahn,
Zünde deine Lichtlein an
Lichtlein auf der Wiese!
Pust' ich alle Lichtlein aus;
Dunkel wird's im Wiesenhaus.
Tausend Fünklein fliegen fort,
Blühn an einem anderen Ort:
Löwenzahn, Löwenzahn,
nächstes Jahr hebt's wieder an!»

Den Reformator Martin Luther lässt sie auf andere Gedanken kommen. Wie die Kirchenmänner des Mittelalters glaubte auch er, dass Gott die Natur voller Sinnbilder, Gleichnisse und Zeichen geschaffen habe. Pflanzen, Tiere, Steine, Landschaften und Jahreszeiten sollen dem sündigen Menschen als Mahnung und Wegweiser zum Heil dienen. So ist der Frühling Gottes Hinweis auf die Auferstehung, der Vogelgesang Aufforderung zur ständigen Lobpreisung, die fünf Blütenblätter der Rose Symbol der fünf Wunden Christi, das Veilchen Symbol der Demut und so weiter. Und die «Pappen Blume» oder Pappenstiel, wie Luther die Pusteblume nennt? Ist sie nicht wie die dürren Blätter, die so leicht vom Wind verweht werden, ein Zeichen der Vergänglichkeit? Oder auch der Wertlosigkeit? So schreibt Luther 1531: «Wir sind Pappi, die die Kinder hinwegblasen!» (Marzell IV 1979: 709.) Übrigens, die «Pappe» des Pappenstiels ist das eingedeutschte lateinische Wort *pappus* (plural *pappi*), also der Haarkranz oder «Fallschirm» der Löwenzahnfrüchte.

Der vielnamige Heiler

Der Löwenzahn nach seinem schrotsägeähnlich gezahnten Blattrand benannt, hat sehr viele Namen. Allein im deutschsprachigen Raum sind es über fünfhundert; alle sagen etwas über ihn aus. Seine jüngste Benennung, der wissenschaftliche Gattungs- und Artname *Taraxacum officinale*, würdigt die in ihm schlummernden Heilkräfte. Viele nehmen an, der erste Teil dieser Benennung leite sich vom griechischen *taráxacis* (Entzündung) und *akéo mai* (ich heile) ab. Wahrscheinlicher ist jedoch, dass der Name dieser Pflanze, die in der mittelalterlichen islamischen Heilkunde eine wichtige Rolle spielte, aus dem Persischen kommt und so viel bedeutet wie «bitteres Kräutlein, das auf dem Basar verkauft wird». Der zweite Teil des wissenschaftlichen Namens ist lateinisch und deutet darauf hin, dass es sich um eine «offizielle», in Apotheken (*officina*) erhältliche Droge handelt.

Neben Löwenzahn sind wohl die volkstümlichen Bezeichnungen wie Bettseicher, Bettpisser, Seichkraut, Brunzblume, Biselbluam oder das französische *pissenlit* die bekanntesten Namen. Sie deuten auf die starke harntreibende Wirkung der Pflanze hin. In dieser Eigenschaft ist ein Tee oder der Presssaft aus den Wurzeln, Blättern und Blüten tatsächlich ein «Blutreiniger». Er schwemmt, kurmässig angewendet, überschüssige Harnsäure und andere «Schlacken» aus dem Blut und dem Gewebe. Dr. med. R.F. Weiss, der Altmeister der Phytotherapie, verschreibt Löwenzahntee bei Neigung zu Nieren- und Gallensteinbildung. Als regelmässige Wochenendkur wird morgens auf nüchternen Magen ein ganzer Liter Löwenzahnblätter- und -wurzeltee langsam schluckweise innerhalb einer Viertelstunde getrunken. Der Tee hilft nicht nur Harnleitersteine abzutreiben, sondern ist auch bei chronischen Arthrosen, Hexenschuss, Ischias und – da er das Bindegewebe günstig beeinflusst – auch bei Bandscheibenschaden angezeigt. Aber wie gesagt, man sollte die Kur nur am Wochenende wagen – der häufige Harndrang könnte sonst den Betroffenen in peinliche Situationen bringen. Diese Behandlung soll andere Diäten überflüssig machen (Weiss 1982: 91).

Normalerweise führt eine solche Anregung der Nierenfunktion zu einem empfindlichen Kaliumverlust im Körper. Aber im Gegensatz zu den meisten Diuretika ist der Löwenzahn eine der besten Kaliumquellen. Seine entschlackende, harntreibende Wirkung ist sicher auch der Grund für seinen Ruf als Hautreiniger. Bei Pickeln, Flechten, Hautjucken und Ausschlägen ist eine Löwenzahnkur angezeigt. Nach Maria Treben genügt es zu diesem Zweck, drei Wochen lang täglich bis zu zehn Löwenzahnstängel zu essen. Auch Zuckerkranke und von Milzleiden, Gicht, Rheuma, und Gallensteinen Betroffene sollten nach Ansicht der Kräuterfrau drei Wochen lang zehn Stängel am Tag verzehren.

Bezeichnungen wie Butterblume, Eierblume, Sonnenwirbel oder Goldblom beziehen sich auf die gelbe Farbe der Blüte. Ehe die grosse Sonnenblume (*Helianthus annuus*) im 16. Jahrhundert aus Nordamerika zu uns kam, galt der Löwenzahn als die eigentliche «Sonnenblume». Zur Sonne passt auch der Löwe, nach dem der Löwenzahn benannt ist. Die Raubkatze ist ein Sonnentier wie kein anderes, sie verkörpert geradezu das solare Prinzip. In der christlichen Kunst und Ikonografie wird diese Pflanze, deren Blüten wie kleine Sonnen anmuten, Christus, dem «Licht der Welt», zugeordnet. Und da Licht und Auge einander bedingen, wird der Löwenzahn gelegentlich auch als «Augenblume» oder «Augenwurz» bezeichnet. Er galt während des ganzen Mittelalters als vortreffliches Augenheilmittel. Bei roten, entzündeten Triefaugen empfiehlt ein altes Rezept einen Kaltwasserauszug aus den Wurzeln. Die gesäuberten, kleingeschnittenen Wurzeln werden einen Tag lang in Wasser gelegt, dann werden damit Gesicht und Augen mehrmals gewaschen. «Das Wasser von dem Röhrlin (Löwenzahn) ist gut zu dem Gesicht und macht klare, lautere Augen», schreibt der Renaissance-Botaniker Mattiolus. Ähnlich der englische Kräuterarzt Nicholas Culpeper, der um 1649 schreibt: «Dieses Kraut hilft uns weiter zu sehen, ohne dass wir eine Brille benötigen. Dessen versichern uns ausländische Ärzte, die nicht so habgierig sind wie die unseren, dafür aber um so mehr mitteilungsfreudiger.» Noch in diesem Jahrhundert lesen wir im Kräuterbuch des Pfarrers Künzle: «Der bitter schmeckende Saft des Löwenzahns macht klare Augen, vertreibt Flecken in den Augen. Die Anwendung ist einfach: Man träufelt den Löwenzahnsaft in die Augen» (Künzle 1945: 433).

Wenn man bedenkt, dass der gesundheitliche Zustand der Nieren sich durchaus auf das Sehvermögen auswirken kann, können wir diesen Aussagen nur beipflichten.

Die Wurzeln, aus denen man das Augenwasser machte, wurden nach ganz besonderen Regeln gesammelt. Man grub sie vor Sonnenaufgang aus, und zwar wenn sich der abnehmende Mond im Tierkreiszeichen der Jungfrau befindet. Solche astrologischen Regeln, die vor kurzem noch Kopfschütteln hervorriefen, erscheinen im Licht neuerer Erkenntnisse plausibler. Eine Pflanze ist kein lebloses, reaktionsunfähiges Gebilde, sondern ein Lebewesen, welches sich im Verein mit den Gezeiten, dem Stand der Sonne, des Mondes und der Planeten ständig verändert. Der Löwenzahn ist energetisch und chemisch am Morgen anders als am Abend. Im Frühling ist er ein anderes Wesen als im Herbst. Die Wurzel enthält im Frühling zum Beispiel im Durchschnitt 1,5% Inulin und 17% bis 20% Zucker; im Herbst dagegen sinkt der Zuckergehalt, und der Inulingehalt steigt auf rund 40%. Im Frühling sind in der Wurzel viel mehr Bitterstoffe vorhanden als im Herbst. Der Aschengehalt von 7,8% im Frühjahr sinkt im Herbst auf 5,5%. Im August ist der Inulinhöhepunkt erreicht, im September der Taraxinhöhepunkt und im Oktober der Lävulinhöhepunkt. Die fünfzig verschiedenen Molekularverbindungen, die bisher in der Löwenzahnwurzel gefunden wurden, unterliegen ständigem metabolischem Wandel (Simonis 1991: 280).

Oft machte der mittelalterliche Arzt oder die Bäuerin nicht einmal einen wässrigen Auszug oder eine Abkochung, sondern hängte sich neun aufgefädelte Wurzeln als Amulett um den Hals. Das sollte vor allem bei fiebrigen Krankheiten und bei diversen Augenleiden helfen. «Die andern graben die Wurtzel auss ohn einige superstition oder heydnisches Affenwerck, schneiden die in neun stück vnnd henckens neun Tag an den Halss, das sol nicht allein die Flecken in gemeldeter zeit verzehren, sondern auch alle Gebrechen der Augen hinweg nemmen ...», schreibt 1613 der Arzt und Apotheker Tabernaemontanus. Welche Gebrechen der Augen in Frage kamen, deuten diese Bezeichnungen des Löwenzahns an: *Schelblom*, *scheel-oogen-bloem* (ndl., Schielaugenblume), Feldreiss (das Kraut, das das Fell von den Augen reissen bzw. den Star heilen soll).

Die über mehrere Jahrtausende zurückreichende Heilkunde Indiens, die Ayurveda, kennt den Löwenzahn (*Kukraundha* oder *Kanphool*) als entgiftendes Mittel, wenn zuviel *Pitta* (inneres Feuer, zu viel Galle) und zu viel *Ama* (Bitterkeit) im Körper vorhanden sind. Die Pflanze, die im Himalaja und in anderen Bergregionen wächst, wird bei Milchdrüsenentzündung und Lebererkrankungen verschrieben. Auch in China gilt der Löwenzahn (*Pu gong ying*) von alters her als kühlendes, entgiftendes Heilmittel. In der Pharmakopöe der Volksrepublik China ist die Pflanze noch immer offiziell als Mittel bei akuter Mastitis, Karbunkeln, Gastritis, Hepatitis und Infektionen der Harnwege verzeichnet.

Und nicht zu vergessen, ist der Löwenzahn auch ein Heilmittel für Herz und Sinne! Wir brauchen uns nur einmal die Zeit zu nehmen und uns unter einem strahlend blauen Himmel mitten in das samtige Gold einer blühenden Löwenzahnwiese zu legen. Wenn wir es zulassen und uns der leuchtenden, duftenden, summenden Wiese ganz hingeben, dann fallen die täglichen Bedrängnisse von uns, dann öffnet sich ein Himmelstor. Allein schon der Honigduft der Blüten macht uns trunken, gibt der Seele Flügel. Der Löwenzahn-Deva hat es uns Menschen und der Mutter Gaia als Geschenk gegeben, als Heilmittel in diesem bedrängten, dunklen Zeitalter, in diesem *Kali Yuga.* Grosse, weite Löwenzahnflächen gibt es nämlich erst seit der Neuzeit. Erst seitdem moderne Landwirte mit der grossflächigen Jauchedüngung anfingen, konnte die Goldblume, die auch «Sommertür» genannt wird, ganze Landschaften erobern.

Planetensignaturen

Der Löwenzahn mit seiner goldgelben Blüte und der starken Pfahlwurzel trägt eindeutig die Signatur des Jupiters. In dieser Zuweisung sind sich die alten Ärzte wie Paracelsus und Culpeper mit den biologisch-dynamischen Landwirten unserer Tage einig. Dieser Planetenkönig war für reiche Ernten, gutes Essen, Wein und Bier und in seinem negativen Aspekt für Fettleibigkeit und Gelbsucht verantwortlich. Sein Sitz im menschlichen Körper ist die Leber. Gelbsucht und Leberprobleme wurden daher selbstverständlich mit der gelbblütigen Pflanze therapiert. Was die Ärzte des Mittelalters aufgrund ihrer planetarischen Lehre taten, billigt auch unsere Wissenschaft. Dank verschiedener Bitterstoffe (Tetrahydroridentin B und Taraxinsäureverbindungen) ist die Pflanze leberwirksam. Löwenzahntinkturen, -tees und -auszüge eignen sich tatsächlich bestens bei Hepatitis; sie sind ebenfalls wirksam bei Fettleibigkeit, und sie reduzieren Cholesterin. Noch bis Anfang der sechziger Jahre importierten die USA jährlich um die 100 000 Pfund Löwenzahnwurzel, um daraus Lebertonika herzustellen (Stein 1988: 15).

Aber nicht nur Jupiter drückt der gelben Blume sein Siegel auf. Als Augenmittel gehört sie ebenfalls der «Sonne», und in der weissen latexhaltigen Milch kommt der «Mond» zum Ausdruck. Da Hauterkrankungen, etwa Warzenbildungen, mit dem negativen Einfluss des Mondes in Zusammenhang gebracht wurden, benutzte man den Löwenzahn als «Warzenkraut». Man grub die Wurzeln «am dritten Tag des abnehmenden Mondes» aus und betupfte die Wucherungen mit der Milch. Ebenso wie der Mond abnimmt, bis er vom Himmel verschwindet, so sollen auch die Warzen schwinden. Solche wundersamen Heilungen von Hautwarzen werden noch heute häufig vorgenommen. Zur Verblüffung der Ärzte führt eine solche Warzenkur tatsächlich des Öfteren zum erwünschten Resultat. Das wissenschaftliche Modell kann solche Heilungen nicht erklären. Spezifische Wirkstoffe wurden nicht gefunden. Die Wissenschaftler aber wollen sich dieser Herausforderung ihres theoretischen Modells nicht stellen, sondern suchen ihre Zuflucht darin, das Ganze als Humbug abzutun (Weil 1988: 237). Im Saft eines anderen «Jupitergewächses», dem des Schöllkrauts, der ebenfalls auf Warzen getupft wird, hat man dagegen Substanzen mit zytostatischer Wirkung nachweisen können.

Einst glaubte man auch, dass der milchhaltige Löwenzahn nach dem Prinzip, Gleiches wirkt auf Gleiches, den Milchfluss beim Weidevieh steigert. Der Schluss scheint berechtigt, denn die Kühe fressen ihn gerne und geben gleichzeitig tüchtig Milch. Die Milch ist auch fetter, die Butter wird gelber. In Friesland und Holland heisst die Pflanze deswegen «Kuhblume» und anderswo Milchstock, Milchingstöck, Ankeblume, Milchdistel, Milchbruch oder Butterblume. Selbstverständlich gaben die Bauern verhexten Kühen Löwenzahn mit ins Futter, damit ihre Euter wieder reichlich fliessen würden. Und was man dem Weide-

Löwenzahnwurzeltee
Sammelhinweis:
Die Wurzeln säubern, jedoch nicht waschen, spalten und in einem warmen, luftigen, dunklen Raum schnell trocknen.

Teebereitung:
2 Teelöffel pro Tasse über Nacht kalt ansetzen, dann aufkochen und abseihen. 3 Tassen am Tag.
Wirkung:
Harntreibend, gallenflussfördernd, antirheumatisch, abführend, stärkend. Günstig bei Leber- und Gallenblasenproblemen.

vieh zugute kommen liess, sollte auch den Wöchnerinnen nicht vorenthalten werden. In Schwaben tranken stillende Mütter eine Löwenzahnabkochung, um den Milchfluss zu steigern. Interessant ist in diesem Zusammenhang, dass in Indien und in China der Löwenzahn als Therapie bei Milchdrüsenentzündung verwendet wird.

Die alten Gelehrten fanden nicht nur die Signatur des goldgelben Jupiters und des milchigen Mondes im Löwenzahn, sondern auch die der Venus. Die Venus, deren Farbe das Grün ist und deren Sitz die urogenitalen Organe sind, ist die Liebesgöttin. Folglich diente der Löwenzahn auch dem Liebeszauber. Wer sich mit Löwenzahnmilch wusch, glaubte man, würde anderen Leuten schön erscheinen und würde ihre Gunst erwerben.

Wo die holde Venus sich aufhält, ist ihr Liebhaber, der cholerische Mars, nicht weit. Er zeigt sich im steil aufragenden Löwenzahnstängel. Dieser ist leicht rötlich gefärbt, und Rot ist eben die Farbe des Mars. Da sein Organ die Galle ist, wird verständlich, dass man den Löwenzahn als Gallenheilmittel einsetzte. Tatsächlich enthält die Pflanze viel galletreibendes, abführendes und fettzerlegendes Cholin. Sie ist eine der besten Cholagoga (Mittel zur Steigerung der Gallenproduktion).

Die mittelalterlichen Mönche, die den sterblichen Leib verachteten und mehr auf das Seelenheil bedacht waren, fanden eine andere Erklärung für das Rot im Stängel. Das Rot stamme, so die fromme Legende, von dem Tröpfchen Menstruationsblut, das auf die Pflanze fiel, als die heilige Maria zu ihrer Base Elisabeth eilte, um ihr von der unbefleckten Empfängnis zu berichten. Der fromme Betrachter sollte beim Anblick eines Löwenzahnstängels an das freudige Ereignis erinnert werden.

Zu guter Letzt noch eine Rat aus der Volksmedizin: «Wer die ersten drei Löwenzahnblüten verschluckt, die er im Frühjahr entdeckt, der bleibt das ganze Jahr gesund.»

Literatur

Bairacli-Levy, Juliette de, *Herbal Handbook for Farm and Stable*, Rodale Press, Emmaus PA 1976.

Bakhru, H.K., *Herbs that Heal*, Orient Paperbacks, New Delhi 1993.

Breindl, Ellen, *Das grosse Gesundheitsbuch der hl. Hildegard von Bingen*, Pattloch Verlag, Augsburg 1989.

Brøndegaard, V.J., *Ethnobotanik*, Verlag Mensch und Leben, Berlin 1985.

Brown, Tom, Tom *Brown's Guide to Wild Edible and Medicinal Plants*, Berkley Books, New York 1985.

Bühring, Ursel, *Aus Freyas Zaubergarten*, Edition Achillea, Freiburg i. Br. 1992.

Dies., *Zikadenschaum und Bärenklau*, Edition Achillea, Freiburg i. Br. 1992.

Campbell, Joseph, *The Masks of God: Primitive Mythology*, Penguin-Arkana, Harmondsworth, Middlesex 1991.

Clarkson, Rosetta E., *The Golden Age of Herbs and Herbalists*, Dover Publ., New York 1972.

Coffey, Timothy, *The History and Folklore of North American Wildflowers*, Houghton Mifflin, New York 1993.

Culpeper's Color Herbal, hg. von D. Potterton, E.J. Shellard, Sterling Publ., New York 1983.

Dahl, Jürgen, *Nachrichten aus dem Garten*, dtv/Klett-Cotta, München 1989.

Ders., *Neue Nachrichten aus dem Garten*, dtv/Klett-Cotta, München 1990.

Das neue BLV Buch der Kräuter, hg. von Richard Mabey, BLV-Verlagsgesellschaft, München 1993.

Dastur, J.F., *Medical Plants of India and Pakistan*, D. b. Taraporevala Sons & Co., Bombay 1962.

Devereux, Paul, *Shamanism and the Mystery Lines*, Quantum, Slough-Berkshire 1992.

De Vries, Herman, *Natural Relations*, Verlag für moderne Kunst, Nürnberg 1989.

Dyer, T.F. Thiselton, *The Folk-Lore of Plants*, Llanerch Publ., Felinfach 1994.

Erichsen-Brown, Charlotte, *Medicinal and other Uses of North American Plants*, Dover Publ. Co., New York 1989.

Fazzioli, Edoardo, *Des Kaisers Apotheke*, Gustav Lübbe, Bergisch Gladbach 1989.

Fischer Susanne, *Medizin der Erde*, Heinrich Hugendubel Verlag, München 1984.

Foster, Steven and Yue Chongxi, *Herbal Emissaries*, Healing Arts Press, Rochester, Vermont 1992.

Furlenmeier, M., *Wunderwelt der Heilpflanzen*, Rheingauer Verlagsgesellschaft, Eltville am Rhein 1978.

Grieve, M., *A Modern Herbal*, Dover Publ. Co., New York 1971.

Griggs, Barbara, *Green Pharmacy*, Viking Press, New York 1982.

Hagers Handbuch der Pharmazeutischen Praxis, hg. von P. H. List und L. Hörhammer, Springer Verlag, Berlin 1979.

Handwörterbuch des deutschen Aberglaubens, hg. von Hanns Bächtold-Stäubli, Walter de Gruyter, Berlin 1987.

Hatfield, A. W., *How to enjoy your Weeds*, Collier Books, New York 1971.

Heinz, U. R., *Das Handbuch der modernen Pflanzenheilkunde*, Hermann Bauer Verlag, Freiburg i. Br. 1984.

Höfler, Max, *Volksmedizinische Botanik der Germanen*, Verlag für Wissenschaft und Bildung, Berlin 1990.

Hollerbach, Karl u. Elisabeth, *Kraut und Unkraut zum Kochen und Heilen*, Irisana Verlag, Haldenwang 1979.

Kervran, Louis, *Biological Transmutations*, Swan House Publ., Binghampton, N.Y. 1972.

Kindscher, Kelly, *Medical Plants of the Prairie*, University Press of Kansas, Lawrence KA 1992.

Koepf/Pettersson/Schaumann, *Biologische Landwirtschaft*, Verlag Eugen Ulmer, Stuttgart 1974.

Koschtschejew, A. K., *Wildwachsende Pflanzen in unserer Ernährung*, VEB Fachbuchverlag, Leipzig 1990.

Künzle, Johann, *Das grosse Kräuterheilbuch*, Verlag Otto Walter, Olten 1945.

Lad, Vasant/Frawley David, *Die Ayurveda Pflanzen-Heilkunde*, Windpferd Verlag, Durach 1988.

Leung, Albert Y., *Chinesische Heilkräuter*, Eugen Diederichs Verlag, Köln 1985.

Lievegoed, B. C. J., *Planetenwirken und Lebensprozesse in Mensch und Erde*, Forschungsring für biologisch-dynamische Wirtschaftsweise, Darmstadt 1979.

Mansfeld, Rudolf, *Verzeichnis landwirtschaftlicher und gärtnerischer Kulturpflanzen*, Akademie-Verlag, Berlin 1986.

Marzell, Heinrich, *Wörterbuch der deutschen Pflanzennamen*, Franz Steiner Verlag, Wiesbaden 1979.

Müller, Ingo W., *Humoralmedizin*, Haug Verlag, Heidelberg 1993.

Pelikan, Wilhelm, *Heilpflanzenkunde*, Philosophisch-Antroposophischer Verlag, Dornach 1975.

Philbrick, H./Gregg, R., *Companion Plants*, Stuart & Watkins, London 1967.

Pötsch, Joachim, *Unkraut oder Wildpflanze?*, Urania-Verlag, Leipzig 1991.

Rätsch, Christian, *Indianische Heilkräuter*, Eugen Diederichs Verlag, Köln 1987.

Ders., *Lexikon der Zauberpflanzen*, Adeva Verlag, Graz 1988.

Remann, Micky, «Im Garten der Zauberpflanzen», in: *Esotera* 9/89, Hermann Bauer Verlag, Freiburg i. Br. 1989.

Reger, Karl Heinz, *Hildegard Medizin*, Goldmann Taschenbuch, München 1993.

Scheffer, Mechthild/Storl, Wolf-Dieter, *Die Seelenpflanzen des Edward Bach*, Heinrich Hugendubel Verlag, München 1992.

Schiller, Reinhard, *Hildegard Pflanzenapotheke*, Pattloch Verlag, Augsburg 1991.

Schwarzer Hirsch, *Die heilige Pfeife*, Lamuv Taschenbuch, Göttingen 1992.

Simonis, Werner C., *Heilpflanzen und Mysterienpflanzen*, VMA-Verlag, Wiesbaden 1991.

Singh, Umrao/Wadhwani A. M./Johri B. M., *Dictionary of Economic Plants of India*, Indian Council of Agricultural Research, New Delhi 1990.

Spencer, Edwin Rollin, *All About Weeds*, Dover Publ., New York 1968.

Stammel, Heinz J., *Die Apotheke Manitous*, Rowohlt Verlag, Reinbeck bei Hamburg 1988.

Stein, Sara, *My Weeds*, Houghton Mifflin Co., New York 1988.

Steiner Rudolf, *Geisteswissenschaftliche Grundlagen zum Gedeihen der Landwirtschaft*, Rudolf Steiner Verlag, Dornach 1975.

Storl, Wolf-Dieter, «Ideologie und Ökologie biologisch-dynamischer Höfe im Emmental», in: Beiträge zur Ethnologie der Schweiz, *Ethnologica Helvetica IV*, Bern 1980.

Ders.: «Friedenspfeife mit dem Pflanzengeist», in: *Esotera* 7/87, Verlag Hermann Bauer, Freiburg i. Br. 1987.

Ders.: *Feuer und Asche, Dunkel und Licht*, Verlag Hermann Bauer, Freiburg i. Br. 1988.

Ders.: «Der Druide», in: *Wie die alten Götter weiterleben*, hg. von Willi Dommer, Esotera Taschenbücherei, Freiburg i. Br. 1990.

Ders.: *Berserker und Kuschelbär*, Aurum Verlag, Braunschweig 1992.

Ders.: *Von Heilkräutern und Pflanzengottheiten*, Aurum Verlag, Braunschweig 1993.

Ders.: «Die Werkzeuge der Wurzelgräber: Elemente archaischer Pflanzensammelrituale», in: *Naturverehrung und Heilkunst*, hg. von Christian Rätsch, Verlag

Bruno Martin, Südergellersen 1993.

Treben, Maria, *Gesundheit aus der Apotheke Gottes*, Verlag Wilhelm Ennsthaler, Steyr 1986.

Dies.: *Aus meiner Hausapotheke*, Wilhelm Heyne Verlag, München 1988.

Uyldert, Mellie, *Verborgene Kräfte der Pflanzen*, Heinrich Hugendubel Verlag, München 1984.

Usteri, Alfred, *Pflanzen-Wesen*, Rudolf Geering Verlag, Dornach 1989.

Weil, Andrew *Heilung und Selbstheilung*, Psychologie heute: Sachbuch, Weinheim/Basel 1988.

Weiss, Rudolf Fritz, *Moderne Pflanzenheilkunde*, Kneipp-Verlag, Bad Wörishofen 1982.

Ders.: *Lehrbuch der Phytotherapie*, Hippokrates Verlag, Stuttgart 1991.

Zetkin-Schaldach, H., *Wörterbuch der Medizin*, VEB Verlag Volk und Gesundheit, Berlin 1980.

Zimmerer, E.M., *Kräutersegen*, Verlag L. Auer, Donauwörth 1896.

Verzeichnis der Rezepte nach Pflanzen

Brennnessel
Bier (Nettle Beer) 35
Jauche 32
Pudding (Nettle Pudding) 17
Suppe, einfache 17
Suppe, irische 17
Tempura, japanische 17

Beifuss
Einreibeöl 58
Fussbad 58
Gewürz 54
Kräutersuppe 64
Russisches Göttergetränk 59
Tee 59

Gundermann
Brotbelag 64
Kartoffelsuppe 64
Kräutersuppe 64
Schnupftabak 64

Geissfuss
Eingelegter 79
Frühlingssalat 79
Gichtkur 91
Kräutersuppe 80

Wegerich
Breitwegerichtempura 115
Brot 115
Gemüse 115
Kräutersuppe 64
Mus 115
Saft 110
Spitzwegerichsalat, russischer 115
Suppengewürz 115
Tee 110

Schachtelhalm
Bad (Fuss-, Sitz-, Voll-) 124
Färbemittel für Wolle/Baumwolle 135
Kolben, gedünstet 136
Spritzmittel 134
Suppe 136

Gänseblümchen
Gemüse, russisches 146
Kapern 146
Kräutersuppe 64
Salatgarnitur 146
Sirup 149
Tee 149

Vogelmiere
Getränk 155
Saft 157
Salat 155
Salbe 157
Suppe 155
Tee 158
Umschlag 157
Winterkräutersalat 155

Löwenzahn
Blütenhonig 165
Knospen 163
mit heissem Speck 163
Salat 163
Wein 165
Wurzeltee 173

Verzeichnis der Rezepte nach Anwendung

Küche
Die Rezepte sind, sofern nicht anders vermerkt, für 4 Personen berechnet.

Bier, Brennnessel 35
Brot, Wegerich- 115
Brotbelag,
  Gundermann- 64
Eingelegter Geissfuss 79
Gemüse
  Gänseblümchen-, russisches 146
  Löwenzahn mit heissem Speck 163
  Schachtelhalmkolben, gedünstet 136
  Wegerich- 115
Getränk
  russisches Beifuss- 59
  Vogelmieren- 155
Gewürz
  Beifuss- 54
  Suppengewürz, Wegerich- 115
Honig, Löwenzahnblüten- 165
Kapern (Gänseblümchen) 146
Löwenzahnknospen 171
Mus, Wegerich 115
Pudding, Brennnessel- 17
Salat
  Frühlings- 79
  Garnitur 146
  Löwenzahn 163
  Spitzwegerich-, russischer 115
  Vogelmieren- 155
  Winterkräuter- 155
Schnupftabak, Gundermann- 66
Suppe
  Brennessel- 17
  Kartoffel-, Gundermann 64
  Kräuter- 64, 80
  Schachtelhalm- 136
  Vogelmieren- 155
Tempura, japanische
  Breitwegerich- 115
  Brennnessel- 17
Wein, Löwenzahn- 165

Heilkunde

Bad
  Fuss-, Sitz-, Voll-, Schachtelhalm- 124
  Fussbad, Beifuss- 58
Einreibeöl, Beifuss- 58
Gichtkur (Geissfuss) 91
Saft
  Vogelmieren- 155
  Wegerich- 110
Salbe, Vogelmieren- 157
Sirup, Gänseblümchen- 149
Tee
  Beifuss- 59
  Beifusswurzel- 59
  Gänseblümchen- 149
  Löwenzahnwurzel- 173
  Vogelmieren- 158
  Wegerich- 110
Umschlag, Vogelmieren- 157

Haus und Garten

Brennnesseljauche 32
Färbemittel für Wolle/Baumwolle 135
Schachtelhalmspritzmittel 134

Wolf-Dieter Storl im AT Verlag

Naturrituale
Mit schamanischen Ritualen zu den eigenen Wurzeln finden

Naturrituale sind ein Weg, die Seele zu öffnen. Anhand zahlreicher Beispiele wird der Ablauf von Naturritualen erläutert und werden praktische Fragen beantwortet: Wann wird das Ritual durchgeführt? Welche Ritualgegenstände, Räucherstoffe und Hilfsmittel verwendet man? Welches ist der richtige Ort und die richtige Zeit dafür?

Bekannte und vergessene Gemüse
Heilkunde – Ethnobotanik – Rezepte
In Zusammenarbeit mit Paul Silas Pfyl

Unsere alltäglichen Gemüse sind voller Geheimnisse; zum Teil finden sich unter ihnen auch kraftvolle Heilpflanzen mit klinisch belegten medizinischen Wirkungen. 50 Gartengemüse werden in einer einzigartigen Verbindung von Gartenbuch, Ethnobotanik, Kulturgeschichte und Heilwissen porträtiert. Mit 50 Rezepten.

Der Kosmos im Garten
Gartenbau nach biologischen Naturgeheimnissen als Weg zur besseren Ernte

Eine umfassende, ganzheitliche Natur- und Gartenkunde, die das gesamte Wissen der Menschheit über die Naturgeheimnisse vereint: von den planetaren Einflüssen über die Erkenntnisse der Alchimisten bis hin zu Bodenbakterien und Düngersubstanzen. Mit vielen praktischen Tipps aus der biodynamischen Gartenpraxis.

Der Bär
Krafttier der Schamanen und Heiler

Überall, wo der Bär lebt, galt er als Krafttier. Das Buch beschreibt die faszinierende Beziehung zwischen Mensch und Bär – in Kulturgeschichte, Mythologie, Heilkunde und Biologie. Von den Bärenhöhlen der Neandertaler bis zum Teddybär, von der Bärengöttin Artemis bis zu den schamanischen Medizinbären.

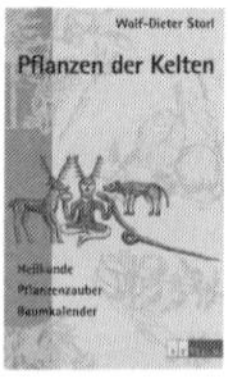

Pflanzen der Kelten
Heilkunde, Pflanzenzauber, Baumkalender

Zwar wurde das keltische Druidentum zerstört, aber das einfache Volk hielt am altüberlieferten Wissen fest und gab es in Form von Bauernregeln, Märchen, Jahreszeitenritualen, Kräuterwissen und Volksheilkunde weiter. Das Buch führt zu den Wurzeln unserer Kultur und vermittelt einen erstaunlichen Zugang zur Natur und Heilkunde.

Pflanzendevas
Die geistig-seelischen Dimensionen der Pflanzen
Mit praktischen Anleitungen zu Pflanzenmeditationen

Im Traum oder in der ekstatischen Vision des Schamanen zeigt sich die geistig-seelische Dimension der Pflanzen, erscheinen sie als göttliche Wesenheiten, die aktiv und bewusst in das Erdgeschehen eingreifen. Ein Weg, die unterbrochene Kommunikation zwischen Mensch und Pflanze wiederherzustellen.